所有漂亮的馬

目錄

第一章

燭火與映照在穿衣鏡上的燭火影像，隨著他進入廳堂、關上門，先是扭曲，而後又扶正。他脫下帽子緩緩走向前。地板在他的靴子底下嘰嘎作響。他身著黑衣，站在黑暗的鏡中，與他一同入鏡的是斜倚在有腰身的雕花玻璃花瓶中的蒼白百合。他身後冷颼的門廊裡掛著幾幅他不熟悉的先祖肖像，全都以玻璃鑲框，掛在窄細的壁版上方，還映著微弱的光。他低頭看著淌蠟的殘餘蠟燭。他以大拇指印在淤積於橡木板上的暖蠟中。最後他注視著那張在層層喪布覆蓋下顯得塌陷、扭曲的臉，發黃的鬍子，薄如紙的眼皮。那不是睡眠。那不是睡眠。

外頭漆黑、寒冷又無風。遠方有小牛在號叫。他手拿著帽子站著。你一輩子也沒梳過那樣的髮型，他說。

屋內沒有任何聲響，除了起居室裡壁爐鐘的滴答聲。他走出去，關上門。

漆黑、寒冷又無風，一道細細的灰煙沿著東邊的盡頭展延。他走到大草原上，手握帽子站著，像在黑暗中祈求一般，久久未曾移動。

他轉身要離開時聽見了火車聲。他停下來等。他可以感覺到腳下火車的震動。它從東方竄出，像是尾隨在旭日身後的聒噪侍從，自遠處一路咆哮過來，頭燈長長的光束穿過糾結的牧豆樹叢，在深夜裡死寂的路上劃出一道無止盡的藩籬，隨後又將光線吸納回來，把沿路的電線桿拋入黑暗之中，火車蒸汽也緩緩消散在模糊的新地平線上，火車聲亦漸行漸遠，而他仍手握帽子站著不動，在地面的震動中看著火車離去。然後他轉身回到屋裡。

他進屋時她從火爐抬起頭來，上下打量他的西裝。早安，帥哥（西班牙語），她說。

他把帽子掛在門旁的掛釘上，旁邊還掛著雨衣、毛大衣與一些奇怪的雜物，然後來到火爐旁，端了杯咖啡，走到桌子那邊。她打開烤箱，拉出一盤她剛做好的小圓麵包，並取了一個放在小盤子上，連著牛油刀，一起端到他面前，她用手撫摸他的後腦，回到火爐前。

謝謝妳點了蠟燭，他說。

什麼？（西班牙語）

蠟燭。（西班牙語）

不是我（西班牙語），她說。

夫人？（西班牙語）

當然。（西班牙語）

已經起床了？（西班牙語）

比我早。（西班牙語）

他喝了咖啡。外頭只有微光，而阿度若（Arturo）正朝著房子走過來。

他在葬禮上看到父親。與他並肩站在籬笆附近的小碎石路上。他一度走到他停在街上的車子。然後又回來。一陣強烈的北風在早上九、十點左右吹起，空氣中細雪與飛灰交雜，在座的女人用手壓住帽子。他們在下葬地點上方架了個帆布篷，但是風雪都是斜線而行，所以沒多大用處。帆布不時地拍打震動，而牧師的話則散失在風中。當儀式結束，哀悼者起身時，他們坐的帆布椅子捲飛到墓碑群裡。

傍晚，他爲馬上鞍，從屋子出發往西邊騎。風勢已經減弱許多，氣溫相當低，火紅的橢圓形太陽依附在他眼前同樣火紅的雲朵下方。他總是沿著他習慣的路徑騎，從舊印第安柯曼奇族（Comanche）那條路的西支，出基奧瓦族（Kiowa）的地盤往北。途經最西邊的牧場，你可以看見那條模糊的路徑，往南就是介於康秋河（Concho River）中、北支流之間的矮草原。他總是選在影子拉長的時分走這段路，這時眼前的這條老路在玫瑰色的斜光映照下，就像一場舊夢，夢裡上了色的小馬以及那個消失國度的騎士們自北南下，他們臉上塗白，長髮編成辮子，人人全副武裝，要打一場攸關存亡的戰爭，婦女、小孩、以及胸前懷抱著嬰兒的婦女，個個以血起誓，非血債血還不可。當北方起風時，你可以聽到他們的聲音，馬匹與馬匹的呼吸，直接釘上蹄鐵的馬蹄，咻咻而過的長矛，無輪滑橇一直在沙上拖行，好像某條巨蛇走過一般，騎在野馬上的裸身少年，得意得像個馬戲團騎師，一邊趕著跑在前面的野馬，狗群吐著舌頭疾行，步行的奴隸半身赤裸地跟在後面，扛著一大堆重物，而最特別的是他們低沉的歌聲，騎士一邊騎著馬一邊唱，國家與國家亡魂在輕柔的和聲中，從廢棄的礦場進入黑暗，消失在所有歷史與回憶中，宛若象徵生命來去匆匆的杯中物，被一飲而盡。

他就這麼騎著，任陽光曬著他的臉，任西面紅風吹在身上。他沿著昔日戰道轉向南邊，騎上一個矮丘的頂上，然後下丘，並放下韁繩改用步行，最後好像來到某個終結點似地站著。

矮樹叢裡有顆老馬頭骨，他彎身撿起，放在手裡翻轉。脆弱又易碎。像紙一樣白。他蹲在陽光中，手握頭骨，口腔裡像漫畫書中畫的牙齒都鬆動了。頭蓋骨的接縫像是糟糕的焊接。他一翻轉，頭骨裡的沙都流出來了。

他之所以喜歡馬就像他之所以喜歡人一樣，他愛他們身上的血與熱度。他所有的敬重，他所有的喜愛，以及他一生所學，都投注在有熱血的生命上，這是永遠不會改變的。

他在天黑時往回騎。馬兒加快腳步。日間的餘光緩緩地開展在他身後的平原，接著又以降溫的陰影、黃昏、與寒意的形式，消失在世界的邊陲，幾隻鳥兒吃剩的小蟲也隱匿在黑暗與挺拔的樹叢裡。他再度踏上古道，他必須將小馬掉頭步上平原，往家的方向走，但是戰士們會在黑夜中繼續騎馬前進，在缺乏物資的情況下，只能以他們石器時代的戰爭工具助陣，以熱血低聲齊唱，跨越平原南進墨西哥。

房子是在一八七二年建的。七十七年後他的外公仍是第一個死在裡面的人。其他被盛裝擺放在廳堂供憑弔的逝者，先前不是被人用門板抬進來、被包裹在篷車布裡，就是被裝在天然松木箱裡，由一個拿著送貨單的貨車司機送來。這些還是屍體有被送回來的人。通常都是只聞死訊但不見屍體。一張發黃的剪報。一封信。一封電報。原來的牧場根據舊土地普查為兩千三百英畝，原有的房屋是簡陋的木造屋，只有一個房間。當時是一八六六年。同一年裡，第一批牲畜被從當時仍為貝查郡（Bexar County）的地方，經過牧場北緣，趕到桑那易貨站（Fort Sumner）和丹佛（Denver）。五年後，他的曾外公依同一路徑送出六百隻小公牛，他用賺來的錢蓋房子，當時牧場就已有一萬八千英畝那麼大。一八八三年，他們架起第一道有刺鐵絲。到了八六年野牛都沒了。同年冬天大批牲畜死亡。八九年康秋易貨站（Fort Concho）被解散了。

他的外公在八個兄弟中排行老大，同時也是唯一一個活過二十五歲的。他們被淹死、被槍殺、被馬踢死。他們在火中化為灰燼。他們似乎只怕死在床上。最後兩個是在一八九八年死於波多黎各（Puerto Rico），他於同年結婚並帶他的新娘到牧場住，他一定曾經走到屋外，站著注視他的財產，心裡沉思著上帝的意旨以及長子繼承法。十二年後當他的妻子死於流行性感冒，他們依然膝下無子。一年後他娶了亡妻的姊姊，再過一年，男孩的母親出生了，他們就這麼一個小孩。強烈的北風將草坪躺椅吹覆在墓園的枯草上那天，葛瑞迪（Grady）的姓氏也跟著老人一起埋葬。男孩的姓氏是柯爾

（Cole）。約翰・葛瑞迪・柯爾（John Grady Cole）。

他在聖安傑勒斯（St Angelus）的大廳碰見他父親，他們從查朋街（Chadbourne Street）走到老鷹咖啡（Eagle Cafe），坐在店後方的位置。有些客人在他們進來時停止談話。幾個人向他父親點頭，有一個還叫了他的名字。

女侍喚每個人「孩子」。她幫他們點食物並與他調情。他父親拿出香菸，點了一根，把整包菸放在桌上，把他的第三步兵奇波打火機（Third Infantry Zippo lighter）放在菸上，向後靠，一邊抽菸一邊看著他。他告訴他，他的叔叔艾德・阿里森（Ed Alison）在葬禮之後走去和牧師握手，兩個人站在那裡手壓著帽子，當帆布被吹起時，以傾斜三十度的方式立在風中，像雜耍劇中一樣，參加葬禮的人到處追著飛起來的椅子跑，他靠向牧師的臉對他大聲說，幸好他們早上就舉行葬禮，否則下午的天氣可能會更糟。

他父親靜靜地笑。然後他開始咳嗽。他喝口水，繼續抽菸，一邊搖著頭。

巴弟（Buddy）有一次從德州北部的鍋柄狀地區回來時告訴我那邊風已經停了，所有的雞都翻了。

女侍把咖啡端來。你的咖啡來了，孩子，她說。其他的東西等下馬上就來。

她去聖安東尼奧（San Antonio）了，男孩說。

不要用「她」來稱呼她。

媽媽。

我知道。

他們喝咖啡。

你打算要做什麼？

關於哪件事？

關於一切。

她愛去哪裡就去哪裡。

男孩看著他。那你還去查他們的事，他說。

他父親噘起嘴，用手指在桌上敲打，然後抬起頭。等我來問你我該怎麼做，你就知道你已經大到可以告訴我，他說。

是。

你需要錢嗎？

不用。

他看著男孩。你不會有事的，他說。

女侍把他們的晚餐端來，厚厚的瓷製餐盤上有牛排、肉汁、馬鈴薯和豆子。

我馬上幫你們拿麵包來。

他父親把餐巾塞進襯衫裡。

我擔心的不是我，男孩答道。我可以這麼說嗎？

他父親拿起刀來切牛排。可以，他說。你可以這麼說。

女侍把裝圓麵包的籃子拿來放桌上，然後走開。他們繼續吃。他父親吃得不多。一會兒他用拇指把盤子推開，又伸手拿出一根菸，在打火機上輕敲，放入口中點燃。

你心裡想說什麼就說吧。去你的。你要嘮叨我抽菸的事也可以。

男孩沒有回答。

你知道那不是我想要的，不是嗎？

我知道。

你有好好照顧羅斯柯（Rosco）嗎？

牠沒有人騎。

我們乾脆星期六去。

好。

如果你有事就不必去。

我沒事。

他父親抽著菸，他看著他。

你不想去就別去，他說。

我想去。

你跟阿度若可以到城裡接我嗎？

可以。

什麼時候？

你會幾點起床？

我都可以。

我們八點到。

我會起來的。

男孩點點頭。他繼續吃。他父親環顧四周。不知道在這裡喝咖啡得找誰才行，他說。

他和羅林斯（Rawlins）給馬卸鞍，把牠們趕到黑夜中，他們躺在鞍毯上，用馬鞍當枕頭。這夜晚涼爽晴朗，從火堆裡蹦出來的紅火星也想與星星競豔。他們聽得見公路上的卡車聲，也看得見城裡的光照亮北方十五英里的沙漠。

你打算做什麼？羅林斯說。

不知道。啥也不做。

我不知道你期待些什麼。他比你大兩歲。已經有自己的車子和一切。

那對他來說沒什麼。他從不在乎。

她怎麼說？

她沒說什麼。她會說什麼？沒什麼好說的。

我不知道你期待些什麼。

我沒有期待什麼。

你星期六要去嗎？

不去。

羅林斯從襯衫口袋裡掏出一根菸，坐起來拿一塊炭火點菸。他坐著抽菸。我不會讓她吃定我，他說。

他把菸灰彈在鞋跟上。

她不值得。她們沒人值得。

他過了一會兒沒回答。然後他說：她們值得。

他回去後把馬刷一刷，關好馬後，走進屋裡的廚房。露易莎（Luisa）已經睡了，屋裡很靜。他用手摸摸咖啡壺，拿下一個杯子，倒點咖啡，然後走到走廊上。

他走進他外公的辦公室，到書桌旁，打開燈，坐在老橡木旋轉椅上。桌上有一個銅製的可旋式小日曆，只要壓一下就可以改變日期。上面仍顯示著九月十三號。一個菸灰缸。一個玻璃紙鎮。一本標示著帕馬餵養與供應（Palmer Feed and Supply）餵養與供應的記事本。他母親的中學畢業照用小銀框框住。

房間裡有舊雪茄菸的味道。他彎身關掉小銅燈，坐在黑暗裡。透過前窗他可以看見被星光照亮的草原向北方消逝。舊電線杆的黑十字在星空下由東向西延展。他外公說柯曼奇族人會砍斷電線再以馬毛連結。他向後靠，著靴的雙腳交疊，蹺在桌上。北方出現乾閃電，四十英哩遠。前面廳堂的鐘敲了十一下。

她走下樓站在辦公室門口，打開牆上的電源開關。她穿著袍子，雙臂交叉站在那裡，手掌握著手肘。他看了她，然後又望出窗外。

你在做什麼？她說。

坐著。

她穿著袍子站了許久。然後她轉身走到廳堂，又上樓了。當他聽到她的門關上，他站起來關燈。還剩幾天溫暖的日子，有時候下午他會和他父親坐在旅館房間裡，坐在白色柳製家具上，窗戶開著，針織的薄布簾會吹進屋內，他們會一起喝咖啡，他父親會在自己的杯裡倒點威士忌，然後坐著淺酌，一邊抽菸，一邊看著街上。街上停著油田偵查員的車子，看起來頗有戰區的味道。

如果你有錢你會買嗎？男孩問。

我有過錢但我沒買。

你是指軍隊給的後薪？

不是。在那之後。

你贏過最多一次是多少？

你不需要知道。盡學些壞習慣。

我哪天下午帶棋盤來好嗎？

我沒耐心下棋。

你有耐心打牌。

那不一樣。

有什麼不一樣？

錢不一樣。

他們坐著。

外頭地裡還有很多錢，他父親說。去年進駐的ＩＣ克拉克（IC Clark）就是口大井。

他喝口咖啡。伸手到桌上拿根菸點著，看看男孩，然後又望向街道。過一會他說：

我玩了二十二小時贏了兩萬六千塊美金。前一次的賭金是四千塊美金，我們有三個人。兩個男的來自休士頓（Houston）。我用三張皇后贏了一把。

他轉過來看男孩。男孩端著杯子正要往嘴邊送。他轉過去望向窗外。我現在一毛都沒有，他說。

你覺得我該怎麼辦？

我不覺得你能怎麼辦。

你會去跟她說嗎？

我不能跟她說。

你應該跟她說。

我們上一次談話是在一九四二年加州的聖地牙哥（San Diego）。那不是她的錯。我現在跟以前不同了。我希望當自己沒變，但我不是。

你在裡面。你是在裡面的。

他父親咳嗽。他喝了口杯中物。裡面，他說。

他們坐了許久。

她好像在那裡有演出。

是。我知道。

男孩從地上拾起帽子，放在膝上。我該回去了，他說。

你知道我在想那老人的世界，對不對？

男孩看著窗外。對，他說。

現在不要爲我哭泣。

我沒有。

千萬不要。

他從不放棄，男孩說。是他叫我不要放棄的。他說除非我們有東西要埋再舉行葬禮，除了他的軍人識別牌之外。他們打算把你的衣服送走。

他父親笑了。隨便他們，他說。我唯一合穿的只有靴子。

他一直以爲你們會合好。

我知道。

男孩站著戴上帽子。我該回去了，他說。

他常爲她跟人起爭執。即使是上了年紀。只要有人說她什麼。只要被他聽到。準沒好事。

我該走了。

好。

他移下擺在窗台上的腳。我跟你一起下去。我要買報紙。

他們站在鋪了瓷磚的大廳裡，他父親瀏覽著報紙標題。

雪莉坦波（Shirley Temple）怎麼會離婚呢?他說。

他抬頭。街上出現早冬的微光。我去理個頭好了，他說。

他看看男孩。

我知道你的感覺。我也有一樣的感覺。

男孩點點頭。他父親又看一下報紙，然後摺好。

聖經說溫順者將承繼土地，我想那大概是眞的。我不是什麼自由思想者，但是我告訴你。要我相信那麼美好的事情是很難的。

他看看男孩。他從外套口袋裡拿出鑰匙交給他。

回去吧。櫃子裡有你的東西。

男孩拿了鑰匙。是什麼?他說。

是我要給你的東西。我本來想耶誕節給你，但是我懶得走一趟。

是。

反正應該可以讓你高興。等你下來時把鑰匙放桌上就行了。

是。

再見。

好。

他坐電梯再上去，走過走廊，用鑰匙打開門，進去走到櫃子旁打開櫃子。裡面除了兩雙靴子和一疊髒襯衫，還有一個新的漢利牌（Hamley Formfitter）馬鞍。他拿起馬鞍，關上櫃子，把馬鞍扔到床上，站在那裡看著它。

眞該死，他說。

他把鑰匙留在桌上，走出門到街上，馬鞍扛在肩上。

他走下南康秋街（South Concho Street），取下馬鞍，放在面前。天色已黑，街燈已經點亮。第一輛駛來的車子是福特A型卡車，滑行四十五度然後煞住車，司機傾身拉下車窗，用喝了威士忌的聲音對他咆哮：把那個東西扔到貨床上去，牛仔，給我上車。

是，他說。

接下來的一週都是雨天，然後放晴。接著又下雨。雨無情地打在平坦的硬地平原上。水位漲到克里斯多佛（Christoval）的公路橋上，道路因此封閉。聖安東尼奧淹水。他穿著外公的雨衣騎過艾利西亞（Alicia）牧場，那裡的南邊圍籬已經整個沒入水中。牲畜孤零零地站著，悽楚地看著騎馬人。瑞波（Redbo）悽楚地站在那裡看著牲畜。他用鞋跟夾著馬腹。走，他說。我跟你一樣不喜歡這樣。

她出去時，他與露易莎和阿度若在廚房用餐。有時晚餐過後，他會走到路上攔車進城逛街，或是站在波瑞加街（Beauregard Street）上的旅館外頭，望向四樓，看著他父親的身影在薄紗窗簾後晃動，來來回回地走，像靶場裡做槍靶的鐵板熊一樣，只是他比較慢，比較瘦，比較痛苦。

她回來後，他們又回到餐廳用餐，他們倆各坐在長胡桃木桌的兩邊，而露易莎在一旁服侍。她端進最後一道菜餚然後轉向門要離去。

還有事嗎，夫人？（西班牙語）

沒有了，露易莎。謝謝。（西班牙語）

晚安，夫人。（西班牙語）

晚安。（西班牙語）

門關上了。鐘在滴答響。他抬起頭。

妳爲什麼不能把牧場租給我？

把牧場租給你？

對。

我不是說過我不想討論這件事。

這是另外一件事。

不是。

我會把所有的錢都給妳。妳要怎麼做都可以。

所有的錢。你不知道自己在說什麼。沒有錢了。這地方二十年來都是入不敷出。打從戰前就沒有一個白人在這裡工作。反正你只有十六歲，你經營不了一個牧場。

我可以。

你太無理取鬧了。你得要上學。

她把餐巾放在桌上，把椅子向後推，起身出去。他把面前的咖啡杯推開。他靠在椅子上。對面牆的餐具櫥上方掛了張馬的油畫。有六隻馬衝出畜欄，牠們的長鬃飄揚，眼睛瞪大。牠們是取材自一本書。牠們有長長的安大路西亞（Andalusian）鼻，而牠們的臉骨顯示出非洲馬的血統。你可以看見最前面幾匹馬的後半身，長得很好又夠重，可以被訓練成趕牛用的馬。牠們似乎流著剛健的血液。但是他從未見過跟這些馬完全一樣或類似的馬，他有一回問他外公那是何種馬，他外公從餐盤抬頭看畫，好像從未看過那幅畫似的，說那是圖畫本裡面的馬，然後繼續吃東西。

他爬到介於一、二樓之間的夾層樓，發現富蘭克林（Franklin）的名字印在門玻璃的圓弧上，他摘下帽子，轉動門把走進去。女孩從桌上抬起頭。

我是來見富蘭克林先生的，他說。

您有先約好時間嗎？

沒有。他認識我。

您大名是？

約翰·葛瑞迪·柯爾。

請等一下。

她走進另一個房間。然後走出來，點點頭。

他起身走過去。

進來吧，孩子，富蘭克林說。

他走進去。

坐下。

他坐下。

他說完他所要說的話之後，富蘭克林向後靠並望向窗戶。他搖搖頭。他轉過頭來，把手放在桌上，在面前交握。首先，他說，我不能隨便給你建議。這叫做利益衝突。但是我可以告訴你那是她的財產，她要怎麼做就怎麼做。

我沒有任何發言權。

你未成年。

那我父親呢。

富蘭克林又向後靠。那是個棘手的問題，他說。

他們沒有離婚。

他們離婚了。

男孩抬起頭。

這是有公開紀錄的，所以我想不是祕密。文件上寫得清清楚楚。

什麼時候？

三星期前完成最後手續的。

他低下頭。富蘭克林看著他。

是在老人死前完成的。

男孩點點頭。我聽得懂你說的，他說。

這件事很遺憾，孩子。但是就是這個樣子了。

你不能跟她說嗎？

我跟她談過了。

她怎麼說？

那並不重要。她不會改變心意的。

他點頭。他低頭看著他的帽子。

孩子，不是每個人都認爲在西德州的牧場上過活是僅次於死後上天堂的好事。她就是不想在那裡過日子。如果這是有錢可賺的提議，那就另當別論。但是不是。

但是有可能。

我不打算討論那件事。總之，她是個年輕女人，我猜她比較想多過點社交生活，而不是像以前一樣。

她三十六歲。

律師向後靠。他稍稍旋轉了一下椅子，用食指輕敲他的下唇。那是他自己該死。他們給他簽什麼他就簽。他自己都不想幫自己。我跟他講不通。我跟他講去請律師。講？我是求他。

我知道。

韋恩（Wayne）跟我說他不去看醫生了。

他點頭。是的。謝謝你的時間。

我很抱歉沒有好消息給你。你絕對可以去找別人問。

沒關係。

你今天怎麼沒上學？

我蹺課。

律師點頭。好，他說。這是個理由。

男孩起身戴上帽子。謝謝，他說。

律師站起來。

有些事情是沒有辦法的，他說。我想這件事就是其中之一。

是啊，男孩說。

耶誕節過後她都不見人影。他與露易莎和阿度若坐在廚房。露易莎只要一提就掉眼淚，所以他們沒談。甚至沒人告訴她母親，她在本世紀之前就待在牧場上。最後阿度若還是告訴她了。她聽完點頭，然後轉身，就這樣。

黎明時他站在路邊，穿著乾淨的襯衫，背包裡裝著一雙襪子，還有他的牙刷、刮鬍刀與修面刷。背包是他的，有毛內襯的粗布外套是他父親的。第一部經過的車被他攔下。他上車後把背包放在腳邊，在兩膝間摩擦雙手。駕駛人從他面前伸手去再關一次車門，然後換一檔出發。

剛剛車門沒關好。你要去哪裡？

聖安東尼奧。

我要開到德州的布萊迪（Brady）。

謝謝。

你是買賣牲畜的嗎？

先生？

男人看著背包上的皮帶與銅製彈簧鎖點頭。我問你是不是做牲畜買賣的。

不是。那只是我的行李。

我以爲你可能是做牲畜買賣的。你在那裡站多久了？

幾分鐘而已。

男人指著儀表板上暗橘色的塑膠鈕。這車有暖氣，但是沒啥用。你有感覺嗎？

有。我覺得很好。

男人看著灰濛濛的黎明點頭。他把手慢慢舉到面前。你看到沒？他說。

有。

他搖搖頭。我痛恨冬天。我搞不懂要冬天幹嘛。

他看著約翰·葛瑞迪。

你不太說話對不對？他說。

我話不多。

這是個優點。

開車到布萊迪大概要兩小時。

他們開過城鎮，男人讓他從另一邊下車。

等你到菲德列克斯堡（Fredericksburg）就一直走八十七號公路。不要在兩百九十下，你會到奧斯丁（Austin）的。聽到沒？

聽到了。謝謝。

他關上車門，男人點頭並舉起一隻手，然後車子倒轉開回去。下一部經過的車停下讓他上車。

你去哪？那男人說。

他們經過聖沙巴（San Saba）時正在下雪，愛德華高原（Edwards Plateau）也在下雪，貝爾可尼斯（Balcones）的石灰石上覆著雪，他坐在車裡看著灰色雪片在擋風玻璃上被雨刷揚起。一片半透明的雪泥已在柏油路的邊緣形成，通往佩德奈爾斯（Pedernales）的橋上也結冰。綠色的水緩緩流經河岸邊深色的樹叢。路邊的牧豆樹長滿槲寄生植物，以至於看起來像櫟樹。駕駛拱曲在方向盤上，輕聲地吹口哨。他們下午三點鐘在強大暴風雪中抵達聖安東尼奧，他下車向那人道謝後，走在街上，進入第一家咖啡店坐在櫃台邊，把背包放在他旁邊的椅子上。他拿出夾著的紙菜單打開來看，然後看一下後牆上的時鐘。女服務生端來一杯水到他面前。

這裡的時間跟聖安東尼奧一樣嗎？他說。

我就知道你會問我這種問題，她說。你的表情就看得出來。

妳不知道？

我這輩子從沒去過德州聖安東尼奧。

我要點起士漢堡和巧克力牛奶。

你是來趕集的嗎？

不是。

時間是一樣的，在櫃台另一端的男人說。

他謝謝他。

時間一樣，男人說。時間一樣。

她在便條紙上寫完後抬頭。我不會毫無準備地去，他說。

他走在下雪的城裡。天很快就黑了。他站在商業街（Commerce Street）的橋上看雪花消逝在河裡。停著的車上覆蓋著雪，暮色讓街上的交通減速到幾乎靜止，幾輛汽車和卡車，打著前照燈緩緩穿越降雪，車輪輕輕滾過。他住進馬丁街（Martin Street）上的青年旅館，付了兩塊美金住房費然後上樓。他脫下靴子放在暖氣機上，接著脫下襪子掛在靴子旁邊的暖氣機上，掛好他的外套，然後躺在床上，帽子蓋住眼睛。

七點五十分時他穿著乾淨的襯衫站在售票處前，手裡拿著錢。他買了樓座第三排的位置，付了一塊二五。

我沒來過這裡，他說。

這位子好，那女孩說。

他謝過她後進去，把票拿給帶位員，帶位員引他至鋪了紅地毯的樓梯，然後把票還他。他上樓找到座位坐下，帽子擱在大腿上。劇院有一半是空的。燈暗後他周圍一些坐樓座的人起身移到前面的位置。然後大幕開啓，他母親從舞台上的一扇門出來，開始對坐在椅子上的女人說話。

中間休息時他起身戴帽，下樓至大廳，站在鍍金的壁龕裡捲菸，一隻腳靠在身後牆上站著抽菸。他不是沒注意到其他觀眾對他投注的眼光。他把牛仔褲的一條褲管捲起，不時彎身去把白軟的菸灰彈進那小容器裡。他看到一些穿戴靴子和帽子的人，他嚴肅地向他們點頭，他們也回禮。不一會兒大廳的燈又變暗。

他從位子上彎身向前，手肘放在前面無人坐的椅背上，下巴擱在前臂上，非常專心地看著戲。他以爲劇中的故事會透露世界的過往或未來，但是沒有。裡面什麼也沒有。燈亮後掌聲響起，他母親謝幕好幾次，所有的演員在台上一字排開，手牽著手鞠躬，然後大幕終於落下，觀眾起身往走道走。他在空空的劇院裡坐了許久，然後起身戴上帽子，走向外頭的寒冷。

他早上出去吃早餐時天色依舊黑暗，氣溫在零度。崔維斯公園（Travis Park）的積雪有半呎。唯一開著的咖啡店是家墨西哥店，他點了新鮮雞蛋和咖啡，坐著看報紙。他以爲報上會登他母親的消息但沒有。他是咖啡店裡唯一的客人。女服務生是個年輕女孩，她看著他。她把盤子端來時，他把報紙放一邊，把他的杯子往前推。

還要咖啡嗎（西班牙語）？她說。

麻煩妳。

她端來咖啡。天氣很冷（西班牙語），她說。

很冷。（西班牙語）

他手插在外套口袋裡走在百老匯街（Broadway）上，他的領子則豎起來擋風。他走進曼傑旅館（Menger Hotel）的大廳，坐在一張躺椅上，一條腿跨在另一條腿上，打開報紙。

她約九點時走進大廳。她手挽著一個穿西裝大衣的男人，他們出了門坐上計程車。

他在那裡坐了好久。之後他起來把報紙摺好，走到櫃台。櫃台人員抬頭看他。

這裡有一位柯爾太太住房嗎？他說。

柯爾？

對。

等一下。

櫃台人員轉頭去查登記本。他搖搖頭。沒有，他說，沒有柯爾。

謝謝，他說。

他們三月初的一天最後一次一起騎馬，天氣已經回暖，路邊盡是黃色的墨西哥帽。他們在麥考洛（McCullough）卸馬，然後沿著葡萄溪（Grape Creek）騎過牧場中央上矮丘。溪水清澈，被附在岸邊碎石上的青苔染綠。他們在牧豆樹叢與仙人掌中慢慢騎過寬廣的原野。他們從湯姆格林郡（Tom Green County）進入柯克郡（Coke County）。他們經過舊史庫諾佛路（Schoonover road），騎過被杉木點綴的破碎山丘，地上布滿暗色岩石，而在北方一百英哩遠的藍色牧場上他們已經可以看見雪。他們整天幾乎都沒說話。他父親身體向前傾騎在馬鞍上，一隻手把韁繩握在鞍頭上方兩英吋處。如此瘦削虛弱，好像是衣服在穿人。用那雙凹陷的眼睛俯看著原野，宛如外頭的世界已經被改變，或是他對這片景致有似曾相識的懷疑。又好像是他以後再也無法如此正視它似的。或者是更糟糕的原因，他終於有機會正視它。看著這片景致向來沒變，也永遠不會變的樣子。騎在他前面的男孩，坐在馬上的樣子，看起來不只是天生的騎馬料，雖然他的確很會騎馬；而看起來像是就算他因惡意或意外而淪落異地，他也找得回他的馬。他會知道他的世界裡缺少了什麼，而且會出發到必要的地方去尋找，直到他找到爲止，他會一眼就看出那正是他所要尋找的東西。

下午他們經過一座舊牧場的遺跡，在布滿石頭的台地上，歪斜的籬杆立在石頭間，上頭還纏著當地數年未見的鐵絲。一座古老的木椿屋。一座老舊木製風車的殘骸散落石間。他們繼續騎。他們閃躲著路面上的坑洞，晚上他們走下起伏不大的山丘，越過紅土沖積平原進入羅勃李鎮（Robert Lee）。

他們先確定道路暢通後再把馬匹趕上大橋。河流被泥土染紅。他們騎上商業街後轉第七街，接著走奧斯丁街經過銀行，就下來把馬匹綁在咖啡館前，然後進去。

店主過來幫他們點餐。他叫出他們的名字。他父親從菜單上抬起頭來。

你先點吧，他說。他要再過一小時才會來。

你要吃什麼？

我想點個派和咖啡。

你們有什麼派？男孩說。

店主往櫃台看。

點些東西來吃吧，他父親說。我知道你餓了。

他們點好了以後店主端來他們的咖啡，然後回到櫃台。他父親從襯衫口袋裡掏出一根菸。

你想過要怎麼餵馬嗎？

有，男孩說。我想過了。

華勒斯（Wallace）可能會讓你借馬廄餵牠們。然後再做買賣。

他會不高興的。

誰，華勒斯？

不是。是瑞波。

他父親吸口菸。他看著他。

你還在見那個姓巴內特（Barnett）的女孩？

他搖頭。

是她不要你還是你不要她？

我不知道。

那表示是她不要你。

對。

他父親點點頭。他吸菸。兩個騎馬人從外面的路上走過，他們仔細地看他們與他們所騎的動物。

他父親攪拌他的咖啡許久。他根本不必攪因爲他喝的是黑咖啡。他拿出湯匙，把它擺在餐巾紙上冒煙，舉起杯子看了一下，然後開始喝。他還在看著窗外，但是外頭已沒什麼好看的。

你母親和我向來就不合。她喜歡馬。我以爲就這樣而已。我眞是蠢。她那時年輕，我以爲她的觀念以後會變但是沒有。也許對我來說那只是觀念。那不只是戰爭的關係。我們在戰爭爆發前十年結婚。她離開這裡。她在你六個月大時離去直到你三歲左右。我知道你對這事有印象，不告訴你是個錯誤。我們分開了。她在加州。露易莎照顧你。她和阿布愛拉（Abuela）。

他看看男孩然後又望向窗外。

她要我過去，他說。

你爲什麼不去？

我去了。我沒有留下。

男孩點頭。

她回來是因爲你，不是我。我想說的就這些。

是。

店主端來男孩的晚餐與派。男孩伸手去拿鹽和胡椒。他沒有抬頭。店主端來咖啡壺給他們加咖啡然後離去。他父親熄掉香菸，拿起叉子戳那個派。

她會待得比我久。我想看看你們會有什麼不同。

男孩沒有回答。

要不是她我不會在這裡。我在葛西（Goshee）跟她長談過。我讓她變成一個可以呼風喚雨的人。

我會跟她提一些我認爲撐不下去的人，我要她照顧他們，爲他們禱告。有些人是眞的熬過來了。我想我大概是瘋了。有時候眞的是吧。但如果不是她我是辦不到的。在這世界上是不可能的。我從沒跟別人說過。她甚至不知道。

男孩吃他的東西。外頭天色開始暗下來。他父親喝咖啡。他們等著阿度若開卡車過來。他父親最後說這片鄉野將不復從前。

人們不再有安全感，他說。我們就像兩百年前的柯曼奇族。我們不知道天亮後什麼東西會出現。我們甚至不知道那會是什麼顏色。

夜晚算得上溫暖。他與羅林斯躺在路上，可以感受到柏油路面上散出的熱傳送到他們的背上，他們看著星星從天上的黑幕落下。他們聽見遠方有摔門聲。有聲音在叫。一隻在南方山丘上喋喋不休的土狼停住了。然後又開始叫。

是有人在叫你嗎?他說。

可能吧，羅林斯說。

他們四肢開展地躺在柏油路上，像俘虜般等待著黎明的審判。

你跟你爸說了沒?羅林斯說。

沒有。

你要說嗎？

有什麼用？

你們何時全部要走？

六月一號要關。

你可以等到那時。

爲什麼？

羅林斯把一隻腳翹在另一隻上。好像要步測星空。我爸十五歲蹺家。不然我會生在阿拉巴馬（Alabama）。

你根本就不會被生出來。

你爲何這麼說？

因爲你媽是聖安傑羅（San Angelo）人，他不可能遇上她的。

他會遇上別人。

她也是。

所以呢？

所以就不會生下你了。

我不懂你爲何這麼說。我一定會被生在某處的。

怎麼生？

爲什麼不能？

如果你媽跟其他的丈夫生小孩，而你爸跟另一個老婆生，那你是哪一個？

兩個都不是。

那不就得了。

羅林斯躺著看星星。過一會兒他說：我還是會被生出來。我可能長相不一樣罷了。如果神要我被生出來我就會被生出來。

如果祂不要你就不會被生。

你把我搞到頭都痛了。

我知道。我自己也頭痛。

他們躺著看星星。

那你怎麼想？他說。

我不知道，羅林斯說。

這樣吧。

如果你生在阿拉巴馬，我可以理解你爲何想要跑去德州。但是如果你已經身在德州。我不知道。你比我更有理由離開。

你有什麼理由要留下？你以爲會有人死了留個什麼給你嗎？

才不是。

那好。因爲他們不會。

門被大力關上。又有聲音在叫。

我最好回去了，羅林斯說。

他起身用一隻手拍拍他牛仔褲臀部的地方，然後戴上帽子。

如果我不走你還是會走嗎？

約翰·葛瑞迪坐起來把帽子戴上。我已經走了，他說。

他在城裡最後一次看到她。他到北查朋（North Chadbourne）卡倫·柯爾（Cullen Cole）的店裡焊接一個斷掉的馬銜，他走在士西格街（Twohig Street）時她剛好從卡特斯雜貨店（Cactus Drug）出來。他過街時她叫住他，他停下等她走過來。

你在躲我嗎？她說。

他看著她。我從來沒想過。

她看著他。人是不可能沒感覺的，她說。

能到處走眞的很好對吧？

我以爲我們可以做朋友。

他點頭。沒關係。我在這裡再待沒多久了。

你要去哪裡？

我不能說。

爲什麼不能？

就是不能。

他看著她。她正在仔細看他的臉。

你想他如果看到妳站在這裡跟我講話會怎麼想？

他不會嫉妒的。

很好。那是個優點。省得他生氣。

什麼意思。

沒什麼意思。我要走了。

你恨我嗎？

不。

你不喜歡我。

他看著她。妳快整死我了，女孩，他說。那有什麼差別？如果妳良心不安的話，告訴我妳想要我說什麼，我會說的。

你不會說的。總之我沒有良心不安。我只是以爲我們可以做朋友。

他搖搖頭。這只是說說而已，瑪莉・凱瑟琳（Mary Catherine）。我要走了。

如果只是說說又怎麼樣？什麼事都是說說不是嗎？

不是每一件事。

你眞的要離開聖安傑羅？

對。

你會回來的。

也許。

我對你沒有惡意。

妳沒有理由。

她朝著他看的方向望向街道，但是沒有什麼好看的。她轉回來，他看著她的眼睛，如果那是溼的，只是因爲風的緣故。她伸出手。起初他不知道她在做什麼。

我祝你一切順利，她說。

他握住她的手，她的小手在他手裡，很熟悉。他以前從未握過女人的手。保重，她說。

謝謝。我會的。

他向後退並摸摸他的帽緣，然後轉身繼續走上街道。他沒有回頭，不過他可以從對街的聯邦大樓窗戶看見她站在那裡，她站在那裡直到他走到街角，然後永遠消失在玻璃窗中。

他下馬打開大門，跟馬一起走進去然後關上門，與馬一起沿著圍籬走。他趴下來看是否可以瞄到羅林斯，但羅林斯不在。他把韁繩丟在圍籬角落然後看著房子。馬聞了一下空氣，然後用鼻子頂他的手肘。

兄弟，是你嗎？羅林斯低聲說。

當然是我。

羅林斯牽著馬走過來，然後站著看那房子。

你準備好了？約翰·葛瑞迪說。

對。

他們有懷疑嗎？

沒。

那我們走吧。

等一下。我才剛把東西都放在馬上，跟牠一起走過來。

約翰・葛瑞迪拾起韁繩並跳上馬鞍。那邊有燈光，他說。

糟了。

你會趕不上你自己的葬禮的。

現在都還沒四點。你太早了。

我們走吧。穀倉在那裡。

羅林斯試著把他的粗毯子綁在馬鞍後面。廚房的燈亮了，他說。他還沒要去馬房。他可能根本不是要去那裡。他可能只是去倒杯牛奶什麼的。

他可能是在給獵槍上膛什麼的。

羅林斯上了馬。你準備好沒？他說。

我好了。

他們沿著圍籬騎出去，跨越整個牧場。皮革在清晨的寒意中咯咯作響。他們逼馬大步前進。燈光在他們身後消逝。他們騎到一片高地牧草上後將馬的速度放慢到步行，星星在黑暗中湧現並圍繞著他們。他們在無人的夜裡聽到某處傳來鐘聲然後又靜止，一個應該沒有鐘的地方，他們騎在廣闊的高地上，四周一片漆黑，高地似乎把他們的身影捧向星空，使他們不是走在星星下面而是走在星星之中，他們的腳步一下快活一下審愼，宛如剛剛摸進黑夜裡的小偷，宛如身處果園裡的少年偷兒，在寒冷中身上僅隨便穿著，迫不及待地要大顯身手。

到了第二天中午他們已經走了四十英哩。仍然處於他們所熟知的地域。他們晚上經過舊馬克・佛瑞（Mark Fury）牧場時在藩籬交界處下馬，等約翰・葛瑞迪用貓爪結拉出U型釘，然後踩在鐵線上讓羅林斯帶馬匹走過去，之後他再把鐵線拉回原位，把U型釘釘回去，把貓爪結放回他的鞍袋裡，然後跳上馬繼續騎。

他們怎麼期待會有人在這個國家裡騎馬？羅林斯說。

他們不期待，約翰・葛瑞迪說。

他們一直騎到太陽出來，吃了約翰・葛瑞迪從家裡帶來的三明治，中午他們用一處舊的石頭儲存槽餵馬喝水，然後趕馬沿著牲畜與野豬走的路徑走下一處乾河床至一片棉花田。在樹下睡覺的牲畜在他們接近時起身，站著看他們，然後離去。

他們躺在樹下的乾草上，用外套捲起來當枕頭，帽子蓋在眼睛上，馬匹則在河床邊吃草。

你帶什麼來射擊？羅林斯說。

只有外公的舊槍。

那還能用嗎？

不能。

羅林斯笑了。我們辦到了，對不對？

對。

你想他們會追捕我們嗎？

爲什麼？

不知道。這樣看起來好像太簡單了。

他們聽得到風聲與馬吃草的聲音。

我告訴你，羅林斯說。

說吧。

我一點也不在乎。

約翰・葛瑞迪坐起來從襯衫口袋裡拿出菸草開始捲菸。關於什麼?他說。

他舔了菸紙捲後把菸放進嘴裡，拿出火柴點菸，然後把火柴吹熄。他轉過去看羅林斯，但羅林斯睡著了。

他們下午又繼續騎。日落時他們可以聽到遠處公路上的卡車聲，在漫漫冷夜中他們沿著一道山岡向西騎，一邊遠眺著公路上的車燈時而任意時而規律地閃過來閃過去。他們來到一條牧場路，此路可以通往公路，交叉口處有一道柵門。他們停下馬。他們看不到公路的另一邊有柵門。他們沿著藩籬往東往西都看到卡車的燈光，但那裡沒有柵門。

你想怎麼辦?羅林斯說。

我不知道。我想在今晚穿過這裡。

我才不要摸黑騎馬走那條公路。

約翰・葛瑞迪彎腰吐口水。我也不要，他說。

天變得越來越冷。風吹得柵門作響，馬兒不安地踱步。

那是什麼燈啊?羅林斯說。

我要去艾爾多拉多（Eldorado）。

你想那有多遠?

十、十五英哩。

你想要做什麼？

他們在一塊沖積地上打開睡袋，取下馬鞍並把馬綁好，然後一直睡到天亮。當羅林斯坐起來時約翰・葛瑞迪已經給馬上好鞍，正在捆他的睡袋。路上過去點有間咖啡屋，他說，你想吃早餐嗎？

羅林斯戴上帽子並伸手去拿靴子。正合我意，小子。

他們牽著馬走過咖啡店後面一堆卡車門與引擎等零件廢棄物，在用來幫內胎抓漏的金屬槽裡餵馬喝水。一個墨西哥人正在幫卡車換胎，約翰・葛瑞迪走過去問他男廁在哪裡。他朝建築物的方向點頭。

他從鞍袋裡拿出刮鬍用具後走進廁所刮鬍子、洗臉、刷牙、梳頭。他出來時看到馬匹被綁在樹下一張野餐桌上，羅林斯在咖啡店裡喝咖啡。

他溜進店內。你點了嗎？他說。

在等你。

店主又端了一杯咖啡走過來。你們倆要吃什麼？他說。

你點吧，羅林斯說。

他點了三個蛋加火腿、豆子與餅乾，羅林斯也點一樣的東西外加薄煎餅與糖漿。

你最好吃飽點。

你等著看我吧，羅林斯說。

他們用手肘撐在桌上看著窗戶外南方的草原以及遠方被晨光照耀的山脈。

那就是我們要去的地方，羅林斯說。

他點頭。他們喝咖啡。那人用厚重的白瓷盤端來他們的早餐，然後又端咖啡壺來。羅林斯在他的蛋上面覆滿一堆黑胡椒。他在薄煎餅上塗了層奶油。

有人吃蛋喜歡加胡椒，店主說。

他給他們倒完咖啡後就回廚房。

現在看看你老爸，羅林斯說。我讓你見識一下要怎麼收拾早餐。

快啊，約翰·葛瑞迪說。

東西乾脆重點一次算了。

店裡沒什麼飼料。他們買了盒乾燕麥，付了錢就出去。約翰·葛瑞迪用刀把紙袋割成兩半，他們把燕麥倒進幾個輪軸蓋裡面，坐在野餐桌旁抽菸等馬吃完。墨西哥人走過來看馬。他沒比羅林斯大多少。

你們要往哪走？他說。

墨西哥。

做什麼？

羅林斯看著約翰·葛瑞迪。你想他可以信任嗎？

可以。他看起來還好。

我們在逃亡，羅林斯說。

墨西哥人打量著他們。

我們搶了家銀行。

他站著看馬匹。你們才沒搶銀行，他說。

你知道再過去那個國家嗎？羅林斯說。

墨西哥人搖搖頭並吐口口水。我這輩子從沒去過墨西哥。

等動物吃完後他們又給牠們上馬鞍，牽牠們到咖啡店前面，走車道跨越公路。他們牽著馬通過柵門，他們穿過門後把門關上。然後他們上馬騎上牧場的泥土路。他們騎了約一英哩遠直到路轉向東方，然後他們離開那條路往南穿越高低起伏的杉木草原。

他們於早上過了一半時來到惡魔河（Devil's River）餵馬喝水，並躺在黑柳樹蔭下休息、查看地圖。羅林斯在咖啡店裡拿的地圖是一家石油公司的公路地圖，他看看圖，然後看看南邊低丘上的峽谷。地圖上屬於美國這一邊的部分標示有公路、河流及城鎮，往南一直到格蘭德河（Rio Grande），接著就是一片空白。

再往下就沒有標示了，對不對？羅林斯說。

沒有。

你想會不會永遠都沒有地圖？

有地圖的。只是不是這張。我的鞍袋裡有一張。

羅林斯把地圖拿來然後坐在地上，用手指指出他們的路。他抬起頭來。

什麼？約翰·葛瑞迪說。

這下面啥都沒有。

他們離開河流沿著乾河谷往西行。整片原野地勢有高有低，草兒茂盛，陽光下天氣還算清爽。

你還以爲這裡的牲畜比較多，羅林斯說。

你是會這麼認爲。

他們走過山脊上的草時驚嚇了鴿子與鵪鶉。有時還有兔子冒出來。羅林斯跳下馬並從偷來的槍套中抽出他的小二五—二〇卡賓槍，沿著山脊走去。約翰·葛瑞迪聽見他開槍。不久他帶著一隻兔子回來，把卡賓槍插回槍套，然後拿出他的刀，走遠一點後蹲下來取出兔子的內臟。然後他起身把刀子在褲管上擦一擦收起來，接著走過來牽他的馬，把兔子的後腳綁在他的鋪蓋捲繫繩上，再度跳上馬繼續出發。

接近傍晚時他們走過一條通往南邊的路，晚上他們抵達強森牧場（Johnson's Run），在一個算不上是水池的乾河床旁露營，餵馬喝水，把馬腳綁起來，讓牠們出去吃草。他們生起火，把兔子剝皮，用一根綠樹枝叉起來在火邊烤。約翰・葛瑞迪打開他變黑的帆布營袋，拿出一個上過亮漆的小錫製咖啡壺，走到小溪旁裝滿水。他們坐下來看著火，看著西邊黑山上的一彎新月。

羅林斯捲了根菸，用炭火點燃，然後靠在他的馬鞍上。我要告訴你一件事。

說吧。

我可以習慣這種生活。

他拿出菸到一旁，以食指輕輕地彈菸灰。我完全不必花時間適應。

第二天他們騎了一整天，穿過起伏的原野，點綴著杉林的冠岩低地，布滿白絲蘭花的面東山坡。晚上他們走上潘戴爾路（Pandale road），然後往南方沿著路進入小鎮。

包括一家商店和加油站在內共九座建築。他們把馬綁在店鋪前然後進去。他們全身髒兮兮而羅林斯又沒刮鬍子，他們全身是馬味、汗臭與柴火味。幾個坐在店後面椅子上的人抬頭看他們走進來，然後繼續交談。

他們站在肉箱旁。那女人從櫃台走出來到箱子後，取下一件圍裙並拉一下鏈子打開頭頂上的燈泡。

你看起來像個亡命之徒，約翰・葛瑞迪說。

你看起來也不像個唱詩班指揮，羅林斯說。

那女人把圍裙在背後繫好，從肉箱的白色漆面頂部上看著他們。你們兩個要什麼？她說。

他們買了臘腸、起司、一條麵包和一罐蛋黃醬。他們還買了一盒餅乾與十幾個維也納香腸罐頭。他們買了十二包濃縮果汁粉、剩下不多的培根、幾罐豆子、一袋五磅重的玉米片及一罐辣醬。女人把肉和起司分開包，她把鉛筆在舌頭上沾一下，結算總價，然後把全部的東西放進四號購物袋裡。

你們是從哪兒來的？她說。

從聖安傑羅附近。

你們是騎馬到這裡的？

是的。

這倒很稀奇，她說。

他們早上醒來時看見一間小土坯屋。一個女人從屋裡走出來，把一鍋洗碗水倒在院子裡。她看他們一眼然後又進屋去。他們把馬鞍掛在圍籬上晾乾，當他們要取下時，一個男人出來站著看他們。他們給馬上鞍，把牠們牽上路，然後上馬往南騎。

不知道家裡的人現在在做什麼？羅林斯說。

約翰・葛瑞迪側身吐痰。他說，說不定他們現在發了。也許鑽到了油。我敢說他們現在一定正在城裡挑選新車什麼的。

可惡，羅林斯說。

他們繼續騎。

你有過不自在的經驗嗎？羅林斯說。

關於什麼事情？

我不知道。什麼都可以。就是不自在。

有時候會。如果你到了不該去的地方，我想你就會不自在。應該是這樣子。

那麼假設你感覺不自在而且不知道爲什麼。那是不是表示你可能去了不該去的地方而你不知道？

你是哪裡不對勁啊？

我不知道。沒事。我來唱歌好了。

他唱了。他唱道：你會想我嗎，你會想我嗎。我走了你會想我嗎。

你知道戴爾里歐（Del Rio）電台嗎？他說。

我知道。

我聽他們說在晚上你用牙齒咬一根柵欄鐵線就可以收訊。連收音機都不用。

你相信嗎？

我不知道。

你試過嗎？

試過一次。

他們繼續騎。羅林斯唱歌。開花的分界樹是什麼鬼東西啊？他說。

你問倒我了，兄弟。

他們從一個石灰石峭壁下經過，那裡有條小溪流經，他們跨越一大塊沖積碎石地。在上游有幾個下雨過後留下的水窪，一對蒼鷺站在那裡形成長長的影子。一隻起身飛走，一隻站著。一小時後他們跨越佩可斯河（Pecos River），馬匹要涉水而行，河流湍急清澈，有鹽分流過石灰岩床上，馬兒端詳著眼前的水流，小心翼翼地把腳放在大片的暗色岩床上，一邊注意著夾雜在激流中的流動青苔，青苔在晨光中會扭曲閃爍著如電一般的綠光。羅林斯從馬鞍上傾身把手放入水中舀水來嚐。這是石膏水，他說。

他們在遠處的柳樹叢裡下馬，用罐裝肉和起司做三明治吃，坐在那裡抽菸看流水。有人一直在跟蹤我們，約翰・葛瑞迪說。

你看到他們？

還沒有。

有人騎著馬？

對。

羅林斯仔細看著河對岸的路。說不定只是某個騎馬的人？

因爲他們現在早該在河邊現身了。

說不定他們掉頭了。

去哪裡？

羅林斯抽著菸。你想他們要幹嘛？

我不知道。

你要怎麼辦？

我們繼續騎吧。管他們現不現身。

他們走到河流分流處，沿著充滿塵土的路並肩慢慢騎，來到一處可以向南眺望原野的高原，一片覆滿草與雛菊的起伏原野。西方一英哩處有一根根柱子架起來的鐵絲藩籬，好像灰色草地上的一道醜陋的傷口縫線，在那之後有一小群羚羊全部都在看著他們。約翰・葛瑞迪將馬掉頭，坐在馬上回顧來時路。羅林斯等著。

他在那邊嗎？他說。

對。那邊某處。

他們一直騎到高原上一處寬廣的溼地或平原。右邊過去一點有一叢長得很密的杉木，羅林斯對杉木點點頭並放慢馬的速度。

我們何不去那裡等他？

約翰・葛瑞迪回頭看來時路。好吧，他說。我們先騎過去再折回來。他看到我們的足跡從這裡離開路面就會知道我們在哪裡。

好吧。

他們繼續騎半英哩然後離開路面往杉木林走，下馬後把馬綁好坐在地上。

你想我們有時間抽根菸嗎？羅林斯說。

你有菸就抽吧，約翰・葛瑞迪說。

他們坐著抽菸一邊看著來時路。他們等了很久但是沒人來。羅林斯躺下用帽子蓋住眼睛。我不是在睡覺，他說。我只是在休息。

他睡著沒多久，約翰·葛瑞迪就踢他的靴子。他坐起來把帽子戴上並看了看。一個騎士正朝他們而來。即使距離還很遠他們倆都注意到那匹馬。

他一直騎到距離不到一百碼處。他戴著頂寬緣帽，穿著工作褲。他放慢馬速，朝下望著在平原上的他們。然後他又繼續走。

是個孩子罷了，羅林斯說。

那匹馬不得了，約翰·葛瑞迪說。

可不是嘛。

你想他看見我們沒？

沒有。

你想怎麼辦？

讓他先走一下子，然後我們跟在他後面騎上路。

他們等到他出了視線範圍，然後解開馬騎出樹林上路。

他聽到他們時停下來回頭看。他把頭上的帽子往後推，坐在馬上看著他們。他們一人騎一邊前進。

你在追我們嗎？羅林斯說。

他是個大概十三歲的孩子。

不是，他說。我沒在追你們。

那你幹嘛跟著我們？

我沒有跟著你們。

羅林斯看著約翰・葛瑞迪。約翰・葛瑞迪在看那個孩子。他把視線轉向遠方的山，然後回到男孩身上，最後回到羅林斯。羅林斯手放在鞍頭上坐著。你沒有在跟蹤我們？他說。

我要去藍崔（Langtry），那孩子說。我不認識你們。

羅林斯看著約翰・葛瑞迪。約翰・葛瑞迪捲著菸並審視那孩子，他的穿著與馬匹。

你的馬哪來的？他說。

是我的馬。

他把菸放在嘴裡，從口袋裡取出火柴，擦過大拇指指甲起火點菸。那是你的帽子嗎？他說。

男孩抬頭看眼睛上方的寬帽緣。他看著羅林斯。

你幾歲？約翰・葛瑞迪說。

十六歲。

羅林斯吐口水。你這個撒謊的臭小鬼。

你以為你什麼都知道。

我知道你才不是十六歲。你打哪來的？

潘戴爾。

昨天晚上你在潘戴爾看到我們對不對？

對。

你要幹嘛，逃跑？

他分別看看他們兩個人。是又怎麼樣？

羅林斯看著約翰·葛瑞迪。你想做什麼？

我不知道。

我們可以在墨西哥賣那匹馬。

對。

我不會像我們上次那樣自掘墳墓。

屁啦，約翰·葛瑞迪說，那是你出的主意。是我說要把他留給兀鷹的。

你想擲硬幣來決定誰來射他嗎？

好。來吧。

你選，羅林斯說。

人頭。

硬幣彈入空中。羅林斯接住，把它壓在他的手腕上，手伸到他們看得到的地方，然後拿開手。

人頭，他說。

你的來福槍給我。

那不公平，羅林斯說。上次三個是你射的。

那給你吧。你可以欠我。

拉住他的馬，牠才不會被槍嚇跑。

你們兩個好好笑，男孩說。

你怎麼那麼確定？

你們不會射人的。

你怎麼知道我們不會從你開始呢？

你們是開玩笑的。我很清楚。

你當然清楚，羅林斯說。

誰在追你？約翰．葛瑞迪說。

沒有人。

他們在追回那匹馬對不對？

他沒回答。

你眞的要去藍崖？

對。

你別跟我們走，羅林斯說。你會害我們坐牢的。

馬是我的，男孩說。

孩子，羅林斯說，我才不管那是誰的。反正那不是你的就對了。我們走。

他們把馬掉頭拋下他，再度往南快步行走。他們沒有回頭。

我以爲他會編出個好理由，羅林斯說。

約翰．葛瑞迪把菸蒂彈到他們前方的路上。我們當沒看過他。

到了中午他們離開了路，往西南騎過開闊的草地。他們在一座老舊的ＦＷ艾克斯泰爾（Axtell）風車下的鋼鐵儲物槽裡餵馬喝水，風車隨風嘰嘰叫。南邊有牲畜在橡樹下躲太陽。他們想避開藍崖，討論晚上過河的事。天氣溫暖，他們洗了襯衫，溼溼地穿上，然後上馬繼續騎。他們回頭可以看到往東北方幾英哩的來時路，但是沒看到任何騎士。

那天晚上他們越過龐伯維爾德州（Pumpville Texas）東邊的南太平洋通道（Southern Pacific tracks），在距離右線道半英哩處紮營。等他們刷了馬，立樁圍好，然後生火，天色已經暗了。約翰・葛瑞迪把他的馬鞍立在火邊，走向草原站著聆聽。他看見龐伯維爾的水槽被紫色天空映照著。旁邊是新月。他聽得見馬兒在一百碼外吃草。整片草原映著藍光靜靜地躺著。

第二天中午他們越過九十號公路，騎過一片有牛在吃草的牧場。南邊墨西哥的山脈被浮雲不定的光照得忽隱忽現，像鬼魂一般。兩小時後他們來到河邊。他們坐在一處低的懸崖邊，脫下帽子看著河流。河水的顏色灰灰濁濁的，他們聽得到往下流的水聲。他們下面的沙洲長滿濃密的柳樹與蘆葦，而對面那邊的懸崖上則布滿不勝數的燕子。在那之後的沙漠跟以前一樣起伏。他們轉頭互看彼此然後戴上帽子。

他們往上游騎到河流分支處，他們沿另一條支流走到一塊砂礫層上後止步，察看河水和四周的土地。羅林斯捲了根菸，一條腿跨在鞍頭上坐著抽菸。

我們在躲誰?他說。

有誰是我們不用躲的?

我不覺得會有誰躲在那裡。

他們看著這邊時可能也說同樣的話。

羅林斯坐著抽菸。他沒回答。

我們可以跨越那邊的淺灘，約翰·葛瑞迪說。

我們何不現在過去？

約翰·葛瑞迪傾身朝河裡吐口水。你說了就算，他說。我們說好了要小心的。

我想趕快把事情了結。

我也想，夥伴。他轉過去看羅林斯。

羅林斯點點頭。好吧，他說。

他們往上游騎然後下馬在砂礫地上卸下鞍，在岸邊的草地上把馬圍住。他們坐在柳樹下吃維也納臘腸和餅乾，喝著用河水泡成的濃縮果汁。你想墨西哥會有維也納臘腸嗎？羅林斯說。

下午他走在河邊，手拿著帽子站在平坦的草原上，朝東北方看著迎風搖曳的草。一英哩外有人騎馬橫越平原。他看著他。

他回到帳篷叫醒羅林斯。

幹嘛？羅林斯說。

有人來了。我想是那個小子。

羅林斯戴好帽子爬上岸邊站著看。

你認得出他來嗎?約翰・葛瑞迪叫著。
羅林斯點頭。他彎身吐痰。
如果我認得出他來我就他媽認得出那匹馬。
他看見你沒?
我不知道。
他朝這裡來。
他可能看到我了。
我想我們該躲開他。
他又回頭看約翰・葛瑞迪。我對那王八小子有不安的感覺。
我也是。
他也沒外表那麼嫩。
他在幹嘛?約翰・葛瑞迪說。
騎馬。
你下來吧。他才不會看見我們。
他停住了,羅林斯說。

他在幹嘛？

又開始騎了。

他們等著他來，如果他打算這麼做的話。不久馬兒們開始抬起頭來看著水流。他們聽見那個騎士下到河床來，有踩到砂礫地上的聲音與微弱的金屬撞擊聲。

羅林斯拿出來福槍，他們走到河的小支流邊。那小子把紅棕色的馬騎到砂礫沙洲旁的淺水邊看著河。等他轉頭看見他們時他用拇指把帽子往後頂。

我就知道你們沒過河，他說。他們旁邊有兩隻鹿在吃牧豆樹。

羅林斯蹲在砂礫沙洲上，來福槍立在面前用手握住，下巴杵在手臂上。我們該拿你怎麼辦？他說。

那孩子看著他而他看著約翰·葛瑞迪。到墨西哥就不會有人傷我了。

那得看你做了什麼，羅林斯說。

我什麼也沒做。

你叫什麼名字？約翰·葛瑞迪說。

吉米·布雷文斯（Jimmy Blevins）。

狗屁，羅林斯說。吉米·布雷文斯是廣播上的人物。

那是另一個吉米・布雷文斯。

誰在跟蹤你？

沒有人。

你怎麼知道？

因爲沒有。

羅林斯看著約翰・葛瑞迪然後再看看那孩子。你有東西吃嗎？

沒有。

你有錢嗎？

沒有。

你眞沒出息。

那孩子聳聳肩。他的馬往水裡踏一步然後又停住。

羅林斯搖搖頭吐口痰，然後望著河水。告訴我一件事。

好。

我們幹嘛要讓你跟著？

他沒回答。他坐在那裡看帶沙的水流過他們，看著夕陽把柳樹上的細柳枝影投射在沙洲上。他望向南邊藍色的山巒，拉一拉他吊帶褲的肩帶，拇指勾在褲子上面坐著，然後轉頭看著他們。

因爲我是美國人，他說。

羅林斯轉過頭去並搖搖頭。

他們頭頂著蒼白細長的新月騎馬過河。他們把靴子倒過來塞在牛仔褲裡，襯衫和外套連同袋子裡刮鬍工具和糧食也一起塞進去，牛仔褲的褲腰用皮帶纏緊，褲腳部分則鬆鬆地綁在脖子上，他們全身上下只戴著帽子，牽著馬走到沙洲上，解開馬身上的肚帶，光著腳騎上馬過河。

到了河中間馬開始用游的，鼻孔噴著氣，脖子伸出水面，尾巴則漂在後頭。他們順著水流往下游，裸身的騎士彎向前跟馬說話，羅林斯一隻手拿著來福槍，他們一個跟在另一個後面，好像一群盜匪要登陸陌生的岸邊。

他們騎上河另一邊的柳樹岸，成一列縱隊往上游騎過沙洲，到一片狹長的淺灘上，在那裡他們脫掉帽子回頭看他們所離開的地方。沒有人說話。然後他們突然策馬在淺灘上奔馳又掉頭跑回去，一邊用帽子搧著玩一邊大笑，並不時勒住馬兒，在牠們肩上輕拍。

可惡，羅林斯說。你知道我們在幹嘛嗎？

他們讓喘氣的馬停在月光下，彼此互看。然後他們靜靜地下馬解開脖子上的衣服穿衣，接著牽馬走過柳樹林與沙洲，到了平原再上馬，往南騎向可灰拉（Coahuila）的灌木林地。

他們在牧豆平原邊露營，早上他們煮了培根、豆子以及用穀物粉和水作成的穀物麵包，他們坐著吃並觀望整片原野。

你上次吃東西是什麼時候？羅林斯說。

就那一天，布雷文斯男孩說。

就那一天。

對。

羅林斯看著他。你的名字不是布里維特（Blivet）吧？

是布雷文斯。

你知道布里維特是什麼嗎？

什麼。

布里維特就是十磅的狗屎裝在五磅的袋子裡。

布雷文斯停止咀嚼。他看著西方的原野上，有牲畜在晨光中步上草原。然後他又繼續吃。

你們沒說你們的名字，他說。

你又沒問。

沒人這樣教我，布雷文斯說。

羅林斯淒厲地瞪著他然後轉過頭去。

約翰・葛瑞迪・柯爾，約翰・葛瑞迪說。這位是雷西・羅林斯（Lacey Rawlins）。

那孩子點點頭。他繼續吃。

我們從聖安傑羅來的，約翰・葛瑞迪說。

我從未北上到那裡。

他們等他說他從哪裡來但是他沒說。

羅林斯抓了一把易碎的穀類麵包擦了擦盤子然後吃下去。假如，他說，我們想賣掉那匹馬去換一匹比較不會讓我們被人槍殺的馬。

那孩子看著約翰・葛瑞迪然後轉回去看牲畜站的地方。我不賣馬，他說。

你不管我們是不是要照顧你對不對？

我可以自己照顧自己。

你當然可以。我想你有一把槍。

他隔了一會兒沒回答。然後他說：我有一把槍。

羅林斯抬起頭。然後他繼續用湯匙吃穀物麵包。哪一種槍？他說。

三二—二〇柯爾特式（Colt）連發手槍。

狗屁，羅林斯說。那是來福槍用的子彈。

那孩子吃完了，坐著用一把草擦盤子。

拿出來看看，羅林斯說。

他把盤子放下。他看看羅林斯然後看看約翰・葛瑞迪。然後他伸手進他連身工作褲胸前的口袋掏出槍。他把槍放在手裡向前轉了一下，然後倒過來槍托向前移向羅林斯。

羅林斯看著他然後看著槍。他把盤子放在草地上，接過槍後把槍轉過來。那是把舊的柯爾特・畢斯雷（Colt Bisley），握柄裏有馬來膠。金屬部分是暗灰色的。他把槍轉過來看槍管上的字。上面寫著32-20。他看看那孩子，用拇指彈開閥門，把撞針放在保險位置，轉開旋轉彈膛，讓其中一發子彈掉在掌心上並看著它。然後他把它放回去，關上閥門，扳下撞針。

你從哪裡弄到這把槍？他說。

在有槍的地方。

你開過槍沒？

開過。

你可以用這槍射東西嗎？

那孩子伸手去拿手槍。羅林斯把槍放在掌上秤重，然後把槍轉過去給他。

你拋一樣東西我就會射中，那孩子說。

狗屁。

那孩子聳聳肩然後把槍放回連身工作褲胸前的口袋裡。

要我拋什麼？羅林斯說。

隨便。

我拋什麼你都可以打中。

對。

狗屁。

那孩子站起來。他把盤子在褲管上擦過來擦過去，並看著羅林斯。

你把你的錢包扔到空中，我可以把它打個洞，他說。

羅林斯站著。他伸手到後面的口袋拿出皮夾。那孩子彎身去把盤子放在草地上並再度取出手槍。約翰·葛瑞迪把湯匙擱在盤子上，把盤子放到地上。他們三個走在平原上，晨光下長長的身影像決鬥者。

他背對著太陽，槍掛在腿邊。羅林斯轉頭對約翰·葛瑞迪笑。他用拇指和食指拿著皮夾。

準備好沒，安妮·歐克利（Annie Oakley）？他說。

我在等你。

他出其不意地拋出。皮夾在空中旋轉，在藍天下顯得很小。他們看著皮夾，等他開槍。然後他開槍了。皮夾突然彈開到一邊去，扭曲地落到地面，像隻受傷的鳥。

槍聲立即消逝在無限的靜寂中。羅林斯走出去草地上彎身撿他的皮夾，放在口袋後走回來。

我們該走了，他說。

給我們看一下，約翰・葛瑞迪說。

走吧。我們得離開這條河。

他們回到馬匹那裡給馬上鞍，那孩子踢熄火苗，他們上馬離開。他們彼此相隔很遠但並肩地騎在河邊矮樹叢旁寬廣的沖積平原上。他們一語不發地騎著，眼睛望著眼前的新景象。停在牧豆樹上的一隻鷹跳下來在平原上低飛，然後又攀上東方半英哩外的一棵樹上。等他們經過後又飛回去。

在佩可斯的時候你就把槍放在上衣裡對不對？羅林斯說。

那孩子從他的大帽子底下看著他。對，他說。

他們繼續騎。羅林斯彎身吐痰。我想你會用它來射我。

那孩子也吐口痰。我不想惹人家對我開槍，他說。

他們騎過布滿仙人掌和灌木的低山。上午過了一半時他們走到一條有馬腳印的路於是轉往南騎，中午來到瑞福瑪鎮（Reforma）。

他們一個跟在另一個後面騎下做為道路用的兩輪車車道。半打的土牆矮屋傾倒成廢墟。有幾間以樹枝和泥土搭成的茅屋和一個圍欄，裡頭有五匹頭大的矮馬嚴肅地站著看路過的馬。

他們下馬將馬綁在一間泥土蓋成的小店後進去。一個女孩坐在室內中間鐵爐旁的直靠背椅上，藉入口的光線在看漫畫書，她抬頭看他們後又回到漫畫書上然後又再抬頭。她起身往店後方看，那裡的門口掛著一道綠簾子，她把書放在椅子上，走過堆滿物品的泥土地板到櫃台，轉身站著。櫃台上有三個瓷土甕或陶鍋。其中兩個是空的但第三個蓋著豬油桶的錫蓋，蓋子還被切了缺口好露出上了釉的錫柄勺的手把。她身後的牆上有三、四列木架，上面擺著罐頭、布、線和糖果。另一邊的牆上有一個手工製的松木餐盒。在那之上有一個日曆被釘在土牆上。那是室內除了爐子和椅子之外的所有物件。

羅林斯脫下帽子把前臂壓在前額上然後再戴上帽子。他看著約翰·葛瑞迪。她這裡有東西喝嗎？有喝的嗎（西班牙語）？約翰·葛瑞迪說。

有（西班牙語語），女孩說。她走到瓷土甕後方她的崗位上並掀起蓋子。三位騎士站在櫃台旁邊看。

那是什麼？羅林斯說。

蘋果酒（西班牙語），女孩說。

約翰・葛瑞迪看著她。會說英文嗎（西班牙語）？他說。

不會，她說。

那是什麼？羅林斯說。

蘋果酒。

他看著甕裡面。我們喝吧，他說。給我們三個。

要什麼？（西班牙語）

三個，羅林斯說。三（西班牙語）。他比出三根手指。

他拿出皮夾。她從身後的架上拿下三個大杯子放在盤子上，拿起勺子舀棕色的透明液體倒進杯子裡，羅林斯放一張一元美鈔在櫃台上。鈔票兩邊各有一個洞。他們伸手去拿杯子而約翰・葛瑞迪對著鈔票點頭。

他正中你的錢包對不對？

對，羅林斯說。

他舉起他的杯子，他們喝酒。羅林斯站著若有所思。

我不知道這是什麼鬼東西，他說。但是對一個牛仔來說還滿好喝的。我們都再來一杯。

他們放下杯子讓她再裝滿。多少錢？羅林斯說。

她看著約翰・葛瑞迪。

多少（西班牙語），約翰・葛瑞迪說。

一起算？（西班牙語）

對。（西班牙語）

一塊五十。（西班牙語）

那是多少？羅林斯說。

一杯約三分錢。

羅林斯把櫃台上的錢往前推。讓老爸請客，他說。

她從櫃台下的雪茄盒找出零錢，把墨西哥硬幣放在櫃台上並抬起頭來。羅林斯放下他的空杯，指著杯子再多買三杯並取回找他的零錢，他們拿著杯子走出去。

他們坐在店前面的棚屋涼蔭下喝他們的飲料，看著中午人煙稀少的小路。泥土小屋。覆著塵土的龍舌蘭以及遠方無樹的砂石山。排水溝所形成的一條藍色小溪流經店前面的土溝，一隻羊站在滿布車痕的路上盯著馬看。

這裡沒有電，羅林斯說。

他喝了口飲料。他望著路上。

我懷疑這裡連車都沒有。

我不知道哪裡會有車過來，約翰・葛瑞迪說。

羅林斯點頭。他把杯子舉向光，轉了轉，看著裡面的蘋果酒。你想這會不會是某種仙人掌汁什麼的？

我不知道，約翰・葛瑞迪說。這東西滿有後勁的對不對？

沒錯。

別讓那個小子再多喝。

我喝過威士忌，布雷文斯說。這不算什麼。

羅林斯搖著頭。在老墨西哥喝仙人掌汁，他說。你想他們現在在家裡會說什麼？

我想他們會說我們走了，約翰・葛瑞迪說。

羅林斯把腿往前伸直坐著，靴子交叉，帽子在膝上，眼睛望著這片異境並點頭。我們是走了不是嗎？他說。

他們餵馬喝水並取下腹帶讓牠們喘口氣，然後繼續往南騎上路，如果那算是路的話，一個接著一個在塵土中前進。路上有牛、野豬、鹿和狼的足印。下午他們又經過另一列小屋但是他們繼續騎。路被沖刷得很嚴重，留下許多窪地，裡面有因昔日旱災而死亡的牲畜，乾裂發黑的獸皮下露出裂開的骨頭。

喜歡這個國家嗎？約翰．葛瑞迪說。

羅林斯側身吐口水但沒有回答。

晚上他們來到一座小牧場讓馬停在圍籬旁。房屋後面散布著幾座樓，圍欄裡圍著兩匹馬。院子裡有兩個穿白衣的小女孩站著。她們看著騎士然後轉身跑進屋內。一個男人出來。

晚安（西班牙語），他說。

他走出圍籬外來到大門口，示意要他們進去，向他們指出餵馬喝水的地方。進來吧（西班牙語），他說。進來吧（西班牙語）。

他們在一張上漆的小松樹桌上點油燈吃飯。四面的土牆上掛著舊日曆和雜誌圖片。其中一面牆上有鑲框的錫製聖母像。聖像底下有一塊木板用兩個楔子釘入牆上掛著，上面有個綠色小杯子裡頭有根黑掉燒過的蠟燭。幾個美國人並肩坐在桌子的一邊，兩個小女孩坐在另一邊屏住呼吸看著他們。女人低頭吃飯，男人跟他們開玩笑並遞盤子。他們吃豆子、玉米餅和用瓷鍋盛出來的紅椒羊肉。他們用光亮的錫杯喝咖啡，那男人把菜餚推向他們要他們別客氣。儘管吃（西班牙語），他說。

他想知道美國，往北三十英哩的地方。他小時候看過，在阿古那（Acuña）的對岸。他有兄弟在那裡工作。他有個叔叔在猷華德德州（Uvalde Texas）住過幾年，但是他想他已經過世。

羅林斯吃完他盤中的食物後謝謝那女人，約翰・葛瑞迪告訴她他說什麼，她微笑害羞地點頭。羅林斯表演給那兩個小女孩看他怎麼把兩根手指拔掉再裝回去，這時布雷文斯把他的食具在盤子中交叉放好，用袖子抿嘴並往後靠。凳子沒有椅背所以布雷文斯用力地晃了一下然後跌在身後的地板上，腳踢到桌面下使盤子陣陣作響，差點連同板凳上的約翰・葛瑞迪和羅林斯一起扳倒。兩個女孩馬上站起來拍手高興尖叫。羅林斯抓著桌子解救自己，他看著躺在地上的男孩。我眞該死，他說。太太，對不起。

布雷文斯掙扎起身，只有那男人幫他一把。

還好吧（西班牙語）？他說。

他沒事，羅林斯說。笨蛋摔不死的。

女人傾身去擺好一個杯子，並叫孩子安靜。她不能笑這個失禮的舉動，但是她眼中的笑意連布雷文斯都看得出來。他爬回凳子上重新坐下。

你們都準備好要走了沒?他輕聲說。

我們還沒吃完，羅林斯說。

他不安地看看四周。我待不下去了，他說。

他頭低低地坐著，聲音刺耳地低語著。

你爲什麼待不下去？羅林斯說。

我不喜歡被人笑。

羅林斯看著女孩們。她們又坐下來，眼睛又恢復大而正經。去你的，他說。只不過是孩子罷了。

我不喜歡被人笑，布雷文斯小聲說。

男人和女人都很關心地看著他們。

你不想被笑就不要摔下去，羅林斯說。

我先告退了，布雷文斯說。

他爬出板凳，拿起帽子戴上後走出去。房子的主人看起來很擔心，他靠向約翰．葛瑞迪小聲地詢問。兩個女孩子坐著看她們的盤子。

你想他會續續跟我們嗎？羅林斯說。

約翰．葛瑞迪聳聳肩。我懷疑。

主人們似乎在等他們其中一個站起來去追他，但是他們都沒有。他們喝著咖啡，過一會兒那女人起身收盤子。

約翰．葛瑞迪發現他坐在地上似乎在沉思。

你在幹嘛？他說。

沒事。

你怎麼不進來。

我沒事。

他們要我們留下來過夜。

去啊。

你打算怎麼做？

我沒事。

約翰・葛瑞迪站著看他。那樣的話，他說。你自己決定。

布雷文斯沒回答，他讓他繼續坐在那裡。

他們睡的房間在房子後面，聞起來有乾草或麥草的味道。房間很小，沒有窗戶，地上有兩張草床上面蓋著羊毛披肩。他們拿了主人給他們的燈並謝謝他，他鞠躬退出房門並道晚安。他沒問布雷文斯的事。

約翰・葛瑞迪把燈放在地上，他們坐在草床上脫掉靴子。

我累死了，羅林斯說。

我聽到了。

關於在這裡工作的事老頭是怎麼說的？

他說在卡門山（Sierra del Carmen）那邊有一些大牧場。約有三百公里。

那是多遠？

一百六、七十英哩。

你想他會覺得我們是走投無路嗎？

我不知道。如果是的話也挺好的。

我也是這麼想。

他把這個國家說得像是座大糖果山。說什麼有湖泊、流水跟草原。到目前爲止我還看不到這裡有那種景象，你有嗎？

他說不定只是爲了要讓我們採取行動。

有可能，約翰·葛瑞迪說。他脫下帽子躺下，拉羊毛披肩蓋在身上。

他到底要怎麼樣。羅林斯說。睡在外面院子裡嗎？

我想是吧。

說不定他早上就走了。

可能。

他閉上眼睛。別讓燈燒盡了，他說。會燒掉整間屋子的。

我等一下就會把它吹熄。

他躺著聽。到處都沒有聲音。你在幹嘛？他說。

沒幹嘛。

他張開眼睛。他轉過去看羅林斯。羅林斯把皮夾攤開在毯子上。

你在幹嘛？

我要你看看我那該死的駕照。

你在這裡用不著。

還有我的撞球卡。也完蛋了。

睡吧。

看看這堆廢物。他剛好打在貝蒂華德（Betty Ward）兩眼中間。

怎麼會有她？我不知道你喜歡她。

照片是她給我的。那是她學生時期的照片。

早上他們在同一張桌子上吃了一頓有蛋、豆子和玉米餅的豐盛早餐。沒有人去叫布雷文斯也沒有人問到他。那女人幫他們用布包了午餐，他們謝謝她並與男主人握手，然後在清爽的早上走出去。布雷文斯的馬不在圍欄裡。

你想我們有那麼幸運嗎?羅林斯說。

約翰·葛瑞迪懷疑地搖頭。

他們給馬上鞍並要付錢給那男人,但是他皺著眉頭揮手要他們走,他們再度握手,他祝他們旅途愉快,他們上馬順著滿布車痕的路向南騎。一條狗跟著他們走一會兒然後站著看他們騎遠。

早上空氣清新涼爽,空氣中有林煙味。當他們騎到路上第一個上坡時,羅林斯不屑地吐口水。看那邊,他說。

布雷文斯騎在紅棕馬上等在路旁。

他們放慢馬速。你想他到底有什麼鬼問題?羅林斯說。

他只是個孩子。

放屁,羅林斯說。

他們騎近時布雷文斯對他們笑。他正在嚼菸草,他彎身吐口水,用手腕內側擦嘴巴。

你在笑什麼?

早,布雷文斯說。

你從哪兒弄到菸草的?羅林斯說。

那男人給我的。

那男人給你的？

對。你們去哪裡了？

他們騎馬從他的兩邊走過，他落在後頭。

你們有東西吃嗎？他說。

有她幫我們準備的午餐，羅林斯說。

裡面有什麼？

不知道。沒看。

那我們何不來看看？

現在是午餐時間嗎？

喬（Joe），叫他讓我吃一點。

他不叫喬，羅林斯說。就算他叫艾弗林（Evelyn）也不會在早上七點鐘給你吃午餐的。

可惡，布雷文斯說。

他們一直騎到過中午。一路上除了他們經過的原野之外什麼也沒有，而原野上什麼也沒有。唯一的聲響是馬規律的蹄聲以及布雷文斯在他們身後週期性的吐菸草汁聲。羅林斯一條腿跨在前面騎著馬，重心靠在膝蓋上，若有所思地抽著菸，看著這片景象。

我想我看到那邊有棉田，他說。

我想我也是，約翰・葛瑞迪說。

他們在小沼澤邊的樹下吃午餐。馬兒站在溼草地上安靜地吸吮著水。她把食物用一塊棉布包起來，他們把布攤開在地上，像野餐的人一樣挑食著油炸玉米餅、煎玉米餡餅與開心果，雙腿交叉、手枕著頭躺在樹蔭下，閒散地咀嚼食物並觀察著馬。

以前，布雷文斯說，這裡會是柯曼奇族偷襲你的地方。

我希望他們在等的時候有帶撲克牌或是棋盤，羅林斯說。我看這條路有一年沒有人走過。

以前旅行的人比現在多多了，布雷文斯說。

羅林斯不懷好意地看著這片被腐蝕的土地。你對以前的事情知道個屁？他說。

你們還要吃嗎？約翰・葛瑞迪說。

我脹死了。

他把布綁起來後站起來，開始脫他的衣服，光溜溜地走過草地穿過馬匹，踏進水池中坐下，水深及腰部。他展開雙臂向後倒進水中並消失。馬兒看著他。他又坐起來出水面，把頭髮向後撥並擦擦眼睛。然後他就坐著。

他們當晚就在路旁的溼地上露營生火，坐在沙上望著火燼。

布雷文斯，你是牛仔嗎？羅林斯說。

我喜歡牛仔。

每個人都喜歡。

我沒說自己有多棒。我會騎馬就是了。

是嗎？羅林斯說。

那邊那個人會騎馬，布雷文斯說。他向火另一邊的約翰・葛瑞迪點頭。

你爲什麼這麼說？

他就是會，就這樣。

如果我告訴你他只是剛開始騎。如果我告訴你他從沒騎過女孩子騎不了的馬。

那我得說你是在扯我後腿。

如果我告訴你他是我見過最棒的。

布雷文斯對火吐口水。

你不相信？

我沒有不相信。那得看你看過誰騎。

我看過布傑・雷德（Booger Red）騎馬，羅林斯說。

是嗎？布雷文斯說。

是。

你想他會贏過他嗎？

事實上我知道他可以。

也許他可以也許他不可以。

你懂個屁，羅林斯說。布傑・雷德老早死了。

別理他，約翰・葛瑞迪說。

羅林斯換腿交叉，對約翰・葛瑞迪點頭。他就是喜歡吹牛對不對？

他滿嘴屁話，約翰・葛瑞迪說。

你聽到沒？羅林斯說。

布雷文斯下巴靠近火吐口水。我不懂你怎麼可以直接說某個人是最棒的。

你是不能，約翰・葛瑞迪說。他只是無知罷了。

好騎士有很多，布雷文斯說。

沒錯，羅林斯說。好騎士有很多。但是最棒的只有一個。而他剛好就坐在那邊。

不要煩他了，約翰·葛瑞迪說。

我沒有在煩他，羅林斯說。我有在煩你嗎？

沒有。

告訴那邊的喬我沒有在煩你。

我說了你沒有。

不要煩他了，約翰·葛瑞迪說。

接下來的幾天他們騎過山岳，跨過一個不毛的風口，讓馬匹停在石頭間，向南眺望整片大地，看著最後幾道陰影在起風前掃過地面上，西邊血紅的落日躺在雲堆裡，遠方的雁列山脈從天邊延伸，從蒼白褪成淡藍然後消失。

你想那個天堂是在哪裡？羅林斯說。

約翰·葛瑞迪摘下帽子讓風吹拂他的頭。你得眞正進到一個國家才能知道那裡的情況，他說。

一定很豐富不是嗎。

約翰·葛瑞迪點頭。那是爲什麼我要來這裡。

我聽到了。

他們從北邊山坡上清涼蒼藍的虛幻之地騎下來。長青的梣樹生在多岩石的窪地上。柿樹，山膠。一隻鷹在他們下方起飛，在越來越濃的霧中打轉然後飛走，他們用馬鐙踢馬，小心翼翼地騎在石頭密布的崎嶇山路上。天黑時他們來到一塊砂岩層上露營，那晚他們聽到他們沒聽過的聲音，西南邊傳來三聲長的呼號聲，然後是一片靜默。

你聽到沒？羅林斯說。

有。

是一隻狼對不對？

對。

他蓋著毯子躺著，看著新月掛在山腳邊。在藍色的假黎明裡，宿星團似乎在黑暗中升起，拖著其他的星星走，獵戶座的大鑽石星與仙王、仙后座都在青空中升起，像張海網。他一直躺在那裡聽其他人睡著的呼吸聲，一邊想著他周圍的荒野，以及他心裡的荒野。

晚上和天亮前都很冷，他們醒來時布雷文斯已經起來在地上生了個火，穿著薄衣瑟縮在火堆旁。約翰·葛瑞迪爬出來穿靴子和外套，走出去觀看眼前這塊地方掙脫黑暗。

他們把剩下的咖啡喝完並用冷玉米餅中間沾點瓶裝辣醬吃。

你想我們還要走多久？羅林斯說。

我不擔心，約翰．葛瑞迪說。

你那邊那個夥伴看起來有點焦慮。

他沒有多少培根可以吃。

你也沒有。

他們看著太陽從他們下方升起。站在台地上吃草的馬抬起頭來看太陽。羅林斯喝完咖啡後甩乾杯子，伸手到上衣口袋拿菸。

你想會不會有一天太陽不升起？

會，約翰．葛瑞迪說。審判日。

你想那是什麼時候？

祂決定的那一天。

審判日，羅林斯說。你相信那一套？

我不知道。我想是吧。你呢？

羅林斯把菸放在嘴角點燃，然後甩掉火柴。我不知道。也許吧。

我知道你是異教徒，布雷文斯說。

你懂個屁，羅林斯說。最好安靜點，不要惹人煩，你已經夠討人厭了。

約翰・葛瑞迪走過去從鞍頭抓起他的馬鞍，把毯子甩到他的肩上，然後轉過頭看他們。我們走吧，他說。

上午過了一半他們下山，騎在長著格蘭馬草與編籃草的平原上，還點綴著野莴苣。他們在這裡第一次遇見別的騎士，他們從一英哩外的平原接近時他們停下來看，三個騎馬的人帶領著一列背著空籃子的馱畜。

你想他們是誰？羅林斯說。

我們不應該這樣停下來，布雷文斯說。我們看得到他們，他們也可以看到我們。

那你是什麼意思？羅林斯說。

如果你看到他們停下來你會怎麼想？

他說得對，約翰・葛瑞迪說。我們繼續騎。

他們是放牧者，要到山裡收集牧草。看不出來他們對於在這裡看到騎著馬的美國人感到驚訝。他們問他們有沒有看到其中一人的兄弟，他和妻子與兩個女兒住在山裡，但是他們沒看到。墨西哥人騎在馬上，黑眼珠緩緩地審視著他們的衣服。他們自己穿得很糟，像穿破布一樣，帽子上沾著油與汗，靴子上有粗牛皮的補洞。他們騎在舊式方邊的馬鞍上，皮都快磨掉了，他們用玉米穗殼捲菸，用裝在空彈盒裡的打火石點菸。他們其中一人的腰帶上插著一把舊的柯爾特手槍，閥門是彈開的以防滑落，他們身上有菸味、獸脂與汗臭味，看起來就像他們的土地一樣狂野陌生。

德州來的（西班牙語）？他們說。

對（西班牙語），約翰．葛瑞迪說。

他們點點頭。

約翰．葛瑞迪一邊抽菸一邊看著他們。他們外表看起來破爛，彈藥卻裝備齊全，他看著那些黑眼睛，想試試可否看出他們在想什麼，但是他看不出來。他們談到這個國家以及當地氣候，他們說現在山上還很冷。沒有人想下馬。他們環顧四周，好像有問題似的。他們有件事情猶豫不決。他們後面的騾在他們一停下來就站著睡著了。

領隊的工頭抽完菸把菸屁股丟在路上。好了（西班牙語），他說。走吧（西班牙語）。

他向美國人點頭。祝好運（西班牙語），他說。他用他的長馬刺刺馬，他們繼續走。後面的騾子看到馬也跟著前進，一邊還搖著尾巴，不過這地方似乎沒有蒼蠅。

下午他們在一條往西南流的清澈河流餵馬喝水。他們走到河邊喝水並裝塡水壺。大約兩英哩外的平原上有羚羊，全都抬起頭站著。

他們繼續騎。河谷的平地上草長得好，顏色如家貓一樣呈玳瑁色而且有斑點的牲畜不是一直在他們眼前的植物叢裡穿梭，就是站在順東坡的低丘上看著他們騎過去。當晚他們在低丘上露營，煮了一隻布雷文斯用槍射到的長耳大野兔。他用可折式小刀處理牠，把牠連皮埋在沙地下並在上面生火。他說印第安人都是這樣弄的。

你吃過長耳大野兔嗎？羅林斯說。

他搖頭。沒有，他說。

如果你打算要吃的話得多找點木頭。

這樣就行了。

你吃過最奇怪的東西是什麼？

我吃過最奇怪的東西，布雷文斯說。我想我會說是牡蠣。

山牡蠣還是眞的牡蠣？

眞的牡蠣。

怎麼煮的？

沒有煮。它們就直接躺在殼上。你加辣醬吃。

你吃過？

吃過。

味道怎樣？

跟你想的差不多。

他們坐著看火。

你從哪裡來的，布雷文斯？羅林斯說。

布雷文斯看看羅林斯然後再看看火。猷華德郡，他說。在沙賓諾河（Sabinal River）上游。

你爲什麼要逃家？

那你呢？

我十七歲了。我高興去哪就去哪。

我也是。

約翰・葛瑞迪雙腿交叉靠在馬鞍上抽菸。你以前逃過家對不對？他說。

對。

他們怎麼做，來抓你？

對。我在奧克拉荷馬（Oklahoma）阿德摩（Ardmore）的窪地釘樁，被一隻牛頭犬在腿上咬一口，像星期天的烤肉那麼大塊，結果傷口發炎，我老闆帶我去看醫生，他們以爲我有狂犬病而很緊張，我就被送回猷華德郡。

你在奧克拉荷馬阿德摩做什麼？

在窪地上釘樁。

你怎麼跑到那裡去的？

本來有人要到猷華德表演的，到猷華德鎮上，我存了錢要去看但是他們沒來，他們的團長因為節目內容不宜而被關入泰勒德州（Tyler Texas）的監獄。裡面有脫衣舞的表演。我去到那裡看到海報上說他們過兩星期要去奧克拉荷馬阿德摩，所以我就到奧克拉荷馬阿德摩去了。

你一路跑到奧克拉荷馬就為了看秀？

我存了錢就是要看啊。

你在阿德摩看到秀沒？

沒有。他們也沒有在那裡出現。

布雷文斯捲起工作褲的一條褲管，把腿靠向火光。

就是在那裡那個王八蛋咬我，他說，我馬上被一隻鱷魚咬了。

你為什麼要來墨西哥？羅林斯說。

跟你一樣的理由。

那是什麼理由？

因為你知道他們會想盡辦法找到你。

沒有人在追我。

布雷文斯捲下工作褲的褲管，用一根木棍戳火。我告訴那個王八蛋我再也不要被他鞭打，我做到了。

你爸？

我爸去打仗就沒回來了。

你的繼父？

對。

羅林斯彎身向前對火吐口水。你沒對他開槍吧？

我會的。他也知道。

窪地裡怎麼會有牛頭犬？

我不是在窪地被咬的。我只是在窪地裡工作。

你被咬的時候在幹嘛？

沒幹嘛。我什麼也沒做。

羅林斯彎身對火吐口水。你那時在幹嘛？

你的問題也太多了吧。我在煮晚餐時不要對火吐口水。

什麼？羅林斯說。

我說我在煮晚餐時不要對火吐口水。

羅林斯看著約翰・葛瑞迪。約翰・葛瑞迪已經開始笑。他看著布雷文斯。晚餐？他說，你把那團東西當晚餐？

布雷文斯點頭。你不想吃的話就告訴我，他說。

他們從地下挖出來冒煙的東西看起來像是墳墓裡的乾屍。布雷文斯把它放在平坦的石頭上去皮，並把肉從骨頭上刮下來放在他們的盤子裡，他們沾辣醬並用剩下的玉米餅包著吃。他們一邊咀嚼一邊互看。

其實，羅林斯說，這也不難吃。

是不難吃，布雷文斯說。事實上，我不知道你們也敢吃。

約翰・葛瑞迪停止咀嚼並看著他們。然後他又開始咀嚼。你們出來混都比我久，他說，我以爲我們是一起開始的。

第二天在往南的路上他們開始遇見開著破篷車要往北方邊境去的移居商人。經過風吹日曬的人騎在小驢子上，三、四個人成一列，載著墨西哥蠟拖鞋花、皮草、羊皮、盤繞得像野萵苣一般的漂亮繩索，或是這種叫索托（sotol）的發酵飲料，裝在鼓形罐和桶子裡，用樹枝條綁在一起。他們用豬皮裝水，或是用加了蠟拖鞋花蠟的防水帆布袋，上頭用牛角製成的栓塞蓋住，有些人還帶了女人和小孩同行，他們會把馱獸擠到灌木叢裡把路讓給騎士，而騎士們會祝他們一天愉快，而他們會微笑點頭直到他們走過去。

他們試著向商隊買水，但是他們都沒有夠小的零錢可以用。當羅林斯要付一個人零點五披索買價值半分錢的水，那得裝滿他們的水壺，而那個人就一滴也不剩。傍晚前他們買了一壺索托，在他們三個人之中一邊騎一邊傳著喝，很快他們就醉了。羅林斯喝完後拔下壺蓋，用水壺的帶子提著水壺，甩給布雷文斯。然後他又接回來。布雷文斯的馬沉重地跟在後面，馬鞍上空空的。羅林斯蠢蠢地看著那隻動物，然後勒住他的馬，叫騎在前頭的約翰·葛瑞迪。

約翰·葛瑞迪轉過頭來看。

他在哪裡？

誰知道？我想大概是躺在後面某處吧。

他們騎回去，羅林斯抓著沒人騎的那匹馬的馬勒牽著走。布雷文斯坐在路中間。他還戴著帽子。

嗚，他看見他們時說。我喝醉了。

他們停住馬往下望著他。

你還可不可以騎？羅林斯說。

熊會在樹林裡大便嗎？我當然可以騎。我摔下來時正在騎馬。

他不確定地站著看四周。他蹣跚地走在他們和馬之間。羅林斯的膝蓋跑掉了。我以爲你們丟下我騎走了，他說。

下一次我們一定丟下你。

當布雷文斯踉蹌地要上馬時，約翰・葛瑞迪伸手去拿韁繩牽住馬。韁繩給我，布雷文斯說。我是個該死的牛仔。

約翰・葛瑞迪搖搖頭。布雷文斯把韁繩弄掉了，伸手要再去拿時差點從馬背上摔下來。他扶住了，抓著韁繩坐起來，然後迅速地把馬調頭。我是說眞正的牛仔，他說。

他用腳跟踢馬腹，馬壓低身子往前走，布雷文斯往後跌到地上。羅林斯不屑地吐口水。讓這個王八蛋躺在這兒算了，他說。

快點上馬，約翰・葛瑞迪說，不要到處亂坐。

傍晚北方的天空都暗了下來，他們所行走的平地上目之所及也都是灰灰的一片。他們在路上一個起伏的高處聚集並回頭看。暴風雨的邊緣籠罩在他們上方，風吹在他們流汗的臉上涼涼的。他們視線模糊，在馬鞍上坐不穩，彼此互看。在黑色積亂雲的壓頂下，遠方無聲的閃電看起來像是透過煙霧在看人家焊接似的。彷彿在鐵黑的世界裡某個有瑕疵的地方正在進行維修。

那邊有人在修東西，羅林斯說。

我不能走過去，布雷文斯說。

羅林斯笑著搖頭。你聽聽他說的話，他說。

你想你能去哪裡呢？約翰・葛瑞迪說。

我不知道。但是我要去別的地方。

你爲什麼不能過去？

因爲有閃電。

閃電？

對。

你最好不要再發神經了，羅林斯說。

你怕閃電？約翰・葛瑞迪說。

我一定會被打到。

羅林斯朝著掛在約翰・葛瑞迪鞍頭上的水壺點頭。不要再給他喝那鬼東西了。他會發酒瘋。

那是家族宿命，布雷文斯說。我爺爺死在西維吉尼亞的礦坑裡，雷劈到一百八十英呎深的地方擊中他，等不及讓他先爬出地面。他們得把礦坑沖涼了才能把他弄出來。他還有其他兩個人，他們像培根一樣被煎熟了。我爸的哥哥一九〇四年在貝森礦場（Batson Field）上從起重機上被轟出來，那是木製的起重機但雷還是劈到他，他還不到十九歲。我母親那邊的曾伯祖——我說是母親那邊的——騎在馬上被雷打死，馬沒被傷到一根毛而他卻死了，他皮帶上的釦子都熔掉了，只好用割的割下來，我還有一個大我不到四歲的表哥從穀倉下來時在院子被打到，害他一隻腿癱瘓，他補牙的金屬也熔合在一起，嘴巴從此打不開。

我跟你說過了，羅林斯說。他完全瘋了。

他們不知道他怎麼了。他就一直抽動，指著嘴巴喃喃自語。

我沒聽過有人說謊可以說成這樣，羅林斯說。

布雷文斯沒聽見。豆大的汗珠立在他的前額。我爸那邊的堂哥也是，頭髮都著火了。他口袋裡的零錢著火穿透口袋掉到地上把草點燃。我也被擊中過兩次，所以一邊耳朵聾了。我被燒死的機率是人家的兩倍。你們得把任何金屬東西丟掉。你不知道什麼東西會害了你。工作褲上的褲釘。靴子上的鞋釘。

你打算怎麼辦？

他狂野地望著北方。想辦法衝過去，他說。那是我唯一的機會。

羅林斯看著約翰．葛瑞迪。他彎身吐口水。這樣吧，他說。如果有疑問的話我想應該先澄清。

你不能衝過一個暴風雨，約翰·葛瑞迪說。你是哪一根筋不對啊？

那是我唯一的機會。

他才一說完他們就聽到第一聲微弱的雷響，像腳踩到乾樹枝的聲音一樣。布雷文斯脫下帽子，用上衣的袖子擦前額，把韁繩在拳頭上繞兩圈，然後急迫地朝身後看最後一眼，就用帽子朝馬屁股打。

他們看著他走。他試著戴起帽子但是弄掉了。帽子滾在地上。他繼續用手肘拍打，他在他們眼前的平原上變得越來越小，甚至越來越可笑。

我可不會爲他負責，羅林斯說。他伸手解開約翰·葛瑞迪鞍頭上的水壺並把馬往前騎。他會躺到地上去的，你想那匹馬會去哪裡？

他繼續騎，一邊喝一邊跟自己說話。我會告訴你那匹馬會去哪裡，他回頭說。

約翰·葛瑞迪跟在後面。馬腳下揚起塵土在他們眼前的路上飛揚。

直直地騎過這片原野，羅林斯大聲說。就是那裡。趕著去赴死。那就是那匹馬會去的地方。

他們繼續騎。風中有雨滴。布雷文斯的帽子躺在路上，羅林斯想騎馬踩過去但是馬兒避開了。約翰·葛瑞迪一腳滑下馬蹬，彎身撿起帽子但沒下馬。他們聽見身後雨落在地面的聲音，像鬼魅在遷徙一般。

布雷文斯的馬戴著馬鞍站在路旁，被綁在一叢柳樹上。羅林斯轉過來在雨中勒住馬並看著約翰·

葛瑞迪。約翰·葛瑞迪騎過柳樹來到小溪旁，跟著幾個踩在溼地上的光腳腳印，直到他發現布雷文斯蹲伏在一棵死掉的棉白楊樹樹根旁，溪水到了那裡就呈扇形流入平原。他全身上下只穿著一件特大號的髒內褲。

你在搞什麼啊？約翰·葛瑞迪說。

布雷文斯雙手抓著他細白的肩膀。只是坐在這裡而已，他說。

約翰·葛瑞迪眺望平原，看著最後一道陽光被逼到往南邊的低丘上移動。他彎身把布雷文斯的帽子丟到他腳邊。

你的衣服呢？

我脫掉了。

我知道。在哪裡？

我留在那邊上面。上衣也有銅釦。

如果雨大的話，這裡會形成一條像火車一樣的湍流。你想過沒有？

你沒被雷打過，布雷文斯說。你不知道那是什麼滋味。

你坐在那裡會被淹死。

那沒關係。我從沒被淹過。

你打算就坐在那裡？

我就是打算這麼做。

約翰・葛瑞迪把手放在膝上。那麼，他說，我就不多說了。

北邊的天空打下一道巨雷。地在震動。布雷文斯把手放在頭上，約翰・葛瑞迪把馬掉頭騎上溪岸。大滴雨點像砲彈一樣打在腳底的溼沙地上。他再回頭看布雷文斯。布雷文斯一樣坐著。那片景象中有種說不出來的東西。

他在哪裡？羅林斯說。

他就坐在那邊。你最好穿上雨衣。

我第一眼看到這王八蛋就知道他有一根筋不對，羅林斯說。他一看就有問題。

大雨傾盆。布雷文斯的馬站在大雨中像馬的幽靈一般。他們離開路面朝一叢樹走去，在凸出的石頭下躲雨，坐著任凸出的膝蓋淋雨，手裡牽著站著的馬的馬勒。馬兒不斷踏步搖頭，雷電交加，風掃過洋槐和紫荊，雨猛打著這塊土地。他們聽見在雨中有馬跑聲，然後就只有雨聲。

你知道那是什麼對不對？羅林斯說。

對。

你要喝一口嗎？

我不想。那東西開始讓我不舒服。

羅林斯點頭並繼續喝。我想我也是，他說。

天黑後暴風雨已經減弱，雨也幾乎停了。他們把溼的馬鞍卸下，他們捆綁馬腿以防走失，分別穿越荊棘叢去手撐住膝蓋岔開腿嘔吐。正在吃草的馬突然抬起頭來。牠們沒聽過這種聲音。在灰朦朧的光線中，那些嘔吐聲的回音像是某種來到荒地的原始物種在叫。某種存在生物心裡不完美、畸形的東西。一種在恩寵面前傻笑的東西，像秋池裡的蛇髮女妖。

早上他們找到馬匹，給馬上鞍並綁上溼的鋪蓋捲，然後牽馬上路。

你想怎麼做？羅林斯說。

我想我們最好去找那小子。

如果我們繼續上路呢。

約翰．葛瑞迪跨上馬低頭看羅林斯。我覺得我不能留他一個人在這裡徒步走路，他說。

羅林斯點頭。對，他說。我想是不行。

他騎下溪岸，遇到布雷文斯上來，狀況跟他離開他時一樣。他停下馬。布雷文斯赤腳走在沖積地上，手拿著一隻靴子。他抬頭看約翰．葛瑞迪。

你的衣服呢？約翰．葛瑞迪說。

沖走了。

你的馬跑了。

我知道。我走到路上看過一次。

你打算怎麼辦？

我不知道。

看來你被酒給害慘了。

我的頭好像被一個胖女人坐住一樣。

約翰・葛瑞迪望著早晨的沙漠在旭日下閃爍。他看著男孩。

你把羅林斯累死了。我想你應該知道。

你永遠不知道你何時會需要你所鄙視的人，布雷文斯說。

你從哪裡聽到這句話的？

不知道。我就是想說出來。

約翰・葛瑞迪搖搖頭。他伸手打開鞍袋拿出他多餘的襯衫丟給布雷文斯。

穿上以免你被烤焦了。我騎下去看看可不可以找到你的衣服。

謝謝，布雷文斯說。

他騎下沖積地然後又回來。布雷文斯穿著襯衫坐在沙上。

昨晚這裡有多少水？

很多。

你在哪裡找到那隻靴子？

在樹上。

他騎下沖積地到扇形沙洲上停下來看。他沒看到靴子。他回來時布雷文斯仍跟原來一樣坐著。

那隻靴子不見了，他說。

我想也是。

約翰・葛瑞迪往下伸出一隻手。我們走吧。

他拉穿著內褲的布雷文斯上來騎在他背後。羅林斯看到你會好好噓你的，他說。

羅林斯看到他時似乎擔心得說不出話。

他衣服不見了，約翰・葛瑞迪說。

羅林斯把馬掉頭，緩緩地走上路。他們跟在後面。沒人說話。過了一會兒，約翰・葛瑞迪聽見有東西掉在地上，他回頭看見布雷文斯的靴子躺在那裡。他轉過去看布雷文斯，但布雷文斯從他的帽緣下方直直地凝視，他們繼續走。馬調皮地走在灑在路上的陰影間，蕨叢冒著水氣。不久他們經過路邊一叢仙人掌，有小鳥被暴風雨吹襲，刺死在上頭。灰色的無名鳥飛到一半撞上而懸掛在上面。有些鳥還活著，當馬行經時牠們扭動脊椎抬頭鳴叫，但是騎士們繼續騎。太陽高掛天空，整片土地換上新的顏色，洋槐和紫荊是一片綠火，路邊的野草綠油油而仙人掌則如火。彷彿雨是通電的，爲大地鋪上電路。

他們中午騎到平頂山麓下呈東西走向的蠟營地。這裡有一條小清水溪，墨西哥人鑿了一個開放火箱，外面用石頭圍著，上面墊緊了他們的鍋爐。鍋爐是用電鍍水槽的下半部製成，爲了把它搬到這裡，他們在底下用木軸，並用木製腳架撐著木軸，然後用一群馬將水槽拖過薩拉戈薩（Zaragoza）東方八十英哩遠的沙漠。沙漠上被碾平的灌木叢痕跡還清晰可見。當美國人騎到他們的營地時，有幾頭從平頂山帶下來的小驢站在那兒，身上背著製蠟原料的蠟拖鞋花，讓牲畜站在那兒的墨西哥人正在吃晚餐。大部分的人穿著像睡衣的破布，蹲在柳樹樹蔭下用錫匙與陶盤吃飯。他們抬起頭來但一邊繼續吃。

大家好（西班牙語），約翰．葛瑞迪說。他們一起迅速、平淡地做了回應。他下馬來，他們看著他站的地方，然後彼此互看後又繼續吃。

有東西吃嗎？（西班牙語）

他們之中有一、兩個人用湯匙指向火。布雷文斯滑下馬時他們又彼此互看。

騎士們從鞍袋裡拿出盤子和餐具，約翰．葛瑞迪從變黑的烹飪袋裡取出小瓷壺，跟他舊的木叉一起遞給布雷文斯。他們到火邊在盤子上裝滿豆子和辣椒，每人從架在火上的鐵皮上各拿一點烤焦的玉米餅，然後走過去坐在柳樹下，離工人們有點距離。布雷文斯把他的裸腿伸在前面坐著，但那那雙腿白得顯眼，讓他覺得丟臉，於是他屈膝把腿縮攏，用他借來的上衣設法蓋住膝蓋。他們吃著。大部分的工人都吃完了，仰躺抽菸並靜靜地打嗝。

你要去問他們我馬的事嗎？布雷文斯說。

約翰．葛瑞迪若有所思地咀嚼。我想，他說。如果馬在這裡的話他們應該會知道那是我們的。

你想他們會偷嗎？

你永遠找不回那匹馬的，羅林斯說。等我們走到一個城鎮，你最好看看可不可以賣掉那把槍去換成衣服和巴士車票，坐車回去你來的地方，要是有巴士的話。你那位兄弟可能願意載著你跑整個墨西哥，但我可不會。

我沒有槍了，布雷文斯說。槍在馬上。

可惡，羅林斯說。

布雷文斯繼續吃。過一會兒他抬頭。我到底哪裡得罪你了？他說。

你沒有得罪我。你以後也不會得罪我。這是重點。

別煩他了，雷西。幫這小子找回馬對我們又不會有什麼損失。

我只是告訴他事實，羅林斯說。

他知道事實。

從他的行爲倒看不出來。

約翰・葛瑞迪用最後一片玉米餅擦盤子然後吃下，把盤子放到地上開始捲菸。

我餓死了，羅林斯說，你想再回去拿第二次他們會介意嗎？

他們不會介意的，布雷文斯說，去吧。

誰問你了？羅林斯說。

約翰・葛瑞迪伸手到口袋裡找火柴，然後他起身走到工人那邊，蹲下來要火。有兩個人拿出打火石，一個幫他敲火，他彎身點菸並點點頭。他問他們鍋爐和綁在驢子上的蠟拖鞋花，工人告訴他製蠟的事情，其中一人起身去拿一小塊灰蠟回來給他。看起來像是塊洗衣皂。他用指甲刮一刮然後聞一聞。他把它舉起來看。

多少錢（西班牙語）？他說。

他們聳聳肩。

很難做（西班牙語），他說。

夠難做的。（西班牙語）

一個穿著刺繡染色皮背心的瘦男人瞇著眼睛狐疑地看著約翰·葛瑞迪。約翰·葛瑞迪交回蠟塊，而這個人噓他並甩了一下頭。

約翰·葛瑞迪轉過來。

那金髮的是你的兄弟？（西班牙語）

他指的是布雷文斯。約翰·葛瑞迪搖頭。不是，他說。

他是誰（西班牙語）？那人說。

他看著空地的另一頭。廚師給布雷文斯一些豬油，他坐在那裡把油塗在他被曬傷的腿。

只是個男孩而已（西班牙語），他說。

有親戚關係嗎？（西班牙語）

沒有。

一個朋友。（西班牙語）

約翰·葛瑞迪吸口菸，在鞋跟上彈菸灰。沒什麼（西班牙語），他說。

沒人說話。穿背心的男人觀察約翰·葛瑞迪，並看著在空地另一頭的布雷文斯。然後他問約翰·葛瑞迪想不想賣那男孩。

他沒有馬上回答。那人可能以爲他正在考慮。他們等著。他抬起頭。不，他說。

要多少（西班牙語）？那人說。

約翰・葛瑞迪把菸熄在鞋底並起身。

謝謝你們的招待，他說。

那人提議用蠟來作交易。其他人也轉過來注意聽他說話。現在他們轉過來看約翰・葛瑞迪。

約翰・葛瑞迪看著他們。他們看起來不邪惡但是讓他覺得不舒服。他轉身走過空地往站著的馬匹前進。布雷文斯和羅林斯起身。

他們說什麼？布雷文斯說。

沒什麼。

你有問他們我的馬嗎？

沒有。爲什麼不問？

他們沒有你的馬。

那個人在說什麼？

沒什麼。拿盤子，我們走。

羅林斯看著坐在空地上的人們。他拿起拖在地上的韁繩並跳上馬鞍。

發生什麼事了，兄弟？他說。

約翰．葛瑞迪上馬掉頭。他回頭看那些人然後看看布雷文斯。布雷文斯拿著盤子站著。

他看著我幹嘛？他說。

把盤子放進袋子然後上馬。

盤子還沒洗。

照我說的做。

有些人站起來了。布雷文斯把盤子塞進袋子，約翰．葛瑞迪伸手拉他上馬坐在他後面。

他把馬掉頭，他們騎出營區並往南走。羅林斯回頭看並讓馬走小快步，而約翰．葛瑞迪跟上來，他們並肩騎在狹窄又布滿車轍的路上。沒人說話。等他們離開營區有一英哩遠，布雷文斯問那個穿背心的人要什麼而約翰．葛瑞迪沒有回答。當布雷文斯問第二次時羅林斯回頭看他。

他想買你，他說。那就是他想要的。

約翰．葛瑞迪沒看布雷文斯。

他們安靜地繼續騎。

你幹嘛告訴他？約翰．葛瑞迪說。沒有必要那樣做。

他們當晚在恩坎塔達山（Sierra de la Encantada）的低丘上露營，三個人靜靜地圍著火坐。男孩細瘦的腿被火照得蒼白，上面布滿塵土以及被豬油黏住的草。他穿的內褲鬆垮骯髒，他看起來的確像是某個受盡剝削的悲慘農奴或者更糟。約翰・葛瑞迪把鋪蓋捲底層的毯子分給他，他把自己包裹起來躺在火邊，很快就睡著了。羅林斯搖頭吐口水。

眞他媽的可憐，他說，你想過我說的話沒？

有，約翰・葛瑞迪說，我想過了。

羅林斯直盯著火心看了許久。我有話告訴你，他說。

說吧。

有壞事要發生了。

約翰・葛瑞迪緩緩地抽菸，他的手臂抱著曲起的膝蓋。

這只是個賭注，羅林斯說。這是賭注。

第二天中午他們騎到恩坎塔達的村莊，他們繞著樹木被截頭的低丘山腳走，第一眼見到的是布雷文斯的手槍從一個彎腰在修道奇（Dodge）車引擎的男人背後口袋裡伸出來。約翰・葛瑞迪第一個看到，他見過的東西是不會忘的。

那是我的手槍，布雷文斯大叫。

約翰・葛瑞迪伸手向後抓住他的襯衫，不然他早滑下馬了。

坐好，白癡，他說。

坐好個頭，布雷文斯說。

你以爲你這是在幹嘛？

羅林斯把馬騎到他們旁邊。繼續騎，他小聲說，上帝保佑。

有幾個小孩子在門口看，布雷文斯轉過頭去看。

如果那匹馬在這，羅林斯說，他們用不著派迪克崔西（Dick Tracy）❶就可以知道馬主人是誰。

你想怎麼做？

我不知道。離開這條路。反正也許太遲了。我想我們先把他藏到一個安全的地方再去察看。

你可以嗎，布雷文斯？

管他可不可以，羅林斯說，沒他說話的份。如果要我幫忙他就得閉嘴聽話。

他騎過他們，他們走到一條算是街道的泥土小徑。不要再回頭看了，可惡，約翰．葛瑞迪說。

他們給他一壺水，讓他留在棉白楊樹下，叫他躲起來，然後他們慢慢騎回鎮上。他們走在鎮上一條條布滿車轍的小徑時，看到那匹馬從一間廢棄泥屋無窗框的窗子探出頭來。

繼續騎，羅林斯說。

約翰．葛瑞迪點頭。

他們回到棉白楊樹下時布雷文斯不見了。羅林斯坐在馬上察看這塊不毛之地。他伸手到口袋裡拿菸草。

我有話告訴你，兄弟。

約翰·葛瑞迪彎身吐口水。好吧。

我這輩子做過最笨的事情是在於我先前做的一個決定。那不是件蠢事。問題出在我前面的決定。

你懂我在說什麼嗎？

我想我了解。什麼意思？

意思是現在就是。這是我們最後的機會。此時此刻。現在就是不可錯失的機會，我跟你保證。

你是指丟下他？

沒錯。

如果那是你的話？

那不是我。

如果是的話？

羅林斯把菸塞進嘴角，從口袋掏出一根火柴，用大拇指指甲點燃。他看著約翰·葛瑞迪。

我不會丟下你而你也不會丟下我。那是肯定的。

你明白他身處困境嗎？

是。我明白。那是他自找的。

他們坐著。羅林斯抽菸。約翰·葛瑞迪手交叉放在鞍頭上，眼睛盯著手看。過一會兒他抬起頭。

我做不到，他說。

ＯＫ。

那是什麼意思？

那表示ＯＫ。你不行就不行。反正我明白你的意思。

但我不明白。

他們卸下馬鞍，立樁綁住馬，然後躺在棉白楊樹下的乾葉堆中，過一會兒睡著了。他們醒來時幾乎天黑了。男孩正蹲在那裡看著他們。

好在我不是壞人，他說。不然我早把你們洗劫一空。

羅林斯轉過去從帽子底下看他然後又轉回來。約翰·葛瑞迪坐起來。

你們發現了什麼？布雷文斯說。

你的馬在這裡。

你們看到了？

對。

那馬鞍呢？

我們沒看到馬鞍。

我要找齊所有東西才會離開這裡。

又來了，羅林斯說。你聽聽看。

他說什麼？布雷文斯說。

別管他，約翰・葛瑞迪說。

我看如果是他的東西就不一樣。他非得要弄回來不可對不對？

別再煽火了。

聽著，混蛋，羅林斯說。要不是因爲他我是不會在這裡的。我會在河岸邊早把你甩了。不，我收回那句話。我在佩可斯就會扔下你。

我們會想辦法找回你的馬，約翰・葛瑞迪說。如果你還不滿意你現在就告訴我。

布雷文斯盯著地上看。

他根本不在乎，羅林斯說。我應該把它寫下來。因偷馬被處死對他而言根本不算什麼。他是自找的。

那不是偷，布雷文斯說。那是我的馬。

說得好。你去跟他說你打算怎麼辦，因爲我向你保證那一點也不關我的屁事。

好，布雷文斯說。

約翰·葛瑞迪看著他。我們找回你的馬你就乖乖上馬。

好。

你保證？

保證個屁，羅林斯說。

對，布雷文斯說。

約翰·葛瑞迪看看羅林斯。羅林斯蓋著帽子躺著。他轉過來看布雷文斯。好吧，他說。

他站起來走到他的鋪蓋捲，拿毯子回來給布雷文斯。

我們現在要睡覺？布雷文斯說。

我要睡。

你們都吃過了？

對，羅林斯說。我們當然吃過了。你沒有嗎？我們一人吃了一大塊牛排而且把第三塊也給分了。

可惡，布雷文斯說。

他們睡到月亮消失，在黑夜裡他們坐起來抽菸。約翰・葛瑞迪看著星星。

你想現在幾點，兄弟？羅林斯說。

我來的地方新月是在午夜落下。

羅林斯抽菸。媽的。我要再回去睡覺。

睡吧。我會叫你。

好。

布雷文斯也繼續睡。他坐著看天從東方漆黑的山壁後方捲開簾幕。村子那邊整個是黑鴉鴉一片。連一聲狗吠聲都沒有。他看著睡著的羅林斯在毯子上翻身，他知道他說的都對卻無可奈何，北方天際的北斗七星翻轉，長夜依舊漫漫。

他叫他們起來時離天亮不到一小時。

你準備好了？羅林斯說。

我盡量。

他們給馬上鞍，約翰・葛瑞迪把他的定樁繩給布雷文斯。你可以用這個做馬籠頭，他說。

好。

把它藏在你的衣服裡，羅林斯說。別讓人看見了。

又沒有人在看，布雷文斯說。

別太篤定。我看到那邊已經有人點燈了。

走吧，約翰・葛瑞迪說。

他們看到馬的那條街上還沒有人點燈。他們緩慢地騎著。一隻睡在地上的狗站起來開始吠，羅林斯作勢要對牠丟東西把牠嚇跑。當他們來到關馬的地方，約翰・葛瑞迪下馬走過去探看窗戶裡面然後回來。

他不在，他說。

小泥土街道上一片死寂。羅林斯側身吐口水。可惡，他說。

你們確定是這裡嗎？布雷文斯說。

是這裡。

男孩溜下馬，光著腳輕手輕腳地走到屋子旁探看。然後他爬進窗子。

他在幹什麼？羅林斯說。

你問倒我了。

他們等著。他沒回來。

那邊有人來了。

有幾隻狗突然跑出來。約翰・葛瑞迪跳上馬掉頭上路，躲進一處漆黑處。羅林斯跟著。狗吠聲傳遍全鎮。一盞燈亮起。

這下可好了，不是嗎？羅林斯說。

約翰・葛瑞迪看著他。他腿上立著卡賓槍坐著。在建築物那頭與狗吠聲中傳來一聲槍響。

你知道這些王八蛋會怎麼對付我們嗎？羅林斯說。你想過沒有？

約翰・葛瑞迪彎向前對馬說話並把手放在馬肩膀上。他的馬開始緊張地踏步，而那本不是匹會緊張的馬。他望著燈亮起來的那些房子。黑暗中傳來馬嘶叫聲。

那個瘋子，羅林斯說，那個瘋子王八蛋。

那一頭傳來一陣喧鬧。羅林斯勒緊他的馬，馬兒踱步向前，他用槍管敲牠的臀部。馬向後蹲並用後腿踹，穿著內褲的布雷文斯騎在那匹大紅棕色馬上，後面跟著一群咆哮的狗，從破爛的仙人掌藩籬衝出來。

馬兒奔跑到羅林斯旁邊，布雷文斯一手抓著馬鬃一手抓著帽子。群狗在路上散開來，羅林斯的馬扭動身軀並搖著頭，那匹大紅棕色馬轉了個完整的圈，這時從暗處傳來三聲槍響，很平均地碰碰碰三響。約翰・葛瑞迪用鞋跟踹馬，身子在馬鞍上彎得很低，他和羅林斯奮力騎上路。布雷文斯超越他們兩個，他蒼白的膝蓋夾緊著馬，襯衣下襬則揚了起來。

他們抵達山頂的轉彎處之前，身後還傳來三聲槍響。他們轉向南邊的主要道路，奮力穿過城鎮。有幾扇小窗子已經點了燈。他們飛奔過去，騎上低丘。東方的天空已露出曙光。在城鎮南方一英哩處他們追上布雷文斯。他的馬停在路上，他看著他們以及他們身後的路。

停下來，他說。我們聽聽看。

他們試圖讓喘氣的動物安靜下來。你這個王八蛋，羅林斯說。

布雷文斯沒回答。他溜下馬趴在地上聽。然後他站起來重新上馬。

兄弟們，他說，他們來了。

騎著馬？

對。我現在告訴你們，你們是不可能跟得上我的。既然他們是在追我就讓我先走。他們會追著塵土，你們可以趁機溜進原野。我們在路上碰頭。

他們還沒說同不同意他就已經抓起馬勒衝上路。

他說得對，約翰・葛瑞迪說。我們最好快點離開這條路。

好吧。

他們在黑暗中穿越灌木叢，盡量往地勢低的地方走，身體貼著馬頸以免被發現。

我們這樣會害馬被蛇咬的，羅林斯說。

天馬上就亮了。

那我們就會被射殺。

不一會兒他們聽見路上有馬聲。然後是更多的馬聲。然後一切靜止。

我們最好快點走，羅林斯說。天就快亮了。

我知道。

你想他們回來時會看到我們走下路的腳印嗎？

如果他們有很多人騎過去就不會。

要是他們抓到他？

約翰・葛瑞迪沒回答。

他不會告訴他們我們往哪裡騎。

可能不會。

你知道他不會的。他們只能眼睜睜地看他跑走。

那我們最好繼續騎。

你，我是不知道，不過我的馬快不行了。

告訴我你打算怎麼做。

可惡，羅林斯說。我們沒有選擇。我們要等天亮再說。說不定哪一天我們在這塊地上找到穀物。說不定。

他們減緩速度騎上山脈頂端。灰茫茫一片的大地上沒有動靜。他們下馬走在山脊上。灌木叢上的小鳥開始鳴叫。

你知道我們多久沒吃東西了？羅林斯說。

我連想都沒想。

我也是現在才想到。想到會被人射殺肯定是會讓人失去胃口的，不是嗎？

等一等。

怎麼了？

等等。

他們站著聽。

我什麼也沒聽到。

那邊有人騎馬。

在路上？

不知道。

你看到什麼嗎？

沒有。

我們繼續走。

約翰·葛瑞迪吐口水並站著聽。然後他們繼續走。

天亮時他們讓馬站在沙地上，爬到高處坐在仙人掌叢裡，觀望著東北方。對面的山脊上有幾隻鹿出來吃草。除此之外他們沒看到什麼。

你看得到路上嗎？羅林斯說。

不行。

他們坐著。羅林斯把槍架在膝蓋上，從口袋裡取出菸草。我想抽菸，他說。

東方泛起一陣光，火紅的太陽從地平線上升起。

你看那邊，約翰·葛瑞迪說。

什麼。

那邊。

兩英哩遠處有人騎馬上來。一個，兩個。三個。然後他們又從視線範圍裡消失了。

他們往哪裡走？

我不知道，不過我有個好的想法。

羅林斯夾著菸坐著。我們會死在這個爛地方，他說。

不會的。

你想他們會找到我們嗎？

不知道。我不知道他們會不會。

我告訴你，兄弟。如果他們騎馬堵到我們，他們得先過我這把槍這一關。

約翰・葛瑞迪看看他然後轉回去看剛剛騎士出現的地方。我不想開槍回德州，他說。

你的槍呢？

在鞍袋裡。

羅林斯點菸。再讓我看到那個混球我就要親手殺了他。不然我就該死。

走吧，約翰・葛瑞迪說。他們還有好長一段路要追。我寧可先想辦法逃。

他們背著太陽往西邊騎，連人帶馬的影子落在前方像樹一樣高大。他們來到一片古老的火山岩地上，他們沿著起伏的黑砂礫平原邊緣騎，不停地回頭看。他們又看見那些騎士，應該是在南方。後來又看到一次。

如果他們的馬沒有累壞了，我想他們應該會騎得更快，羅林斯說。

我也是。

上午過了一半，他們來到一處火山脊的高點，把馬掉頭停下來看。

你覺得呢？羅林斯說。

他們知道馬不在我們這兒。那是肯定的。他們可能不會像我們倆騎得那麼急。

你說得對。

他們坐了很久一段時間。沒有動靜。

我想他們離開我們了。

我也這麼想。

我們繼續走吧。

午後馬匹腳步蹣跚。他們用帽子盛水餵牠們喝，自己喝掉水壺剩下的水，然後繼續騎馬上路。他們沒再看到騎士。接近傍晚時他們看到一群牧羊人在布滿白卵石的乾河谷另一頭露營。牧羊人選那個地點的理由似乎和當地先民一樣是著眼於防衛性，他們很嚴肅地看著騎士們從另一面過來。

你覺得呢？約翰・葛瑞迪說。

我想我們應該繼續騎。我對這裡的居民感到反感。

你說得對。

他們又騎了一英哩，下到河邊找水。結果沒水。他們下來牽著馬，一行四個腳步蹣跚地走進越來越濃的黑暗中，羅林斯仍然拿著槍，漫無方向地走在布滿鳥印或野豬印的沙地上。

夜晚降臨時他們坐在毯子上，馬則被定樁在幾英呎遠處。就這麼坐在漆黑中，沒有生火，沒人說話。過一會兒羅林斯說：我們應該向牧羊人要水的。

我們等早上就會找到水的。

我希望現在就是早上。

約翰・葛瑞迪沒有回答。

那死小子會整晚抱怨個不停。我清楚得很。

他們可能以為我們瘋了。

我們不是嗎？

你想他們會抓到他嗎？

不知道。

我要睡了。

他們躺在毯子裡睡在地上。馬兒在黑暗中不安地動來動去。

關於他我有一句話要說，羅林斯說。

誰？

布雷文斯。

什麼話？

那個混蛋不會向那些偷他馬的人乖乖就逮的。

早上他們把馬留在河谷，爬上去看日出的景象。晚上在河谷裡很冷，當太陽升起，他們轉過去背對著太陽坐著。北方無風的空中出現一縷輕煙。

你想那是來自牧羊人的營地嗎？羅林斯說。

我們最好希望那是。

你想騎過去看他們會不會給我們一點水和食物？

不想。

我也不想。

他們看著原野。

羅林斯起身拿著槍走開。過一會兒他用帽子盛著些仙人掌果實回來，把它們倒在一顆平坦的石頭上，用刀子剝皮。

你要來一點嗎？他說。

約翰・葛瑞迪走過去蹲下來拿出自己的刀。果實被夜晚凍得還冷冷的，把他們的手指染得血紅，他們坐著剝果實，一邊吃一邊吐硬硬的小籽與挑出他們手指頭上的刺。羅林斯指向大地。那邊沒什麼事情發生對不對？

約翰・葛瑞迪點頭。最大的問題是我們可能碰到那些人而不知道。我們連他們的馬都沒看清楚。

羅林斯吐口水。他們也有一樣的問題。他們也不認得我們。

他們認得我們。

對，羅林斯說。你說得對。

我們除了布雷文斯之外什麼問題也沒有。他等於是把馬漆成紅色到處去宣傳一樣。

那可不是。

羅林斯在褲子上擦他的刀刃然後把刀子折起來。我想我對這些事情越來越站不住腳了。

特別的是，他說的是眞的。那是他的馬。

那是某人的馬。

但肯定不是那些墨西哥人的馬。

對。但是他無法證明。

羅林斯把刀子放進口袋，坐著檢查帽子上有沒有沾到仙人掌刺。漂亮的馬就像漂亮的女人，他說。他們總是會惹出超過他們自身價値的麻煩。男人只需要那些可以完成任務的就行了。

你從哪兒聽來這句話的？

不知道。

約翰・葛瑞迪收起刀子。不過，他說。外頭這塊土地還眞大。

對。很大的一塊地。

天知道他到哪去了。

羅林斯點頭。我會跟你說同樣的話。

什麼？

我們看不到他的蹤影。

他們在寬廣的平原上往南騎一整天。中午時他們找到水，在一個土磚水槽裡有含沙的剩水。傍晚他們經過低丘的山口，在一叢檜狀植物裡逮到一隻單角幼鹿，羅林斯從槍套拔出槍對牠開槍。他放開了韁繩，馬低下頭往旁邊跳然後站著發抖，他下馬跑向他看到小鹿的地方，牠已倒臥在血泊中。約翰・葛瑞迪騎上前牽著羅林斯的馬。鹿的頭骨被射穿，牠的兩眼瞪得直直的。羅林斯把子彈碎片取出，開始處理鹿肉，並抬頭看。

那眞是要命的一槍，約翰・葛瑞迪說。

那是走狗運。我只是拔槍就射。

還是很要命。

你的刀給我。如果我們吃鹿肉沒撐死，那我就是中國人。

他們把鹿放血去內臟後掛在檜狀植物上冷卻，他們試著在坡地上找木柴。他們生了火，砍下紫荊的枝條擺上去，羅林斯將鹿去皮，把肉切成條狀，垂在枝上燻。當火減弱時，他把兩根綠木的枝條拔下，用石頭把它們架在炭上。然後他們坐著看肉變成褐色，聞著肥油掉進炭火後產生的煙。

約翰·葛瑞迪走過去卸馬鞍，綁住牠們的腳後再放牠們出去，然後帶著毯子和馬鞍回來。

給你，他說。

那是什麼？

鹽。

我希望我們有麵包。

來點新鮮的玉米、馬鈴薯和蘋果餡餅如何？

別討人厭。

還沒好嗎？

還沒。坐下。有你站在那裡永遠也好不了。

他們各吃一塊嫩腰肉，然後用枝條翻烤肉條，躺著捲菸。

我看過幫布萊爾（Blair）工作的牧人切一頭一歲的母牛肉，薄到你可以看穿肉片。他們在一塊長布上給牛去骨。把肉繞著火堆掛著，像晾衣服一樣，如果晚上看到你不會知道那是什麼。那看起來好像是看穿某種東西，好像可以看到牛的心臟一樣。他們會給肉翻面，在夜裡添火，你可以看到他們人在肉裡面移動。你晚上醒來會看到這一切就發生在風中的草原上，那種光亮就好像熱爐在燒一樣。跟血一樣紅。

這種肉吃起來會像柏樹一樣，約翰・葛瑞迪說。

我知道。

叢林狼在南邊的山脊上狂吠。羅林斯彎身把他的菸灰彈進火中然後又躺回去。

你想過死亡嗎？

想過。你呢？

想過。你覺得有天堂嗎？

有。你不覺得嗎？

我不知道。也許有吧。你覺得如果你不信地獄就可以信天堂嗎？

你想信什麼就可以信什麼。

羅林斯點頭。你可以去想所有會發生在你身上的事，他說。想都想不完。

你想信教嗎？

不是。我只是有時候會想不知道信教會不會好點。

你不是想離開我吧？

我說了我不會。

約翰・葛瑞迪點頭。

你想那些內臟會不會引來獅子？羅林斯說。

可能。

你看過嗎？

沒有。你呢？

只有在葡萄溪的時候看過朱力斯・蘭賽（Julius Ramsey）帶狗殺死的那隻。他爬到樹上用棍子把牠擊昏後讓狗去鬥。

你想他眞的這樣做了嗎？

對。我想他有可能。

約翰・葛瑞迪點頭。他有可能。

叢林狼咆哮然後停止然後又再開始。

你想神會留心人嗎？羅林斯說。

我想是的。你呢？

我也這麼想。這世界就是這樣。一個人可以在阿肯色州或是某個地方醒來打噴嚏，而在同時在別的地方有戰爭有毀滅。你不知道會發生什麼事。我想祂也差不多。我不相信我們能有什麼辦法。

約翰・葛瑞迪點頭。

你不覺得那些王八蛋會逮到他對不對？

布雷文斯？

對。

我不知道。我以爲你很高興擺脫他。

我不希望什麼壞事發生在他身上。

我也不希望。

你想他眞的叫吉米・布雷文斯嗎？

誰知道。

晚上叢林狼吵醒他們，他們躺在黑夜中聽見牠們聚集在鹿的屍體處，像貓一樣打鬥嚎啕。

我要你聽聽那該死的叫嚷聲，羅林斯說。

他起身從火堆中抽了根枝條，然後對牠們大吼並丟火把。牠們安靜下來。他再添火，並把綠木上的肉翻面。等他回到毯子裡牠們又來了。

第二天他們騎了一整天，穿越山丘往西行。他們一邊騎一邊切半乾的燻鹿肉條來嚼，弄得手又黑又油，他們在馬肩胛骨上擦手，彼此來回地傳遞水壺喝水並欣賞這片大地。南方出現暴風雨，大堆烏雲沿著地平線緩慢移動，長長的黑捲雲拖在雨中。那晚他們在草原上的一處岩脊上露營，看著閃電從遠方地平線上漆黑無縫的山岳中一再出現。第二天穿越平原時他們在斜坡上找到死水，他們餵馬喝水並喝岩石上的雨水，然後他們緩緩地走進山裡越來越陰涼的地方，直到傍晚他們在科迪勒拉山系（cordilleras）高處看到下方出現他們曾經聽說的景象。草原籠罩在深紫色的霧中，西邊有幾隻水鳥在日落前往北飛，群鳥飛在濃密雲層下的紅色天幕中，就好比群魚游在沸騰的海中一樣，而在前方的草原上他們看見牧人趕著牲畜走在金色的塵霧中。

他們在向南的山坡上露營，在一塊凸出的山壁下方的乾土上攤開毯子。羅林斯用馬和繩索拖了一大棵枯樹到他們的營地前，他們生了個大火以禦寒。在草原上漫無邊際的夜裡，他們可以看見五英哩之外牧人生的火，彷彿是在漆黑的湖面上見到他們自己生的火的倒影。夜裡下了雨，雨落在火中發出嘶嘶聲，馬兒踏出黑暗，牠們的紅眼睛轉眨個不停，到了早上變得很冷，天灰灰的，太陽很久才出來。

中午他們騎在一種他們不曾看過的草原上。被驅趕的牲畜在草上所留下的足印好像被水沖刷過一樣，到了下午過了一半時，他們可以看到眼前的牲畜往西移動，在一小時內他們就會趕上。

牧人看他們騎馬的樣子而認得他們，他們喚他們作騎士，並與他們交換菸草，聊聊這個地方。他們繼續把牲畜往西趕過幾條淺溪，並把一小群羚羊和白尾鹿從一大片棉白楊樹叢中趕出來到他們面前，他們穿過樹叢一直到傍晚來到一道柵欄，然後開始把牲畜趕向南邊。柵欄另一邊有一條路，路上有最近雨後留下的輪胎痕和馬腳印，一個年輕女孩騎在路上超越他們，他們停止說話。她穿著英國騎馬靴、馬褲以及藍色斜紋騎馬外套，她拿著短馬鞭，她所騎的馬是一匹黑色的阿拉伯馴馬。她應該是在河裡騎馬或是在沼澤裡，因爲馬的腹部溼溼的，而馬鞍的皮護罩下緣顏色變深，她的靴子也是。她戴著寬緣的黑氈平頂帽，她的黑髮散在帽下直落到她的腰際，她騎過去時轉身微笑，並用鞭子碰一下帽緣，而牧人們也一個接著一個觸碰一下他們的帽緣，一直到最後那些想假裝沒看到她經過的人。然後她讓馬走小快步，消失在路上。

羅林斯看著牧人的工頭，不過工頭駕馬騎到隊伍前面。羅林斯在隊伍中放慢速度退到約翰・葛瑞迪旁邊。

你看到那個小可愛沒?他說。

約翰・葛瑞迪沒回答。他還在看著她離去的路。已經沒有人影了但他還在看。

一小時後在天色漸暗中他們幫牧人把牲畜趕進圍欄裡。管理人從屋子那邊騎馬出來，他停下馬來剔牙，不發一語地看他們工作。他們弄完後工頭和另一個牧人帶他們過去介紹給管理人但沒說名字，他們五個一起騎到管理人的屋子，在廚房裸燈泡下的一張金屬桌子旁，管理人仔細地問他們對牧場工作是否熟悉，工頭在一旁附和他們所說的每件事，另一名牧人也點頭說的確如此，工頭還在他們不知情的情況下自願擔保他們的資格，以大手一揮的姿態掃除疑慮，彷彿這是大家都知道的事。管理人向後靠在椅子上看著他們。最後他們道出名字並拼出來，管理人寫在他的本子上，然後他們起身握手並在暮色中走出去，外頭月亮已經升起，牲畜在嚎叫，窗戶上一塊塊黃色的光爲這個陌生的世界帶來溫暖與形體。

他們卸下馬鞍把馬牽到圍欄裡，然後跟著工頭到工寮。一棟有兩個房間的長形土磚建築，有鐵皮屋頂和水泥地板。一個房間裡有十二張木製或金屬製床舖。一個小鐵皮火爐。另一個房間有一張長桌和板凳以及一個燒木柴的爐灶；一個舊的木製儲藏櫃上擺著玻璃杯和馬口鐵器皿。一個有鍍鋅餐具櫃的皀石水槽。他們進去時那些人已經在吃飯，他們走到餐具櫃去拿杯子和盤子，站在爐子旁自己拿豆子、玉米餅與豐盛的燉小羊肉，然後走向牧人對他們點頭並以豪爽的手勢示意要他們坐下的桌子，用一隻手吃飯。

晚餐後他們坐在桌邊抽菸喝咖啡，牧人問他們許多有關美國的問題，都是問些馬和牲畜的問題而不是問他們的事。有些人有朋友或親戚在那裡，但對大多數人來說這個北方的國家僅止於謠傳。這似乎是一件無法解釋的事。有人拿了盞煤油燈到桌上並點亮，之後不久發電機就關掉，天花板上懸掛下來的燈泡減弱成一根細橘線然後熄滅。他們仔細地聽約翰·葛瑞迪回答他們的問題並嚴肅地點頭，他們對他們的舉止很小心，不希望被以爲他們對所聽到的事情有意見，因爲他們就像大多數有專長的人一樣，不屑對非親手學過的事情自作聰明。

他們把盤子拿到盛滿肥皂水的鍍鋅水槽，把燈拿到工寮遠遠那一頭的床鋪那邊，把褥套打開鋪在生鏽的彈簧上並攤開毯子，然後脫衣服熄燈。他們雖累但是在牧人入睡後還躺在黑暗中久久還沒睡著。他們在充滿馬味、皮革味與男人味的房裡可以聽見沉沉的呼吸聲，遠遠還可以聽到剛抵達的牲畜在圍欄裡還未躺下。

我想他們都是老好人，羅林斯低聲說。

是啊，我也相信。

你看到那些舊的鑽油設備嗎？

有。

你想他們會覺得我們是逃亡到這裡來的嗎？

我們不是嗎？
羅林斯沒回答。過一會兒他說：我喜歡聽到外頭牲畜的聲音。
我也是。
他沒多提到羅加（Rocha）對不對？
不多。
你想那是他女兒嗎？
我想應該是。
這地方眞不得了不是嗎？
對。睡吧。
兄弟？
是。
跟老牛仔一起就是這個樣子對不對？
對。
你想在這裡待多久？
大概一百年吧。睡覺。

❶ 迪克崔西漫畫裡的偵探人物。

第二章

聖母莊園（The Hacienda de Nuestra Señora de la Purísima Concepción）是一座一萬一千公頃的牧場，座落在可灰拉州四沼澤盆地（Bolsón de Cuatro Ciénagas）的邊緣。西半部伸入安特歐傑山（Sierra de Anteojo），高度可達九千英呎，但是牧場的南邊和東邊則盤據了部分寬廣的盆地底部，有天然泉水和清澈溪流灌溉，上面點綴著沼澤、淺湖或小池。湖裡和溪裡有別處見不到的魚種，鳥類、蜥蜴以及其他生物的遺跡處處可見，因爲四周都有沙漠延展。

聖母莊園是墨西哥境內少數整整保有六平方里格（league）❶土地的牧場，一八二四年由殖民政府立法劃分，土地的主人海克特羅加—維拉瑞爾先生（Don Héctor Rocha y Villareal）是少數眞正住在自己土地上的莊園主人，這塊地在他的家族裡代代相傳有一百七十年之久。他四十七歲，而且是家族裡第一個活到這年紀的男性繼承人。

他在這塊地上養了超過一千隻牲畜。他在墨西哥城有棟房子，他太太住在那裡。他自己開飛機。他喜歡馬。那天早上他騎馬到管理人的屋子時，身邊跟著四個朋友與一群僕人，還有兩隻馱獸馱著硬木簍，一個是空的，另一個裝著他們的午餐。他們後面跟著一群靈猩犬，灰色的狗身細腿長，安靜地流竄在馬腿之間彷彿水銀一般，馬兒一點也不在意牠們。莊園主人在屋前吆喝，管理人穿著襯衫出來，兩人短暫交談後管理人點頭，而主人則跟他的朋友說話然後繼續騎。當他們經過工寮騎過大門往內地的路走時，有一些牧人正從圍欄裡牽馬出來上鞍準備上工。約翰·葛瑞迪與羅林斯站在門口喝咖啡。

他在那邊，羅林斯說。

約翰・葛瑞迪點頭並把咖啡殘渣往外倒在院子裡。

你想他們要去哪裡？羅林斯說。

我想他們是要去獵叢林狼。

他們沒有帶槍。

他們有繩子。

羅林斯看著他。你在唬我嗎？

我不這麼認爲。

那我倒想瞧瞧。

我也想。你好了沒？

他們在圍欄裡工作兩天，打烙印、上耳標、閹割、去角、接種。第三天牧人從台地上帶下來一小群三歲的公馬，把牠們圍起來。晚上羅林斯和約翰・葛瑞迪走出去看這些馬。牠們被集中在圍欄裡較遠的那一邊，牠們是混合的一群，有黃棕色、暗褐色、紅棕色與幾隻花色的馬，大小體態各異。約翰・葛瑞迪打開門，和羅林斯走進去，然後再關上門。嚇壞了的動物開始爬到別匹馬身上，而且開始沿著柵欄往兩個方向移動。

這是我看過最膽小的一群馬，羅林斯說。

牠們不知道我們是什麼。

不知道我們是什麼？

我是這麼覺得。我想牠們沒見過站著的人。

羅林斯彎腰吐口水。

你看到什麼沒？

那邊那匹。

在哪裡？

那匹紅棕色的。就在那邊。

我在看。

你再看看。

那匹馬不會超過八百磅。

有啦。看看牠的後腿。牠可以做趕牛用的馬。你看那匹黃棕色的。

腳是黑色的那匹？

對，有點。好了。另外一匹黃棕色的。右手數來第三匹。

上面有白色的那匹？

對。

我覺得牠長得有點好笑。

才不會。牠只是顏色特別。

你覺得那沒什麼了不起？牠的腳是白的。

那是匹好馬。看牠的頭。你看牠的下頷。你得記住牠們的尾巴都很長。

也許吧。羅林斯懷疑地搖頭。你以前對馬挑剔得不得了。也許是因爲你很久沒看過馬了。

約翰·葛瑞迪點頭。對，他說。但我可沒忘記牠們應該長什麼樣子。

馬兒在圍欄的遠端又集結成群，站著東張西望，彼此在脖子上磨蹭。

牠們有個好處，羅林斯說。

什麼？

墨西哥人不會馴服牠們。

約翰·葛瑞迪點頭。

他們看著馬。

有幾匹？約翰・葛瑞迪說。

羅林斯看了看。十五，十六。

我說十六。

那就十六。

你想我們倆可以在四天內馴服牠們嗎？

看你怎麼定義馴服。

就是會聽話的馬。會跑會停會乖乖地站著讓你上馬鞍。

羅林斯從口袋裡拿出菸草並把帽子往後推。

你在想什麼？他說。

馴服這些馬。

爲什麼要四天？

你想我們辦得到嗎？

他們打算用粗繩綁住牠們？我想任何一匹在四天內被馴服的馬可能再過四天又野了。

牠們之所以到這裡來首先是因爲他們的馬不夠了。

羅林斯把菸草輕拍進捲起來的紙裡。你是說眼前這些馬是我們自己的？

那是我的猜測。

我們要用墨西哥人的繩圈馴服這些馬。

對。

羅林斯點頭。你怎麼做，把同一邊的前後腳綁著？

對。

你想這裡有那麼多繩子嗎？

不知道。

你會累死的。我告訴你。

想想看那會多好睡。

羅林斯把菸放進嘴裡並搜尋著火柴。你還有什麼事情知道沒告訴我？

阿曼多（Armando）說那老頭在那整座山上都有馬。

有多少馬。

好像有四百匹。

羅林斯看著他。他拿了根火柴點菸然後甩掉火柴。幹嘛用的？

他在戰前開始了一個飼養計畫。

哪一種馬？

中等品種。（西班牙語）

哪是什麼鬼東西？

我們所謂的四分之一哩賽馬（quarterhorse）。

是嗎？

那邊那匹黃棕色的，約翰・葛瑞迪說，是一匹不折不扣的比利馬（Billy horse），如果牠的腳眞有問題的話。

你想牠哪來的？

牠們都是同血源。來自一匹叫喬西・奇奎多（José Chiquito）的馬。

小喬（Little Joe）？

對。

同一匹馬？

同一匹馬。

羅林斯若有所思地抽菸。

他們倆的馬在墨西哥都賣掉了，約翰・葛瑞迪說。一和二。他在那邊有一大群西蘭（Sheeran）

舊旅巡馬系（Traveler-Ronda line）生的母馬。

還有呢？羅林斯說。

就這樣。

我們去跟那個人談。

他們手裡拿著帽子站在廚房，管理人坐在桌邊看著他們。

馴馬（西班牙語），他說。

對。（西班牙語）

兩個人（西班牙語），他說。

對。兩個人。（西班牙語）

他向後靠。他的手指在金屬桌面上敲打。

牧場上有十六匹馬（西班牙語），約翰．葛瑞迪說。我們四天內可以馴服。（西班牙語）

他們走過院子到工寮洗手準備吃晚餐。

他說什麼？羅林斯說。

他說我們放狗屁。不過倒放得挺好的。

你想那是不是拒絕的意思？

我想不會。我不覺得他可以放著不管。

星期天早上天一亮他們就去忙野馬的事，在半黑中穿上前一晚洗的但還沒乾的溼衣服，在星星消失前就走到牧場上，用冷玉米餅包著一匙冷豆子吃而且沒有咖啡，肩上扛著四十呎的龍舌蘭纖維繩。他們拿著馬鞍座毯和一個掛有金屬鼻羈的騎馬馬勒，約翰．葛瑞迪拿著兩個他睡覺用來墊的乾淨黃麻袋以及馬鐙已經縮短的漢利馬鞍。

他們站著看馬。馬兒忽走忽停，灰色的身影在灰色的早晨裡。堆在柵門外地上的是各式各樣的繩子，有棉繩、馬尼拉麻繩、生牛皮編繩、各種長度的龍舌蘭纖維繩以及手編繩。疊靠在柵欄上的是十六個他們前一晚在工寮裡綁好的馬勒繩套。

這群馬是在台地上被挑出來的對吧？

應該是。

他們要母馬做什麼？

他們把母馬騎來這裡。

嗯，羅林斯說。我知道他們爲什麼對馬那麼嚴厲。母的比較煩人。

他搖搖頭，並把最後一塊玉米餅塞進嘴裡，在褲子上擦擦手，然後解開鐵線打開柵門。

約翰・葛瑞迪跟著他進去，把馬鞍立在地上，然後又出去把一些繩子和馬勒拿進來，蹲下來整理。羅林斯站著弄他的繩圈。

我想你不會介意牠們的順序吧，他說。

你好好做，兄弟。

你是打定主意要處理完這群東西？

對。

我老爸常說馴服一匹馬的目的在於要騎牠，如果你有一匹要馴，你就直接上馬鞍然後爬上去搞定。

約翰・葛瑞迪笑了。你爸是合格的剝皮工？

我沒聽他說過。但我眞的看他馴過一、兩次馬。

那你等會肯定會看到更多。

我們要馴兩次嗎？

爲什麼？

我沒見過有人會完全信任被馴過一次的馬或是懷疑被馴過兩次的馬。

約翰・葛瑞迪笑著。我會讓他們相信的，他說。你等著瞧。

我現在要告訴你，兄弟。這是一群野馬。

布萊爾說什麼來著？天底下沒有壞的小公馬？

天底下沒有壞的小公馬，羅林斯說。

馬兒已經在移動了。他用繩圈套住第一匹馬的前腳，馬兒用腳重擊地面。其他的馬也開始激動起來，擠成一團並狂野地甩頭向後看。在公馬有機會掙扎前，約翰・葛瑞迪已經跨到牠脖子上把牠的頭拉起來偏向一邊，並把牠又長又瘦的頭靠向他的胸膛，手握著牠的鼻口部，從牠鼻孔深處冒出來的熱溼氣噴到他臉上和脖子上，好像是來自另一個世界的消息。那聞起來不像馬味。那聞起來就是野生動物的味道。他把馬的臉貼在胸上，他的大腿內側可以感受到動脈裡的血在湧流，他可以嗅到恐懼，他用手蓋住馬的眼睛並輕撫，同時他還不停地對馬說話，以一種低沉穩定的聲音告訴牠他想做什麼，一邊摀住馬的眼睛，把恐懼輕撫掉。

羅林斯拿了一條他掛在脖子上的側繩打了個活結，然後套在馬後腳靠近蹄的地方把腳拉起來，繞到前腳打半結。他解開套住馬的捕捉繩然後把繩子拋開，把馬勒拿過來，他們把它套在馬的鼻口和耳朵上，約翰・葛瑞迪把拇指放在那動物的嘴裡，羅林斯調整嘴部的繩子，然後用第二條側繩打活結套另外一隻後腳。然後他把兩條側繩都綁在馬勒上。

你都弄好沒？他說。

都好了。

他放開馬的頭然後起身站開。馬掙扎站起來轉身，一隻後腳踏出，身子轉了半圈，然後跌倒。牠站起來再踢又跌倒。牠第三次起來時站著踹腳，像跳舞般甩頭。然後站好。走開一下又站定。然後牠踢出一隻後腳又摔倒。

牠躺了一會兒在想事情，等牠起來牠站了一分鐘，然後開始上下跳了三次，然後就站在那裡瞪著他們看。羅林斯拿起他的捕捉繩又打了個活結。其他的馬匹從牧場上遠遠的那一頭專注地看著。

這些馬跟屋裡的老鼠一樣神經，他說。

你挑一匹你覺得最神經的，約翰・葛瑞迪說，這星期天我會把一匹馴好的馬交給你。

爲誰馴的？

包你滿意就對了。

狗屁，羅林斯說。

等他們把三匹馬套好在圍欄裡噴氣瞪人時，有幾個牧人在柵門口優閒地喝咖啡看他們做事。早上過一半時已經有八匹馬被綁好，另外八匹比鹿還野，沿著圍籬亂跑亂跳，隨著氣溫上升揚起一片塵土，不過牠們也漸漸理解命運的無可奈何，知道牠們流動的集體性終將被一一擊破，進入各自無助的癱瘓狀態，像瘟疫蔓延一般。全部的牧人都從工寮裡跑出來看，到了中午所有十六匹馬站在牧場上帶著馬勒側著跛行，各自看著各自的方向，牠們之間的溝通完全中斷。牠們看起來像是被小孩子綁起來玩的動物，牠們無所適從地站著等馴馬人的聲音指示，那聲音還在牠們的腦袋裡流轉，像是某位神明的聲音一樣盤據著牠們。

當他們去工寮吃晚餐時，牧人們似乎以某種敬重對待他們，至於那種敬重是來自於佩服他們完成工作或是心理缺陷，他們就不得而知了。沒有人問他們對那些馬的想法或是詢問他們馴馬的方法。下午他們回到柵欄裡，有二十來個人在圍觀這些馬——女人、小孩、年輕的女孩和男人——大家都等著他們回來。

他們是從哪兒冒出來的？羅林斯說。

不知道。

馬戲團一進城消息就會傳開不是嗎？

他們一邊對群眾點頭並進入柵欄鎖上門。

你挑好了沒？約翰·葛瑞迪說。

好了。純粹是發神經的緣故，我選那邊那匹頭大的。

瓜婁馬（grullo）❷？

像瓜婁馬的。

這人是相馬的能手。

他是相瘋馬的能手。

他看著約翰・葛瑞迪走向那隻動物，在馬勒上綁上一條十二英呎長的繩子。然後他把牠牽出圍籬的柵門到用來騎馬的畜欄裡。羅林斯以爲馬會怕得倒退或是用後腿站立，結果沒有。他拿了麻袋和綁腳繩跟上，當約翰・葛瑞迪跟馬說話時，他把馬的兩隻前腳捆住，然後拿著龍舌蘭繩，把袋子給約翰・葛瑞迪，接下來的十五分鐘他抓住馬，讓約翰・葛瑞迪用袋子在馬全身上下磨，他用麻袋搓馬的頭，然後搓馬的臉，再來是上上下下搓，還有馬腿之間的部分，一邊搓一邊靠近跟馬說話。然後他取來馬鞍。

你想這樣在馬全身上下搓有什麼好處？羅林斯說。

我不知道，約翰・葛瑞迪說。我又不是馬。

他拿起毯子放在動物的背上鋪好，他站著輕撫牠、跟牠說話，然後他彎身拿起馬鞍，馬鞍上的肚帶是綁在上面的，馬鐙則掛在鞍頭上，他把馬鞍放在馬背上定位。馬兒一動也不動。他拉下肚帶彎腰繫好。馬的耳朵向後動，他對牠說話，然後再縛緊肚帶，接著他靠在馬身邊跟牠說話，好像牠既不瘋狂也沒有致命危險。羅林斯望著畜欄的門。有五十多個人在看。有人在地上野餐。父親們抱著小孩。

約翰・葛瑞迪從鞍頭放下馬鐙。然後他再用力拉緊肚帶並扣好。好了，他說。

抓住牠，他說。

他抓住龍舌蘭繩讓羅林斯解開馬勒上的側繩，跪下來綁在前面的馬腳絆繩上。然後他們滑下馬頭上的馬勒，約翰·葛瑞迪把騎馬用的馬勒輕輕地套上馬鼻並調整嘴部的繩子和籠頭。他拿起韁繩在馬頭上繞圈並點頭，羅林斯跪下來解開馬腳絆繩，然後開始拉開活結直到側繩的繩結脫落在馬後腳邊的地上。然後他退到一邊。

約翰·葛瑞迪一隻腳放在馬鐙上，人平貼在馬肩上對馬說話，然後跳上馬鞍。馬一動也不動。牠踢一隻後腳試試空氣後又站定，然後牠往側邊扭轉踢腳，站著噴氣。約翰·葛瑞迪用鞋跟碰牠的肋骨，牠於是往前踏。他用韁繩拉，牠掉頭。羅林斯不屑地吐口水。約翰·葛瑞迪又把馬轉過頭來。

這是什麼鬼野馬啊？羅林斯說。你想這是這些人花大錢所想看的嗎？

天黑時他騎了十六匹中的十一匹馬。不是每一匹都那麼聽話。有人在牧場外的地上生了火，大約有一百個人聚集，有些人是從南邊六英哩遠的織女村（La Vega）來的，有些人來的地方更遠。他在火光下騎最後五匹馬，馬兒在火光中跳轉，牠們的紅眼睛閃爍著。完畢後馬站在牧場上，或是把馬勒繩拖在地上四處踏步，小心翼翼不要踩到繩子，還不時甩著牠們原本移動起來優雅自在但現在很疼的鼻子。那天早上像彈珠在罈子裡打轉一樣在牧場上打轉的那群野馬已經可以說是不存在了，那群動物在黑暗中相互發牢騷，叫過來叫過去，彷彿牠們之中有成員或是什麼東西不見了。

他們在黑暗中走向工寮時營火還在燒，有人帶了吉他，還有另一個人帶了口琴。在他們遠離人群前分別有三個陌生人要請他們喝龍舌蘭酒。

廚房裡空無一人，他們從爐子上取了晚餐坐在桌邊。羅林斯看著約翰・葛瑞迪。他面無表情地咀嚼，坐在板凳上搖搖欲墜。

你不累吧，兄弟？他說。

不累，約翰・葛瑞迪說。我五小時前累過。

羅林斯笑了。不要再喝咖啡了，你會睡不著。

他們天亮走出去時火還在悶燒，有四、五個人躺在地上睡覺，有的蓋了毯子有的沒有。牧場上的每匹馬看著他們走進柵門。

你記得牠們的順序嗎？羅林斯說。

記得。我知道你記得你那邊那隻兄弟。

對，我認識那隻王八蛋。

他拿著麻袋走到馬旁邊時，牠轉過去快跑。他讓牠貼著圍籬走，撿起繩子拉牠過來，馬站著發抖，他走上前對馬說話，然後用麻袋輕撫牠。羅林斯去取馬鞍座毯、馬鞍與騎馬用的馬勒。

那天晚上十點他已經騎過全部十六匹馬，而羅林斯也全部騎過第二遍。他們星期二再騎一遍，星期三早上天一亮，第一匹馬上了鞍，太陽還沒升起，約翰·葛瑞迪騎向柵門。

打開門，他說。

讓我給一匹馬上鞍好跟著你。

沒時間了。

要是那隻王八蛋把你摔到荊棘上你就會有時間。

那我還是留在馬鞍上好了。

等我給一隻好馬上鞍。

好吧。

他牽著羅林斯的馬騎出柵圈，等羅林斯關上柵門後從他旁邊上馬。那些青澀的野馬不安地踱步側行。

這有點像瞎子帶瞎子不是嗎？

羅林斯點頭。這有點像老丁骨瓦茲（T-Bone Watts）幫老爸工作的時候，他們都嫌他口臭。他告訴他們那總比沒氣要好多了。

約翰·葛瑞迪笑了，他用鞋跟催馬跑小快步，他們就這麼上路了。

下午過了一半他已經又騎過所有的馬，當羅林斯在圍籬裡處理馬的時候，他騎著羅林斯中意的瓜婁馬到原野上。牧場再上去兩英哩的地方，路邊有莎草，沿著小湖邊有柳樹和野李，她騎著黑馬與他交會。

他聽見身後的馬聲本想回頭去看，但是他聽見馬的速度變了。他直到那匹阿拉伯馴馬騎到他旁邊他才看她，那匹馬脖子彎彎地踏步，一隻眼睛看著小公馬，不是小心而是某種馬的不屑。她騎離五英呎遠後轉過她細緻的臉來仔細看他。她有一雙藍眼，她點頭，但或許是爲了把頭稍微降低一點好看清楚他騎什麼馬，只有她頭上的寬緣黑帽微微偏一點，她的黑色長髮稍稍抬高一點。她騎過去後又改變馬的腳步，她駕馭馬的功夫很棒，她肩膀寬闊，直挺挺地騎在馬上，讓馬走小快步前進。他的馬停下來前腳打開賴著不走，他坐著看她的背影。他本來打算要說話，但是那雙眼睛在心跳間永遠改變了世界。她消失在湖邊的柳樹叢裡。一群小鳥冒出來從他頭上輕聲鳴叫飛過。

那天晚上當安東尼奧（Antonio）和管理人走到圍欄看馬時，他正在教被羅林斯騎著的瓜婁馬倒退。他們在一旁看，管理人一邊剔牙。安東尼奧騎了兩匹上了鞍的馬，在畜欄裡來回騎著並勒馬停止。他下馬後點點頭，他和管理人檢查過在畜欄裡另一頭的馬匹後便離開。羅林斯和約翰・葛瑞迪互相看對方。他們卸下馬鞍把馬放回馬群裡去，然後提著馬鞍和馬具走回屋內洗手吃晚餐。牧人已經就座，他們拿盤子到爐邊取食物，拿了他們的咖啡來到桌邊跨過一條腿坐下。桌子中間有陶盤裝著玉米餅，上面蓋著條毛巾，當約翰・葛瑞迪手指著要人把盤子遞過來時，桌子兩邊都有人伸手出來傳遞盤子，好像在傳遞聖物一般。

三天後他們到山上。工頭派了一個傭人跟著他們當廚師並照料馬匹，此外他還派出三個年紀沒比他們大多少的年輕牧人。傭人是個一條腿壞了的老人叫路易（Luis），他曾經在托雷翁（Torreón）、聖貝多（San Pedro）、後來在扎卡特卡斯（Zacatecas）打過仗，男孩子們則來自當地，其中兩個在莊園裡出生。三人中只有一人最遠曾到過蒙特雷（Monterrey）。他們三人騎馬上山，手上用繩子各牽著一匹馬，還有馱馬，拖著食物與廚具，他們在山上林子裡、松樹間、楊梅樹間與小溪旁等馬會躲的地方抓野馬，他們拖著馬，腳步沉重地走在高平頂山上，把牠們圈在十年前加了柵欄和柵門的石溝壑裡，馬兒就在岩石坡上亂走、尖叫、攀爬，彼此互相咬、互相踢，約翰・葛瑞迪拿著繩子走在這混雜著汗水與塵土的混亂之中，彷彿這不過是一場馬的惡夢。他們晚上在高的河源地上露營，飽受風吹的營火在黑暗中胡亂飛舞，路易給他們說了一些當地的故事，提到那些人是怎麼在這塊地上生生死死。他一輩子都很喜歡馬，他與他父親以及兩個兄弟都參加過騎兵隊打仗，他父親以及兩個兄弟都死在騎兵隊裡，但是他們都討厭維多里亞諾・韋爾塔（Victoriano Huerta）❸勝於其他人，韋爾塔的作為尤其是惡中之惡。他說跟韋爾塔比起來猶大（Judas）等於是另一個耶穌。一個年輕牧人把頭轉走，另一個則祝福他。他說戰爭毀了這個國家，人們相信要治癒戰爭得靠戰爭，就像巫醫為蛇咬傷開立的處方是蛇肉一樣。他提到他在墨西哥沙漠上的戰役，他告訴他們死在他胯下的馬，他說馬的靈魂眞實反映人的靈魂的程度遠超過人所能想像的，而且馬也喜歡戰爭。人們說這是可以學而得知的，但是他說沒有一種動物可以學到他心裡抓不到形象的東西。他自己的父親說沒有騎馬打過仗的人是不會眞正了解馬的，他說他希望事情不是這樣子的，但實際上就是。

最後他說他看過馬的靈魂，而且那慘不忍睹。他說那是在馬臨死前某些特定的情況下才看得到，因爲馬有共同的靈魂，牠們個別的生命形態則是會有死亡的一天。他說一個人如果瞭解馬的靈魂，那他就會瞭解所有的馬。

他們坐著抽菸，看著火焰最深處紅色的炭燒裂崩解。

那人類呢（西班牙語）？約翰・葛瑞迪說。

老人張口要回答。最後他說人類之間沒有像馬之間那種聯繫，人與人能相互瞭解的想法也許只是種幻想。羅林斯用他的破西班牙文問他有沒有馬的天堂，他搖頭說馬不需要天堂。最後約翰・葛瑞迪問他是不是如果所有的馬都從地球上消失，馬的靈魂也會消失，因爲沒有別的東西可以取代，但是老人說沒有必要去談世界上會不會沒有馬，因爲神不會允許這樣的事發生。

他們趕著母馬越過窪地和小溪下山，穿過盆地上溼潤的草地然後把牠們圈起來。他們做這個工作一直做了三星期，直到四月底，他們抓了超過八十匹母馬，牠們大部分都習慣了馬籠頭，有一些還被挑出來做騎用馬。那時驅趕工作已經展開，畜群每天往牧場草地上移動，雖然有些牧人手上只牽著兩、三匹馬，新馬仍待在畜欄裡。五月第二天早上，紅色的賽斯那（Cessna）小飛機從南方飛來盤旋在牧場上空，傾斜轉彎，降低高度，然後滑出視線到樹林的另一頭。

一小時後約翰・葛瑞迪手拿著帽子站在牧場房屋的廚房裡。一個女人在水槽洗盤子，一個男人在桌子旁看報紙。女人在圍裙上擦手然後走到屋裡另外的地方，幾分鐘後她回來。等一下（西班牙語），她說。

約翰・葛瑞迪點頭。謝謝（西班牙語），他說。

那個男人起身把報紙摺起來走過廚房，拿了屠夫的木烤架、去骨刀與磨石，把它們放在報紙上。同一時間海克特先生出現在門口，站著看約翰・葛瑞迪。

他是個肩膀寬闊頭髮灰白的瘦男人，像北方人一樣個子高膚色淡。他走進廚房自我介紹，約翰・葛瑞迪把帽子換到左手然後他們握手。

瑪莉亞（María）（西班牙語），莊園主人說。請端咖啡來。（西班牙語）

他伸出手掌舉向門口，約翰・葛瑞迪走過廚房進入廳堂。房子涼爽安靜，有蠟與花的味道。門廊的左邊有一座落地鐘。黃銅做的壓鐵在玻璃門後晃動，鐘擺則緩緩擺盪。他轉頭過去看，莊園主人微笑並把手指向餐廳門口。請進（西班牙語），他說。

他們坐在英國胡桃木的長桌旁。室內牆上布滿藍色的壁花以及人和馬的畫像。房間末端有胡桃木櫥櫃，上面擺著一些鍋子和水瓶，有四隻貓在外面窗檯上曬太陽。海克特先生走到他身後從櫥櫃上拿了個瓷菸灰缸放在他們面前，並從他的襯衫口袋取出一個裝英國香菸的小錫盒，打開請約翰・葛瑞迪抽，約翰・葛瑞迪拿了一根。

謝謝（西班牙語），他說。

莊園主人把錫盒放在他們中間的桌上，從口袋裡拿出銀製打火機點燃男孩的菸，然後點他自己的。

謝謝。（西班牙語）

男人朝桌面緩緩吐出一縷輕煙並且微笑。

好（西班牙語），他說，我們可以說英文。

方便就好（西班牙語），約翰・葛瑞迪說。

阿曼多告訴我你很懂馬。

我有點經驗。

莊園主人若有所思地抽菸。他似乎在等他多說點。在廚房看報紙的人拿著銀盤端來喝咖啡用的杯子、奶精罐、糖罐以及一盤開心果。他把盤子放在桌上然後站了一會兒，莊園主人謝謝他後他又再出去。

海克特先生自己擺好杯子倒咖啡，對著盤子點頭。不要客氣自己來，他說。

謝謝。我黑咖啡就好。

你從德州來。

是的。

莊園主人又點頭。他喝一口咖啡。他坐在桌子側邊雙腿交叉。他穿著巧克力色的小牛皮靴，轉過來看約翰・葛瑞迪並微笑。

你爲什麼來這裡？他說。

約翰・葛瑞迪看著他。他往下看著投射在桌面上的一排曬太陽的貓影，像剪下來的圖樣一樣，全都傾斜著躺著。他又看看莊園主人。

我只是想來看看這國家吧，我想。我們也看到了。

我可以問你的年紀嗎？

十六歲。

莊園主人挑了一下眉毛。十六歲，他說。

是的。

莊園主人又笑了。我十六歲時我都告訴人家我十八歲。

約翰·葛瑞迪喝一口咖啡。

你的朋友也十六歲？

十七歲。

但你是帶頭的。

我們沒有人帶頭。我們是朋友。

當然。

他把盤子推向前。來，他說。自己用。

謝謝。我才剛吃過早餐。

莊園主人把菸灰彈到瓷菸灰缸裡然後又向後靠。

你覺得那些母馬怎麼樣？他說。

那群裡面有幾匹好母馬。

對。你知道一匹叫三條（Three Bars）的馬？

那是一匹純種馬。

你知道那匹馬？

我知道牠跑過巴西大獎賽（Brazilian Grand Prix）。我想牠是來自肯塔基（Kentucky），不過牠的主人是一個來自道格拉斯・亞利桑那（Douglas Arizona）叫韋爾（Vail）的人。

是的。那匹馬是在巴黎肯塔基（Paris Kentucky）的蒙特雷農場（Monterey Farm）生下來的。我買的種馬跟那匹馬是同母異父的兄弟。

是。牠在哪？

在路上。

哪兒？

在路上。從墨西哥過來。莊園主人笑了。牠一直待在種馬場。

你打算培育賽馬？

不是。我要培育四分之一哩賽馬。

用在牧場上？

是的。

你打算用這匹種馬來給母馬配種。

對。你的意見如何？

我沒有意見。我知道一些養馬的人，有的經驗豐富，但是我注意到他們都沒什麼意見。我知道有一些牧人騎的好矮種馬是種馬培育出來的。

是的。你覺得母馬的重要性如何？

跟公馬一樣。我覺得。

大部分養馬的人都對公馬比較有信心。

是的。是這樣。

莊園主人笑了。我剛好同意你的想法。

約翰・葛瑞迪彎向前去彈他香菸的菸灰。你不必同意我的想法。

是不必。你也不必同意我的想法。

是。

跟我說說台地上的馬。

那上面還有幾匹不錯的母馬但是不多。其餘的我會說是二流貨色。即使其中有些可以培育出還算可以的矮種馬。還算好用的馬。我們通常都叫牠們做西班牙小馬。奇瓦瓦馬（Chihuahua horse）。老非洲馬。牠們的體型較小，沒有趕牛用的馬那種後腿，但是你可以用繩索套捕牠們……

他停下來。他看著他腿上的帽子，用手指繞著摺縫然後抬起頭。我說的你都知道。

莊園主人拿起咖啡壺倒進他們的杯子裡。

你知道什麼是克里歐（criollo）？

知道。一種阿根廷馬。

你知道山姆・瓊斯（Sam Jones）是誰？

如果你說的是馬我就知道。

克勞佛・賽克斯（Crawford Sykes）？

那是另外一種比利・安森大叔（Uncle Billy Anson）的馬。我常常聽說那匹馬。

我父親向安森先生買馬。

比利大叔和我外公是朋友。他們倆出生相隔不到三天。他是里屈菲爾德伯爵（Earl of Litchfield）的第七個兒子。他的太太是舞台演員。

你來自克里斯多佛（Christoval）？

聖安傑羅。或是說聖安傑羅的郊區。

莊園主人看著他。

你知道一本叫《美洲之馬》（*The Horse of America*）的書，華勒斯寫的？

知道。我整本看完。

莊園主人往後靠在椅子上。其中一隻貓起來伸展身子。

你從德州騎馬過來。

是的。

你和你的朋友。

是的。

就你們兩個？

約翰·葛瑞迪看著桌子。像紙片的貓在一堆貓影中輕巧傾斜地走著。他又抬起頭。是的，他說。就我和他。

莊園主人點頭，熄滅香菸，拉開椅子站起來。來，他說。我帶你去看一些馬。

他們面對面坐在床鋪上，手肘撐在膝上身體向前傾，眼睛向下看著交握的雙手。過一會兒羅林斯開口說話。他沒有抬起頭。

那是你的一個機會。我看不出你有什麼理由拒絕。

你不要我去我就不去。我會留在這裡。

又不是要叫你去哪裡。

我們還是會一起工作。帶馬過來什麼的。

羅林斯點頭。約翰・葛瑞迪看著他。

只要你開口我就拒絕他。

沒理由那樣做，羅林斯說。那是你的一個機會。

早上他們吃早餐，然後羅林斯出去弄圍欄。他中午回來時約翰・葛瑞迪的褥套被捲到床鋪頭，他的馬具也不見了。羅林斯走到後面去洗手準備吃晚餐。

穀倉是依照英國風格建造，外面有四分之一是磨光漆成白色，它有一個圓屋頂，頂端有風標。他的房間在最裡面，緊臨鞍房。乾草堆再過去是另一個小房間，裡面住著一個幫羅加父親工作的老馬夫。當約翰・葛瑞迪牽著馬走過穀倉時老人走出來站在那裡看著馬。然後他看馬的腳。然後他看約翰・葛瑞迪。然後他轉身走進房內並關上門。

下午當他在穀倉外面的畜欄裡處理一頭新母馬時，老人走出來看他。約翰・葛瑞迪跟他說午安，老人點頭，也回了一句午安。他看著母馬。他說牠很粗壯。他說有了，約翰・葛瑞迪聽不懂，他問老人，老人用手臂做出圓筒狀，約翰・葛瑞迪以為他是指牠懷孕了，他說牠沒有，老人聳聳肩後走回房。

當他把母馬牽回穀倉時，老人正在拉那匹黑阿拉伯馬的肚帶。女孩背對著他站著。當母馬的影子印在分隔欄的門上，她轉過來看。

午安（西班牙語），他說。

午安（西班牙語），她說。她伸手到肚帶子下方檢查。他站在分隔欄的門口。她站起來把韁繩繞過馬的頭上，把腳放在馬鐙上上鞍，然後把馬調頭騎過草堆出穀倉。

那晚他躺在床上聽見屋裡傳來的音樂，在他矇矇欲睡之際，他腦中浮現馬的影像、寬廣的草原，還有馬。台地上從未看過人的馬依舊狂野，牠們對他或是他的生命還一無所知，不過牠們的靈魂卻是他永遠會停駐的地方。

一星期後他們跟傭人和其中兩個牧人上山，等牧人鑽到毯子下，他和羅林斯坐在台地邊緣圍著火喝咖啡。羅林斯拿出菸草，約翰．葛瑞迪拿出香菸並對他搖著菸盒。羅林斯收回菸草。

你從哪裡弄來捲好的菸？

在織女村。

他點頭。他從火堆裡拿出一塊焦木點燃香菸，約翰．葛瑞迪靠過去點他的菸。

你說她在墨西哥城上學？

對。

她幾歲？

十七。

羅林斯點頭。她上什麼學校？

不知道。某個預備學校吧。

高級的學校。

對。高級的學校。

羅林斯吸菸。那麼，他說。她是個高級的女生。

不是。

羅林斯靠在他拿來墊背的馬鞍上，腳翹起來坐在火邊。他右腳的靴底鬆掉了，他用繩子釘在鞋邊來固定。他看著香菸。

對。我知道。

聽著，他說。我以前跟你說過，但我不認爲你現在會像以前那樣聽我說。

我想你晚上一定很喜歡哭到睡著爲止。

約翰・葛瑞迪沒回答。

這一個當然啦她可能約會的人都有他們自己的飛機，更不用說是車子。

你可能是對的。

聽你這樣說，我很高興。

但那沒什麼用不是嗎？

羅林斯吸口菸。他們坐了很久。最後他把菸屁股丟進火裡。我要去睡了，他說。

好，約翰·葛瑞迪說，那是個好主意。

他們攤開他們的粗毯子，他脫下靴子放在旁邊，然後躺在毯子上。火已經燒成灰燼，他躺著看星星與劃過頭上黑色穹頂的熱物質帶，他把手放在身體兩邊的土地上施力壓著，在冷冷燃燒的黑色天空下，他慢慢變成死寂的世界中心，整個世界在他的手掌下糾結、顫抖、劇動。

她叫什麼名字？羅林斯在黑暗中說。

亞莉珊卓（Alejandra）。她的名字是亞莉珊卓。

星期天下午他們騎著他們馴服過的馬進織女村。他們讓一個在牧場上剪羊毛的人用羊毛剪剪頭髮，他們衣領上的頸背部分白得像疤一樣，他們把帽子往前推戴在頭上，他們一邊走一邊左右張望，彷彿想向這個地方挑戰似的。他們在路上用五角美金賽馬，約翰·葛瑞迪贏了，然後他們交換馬，他騎著羅林斯的馬也贏了。他們讓馬衝刺，然後跑快步，馬兒又熱又流汗，在地上又蹲又踏，路上的農民帶著裝果蔬的籃子或覆蓋著乾酪包布的桶子會貼著路邊走，或是爬到路旁的灌木和仙人掌叢上，瞪大眼睛看著年輕騎士騎在馬上經過，馬張著嘴口沫橫飛，騎士用他們異地的語言相互叫喚，以一種當地罕見的無聲憤怒騎過去，但是騎過去之後一切又回復原貌：塵土、陽光、一隻唱歌的鳥。

在服裝店裡，櫃子最上層的襯衫被抖開時有一塊白白的地方，因爲布上面有灰塵堆積或被太陽曬得褪色或兩者都是。他們東挑西挑地找到一件袖子對羅林斯來說夠長的，那女人拿袖子比一比他伸直的手臂，像女裁縫一樣嘴裡咬著針準備在襯衫上做記號，一邊還懷疑地搖頭。他們拿著硬梆梆的新帆布褲到店後面，在一間裡面有三張床和曾經被漆成綠色的水泥地板的臥室裡試穿。他們坐在其中一張床上數錢。

這些褲子如果是十五披索是多少錢？

記住兩披索等於四角美金。

你記。那是多少錢？

一塊八七。

去，羅林斯說。我們的狀況很好。我們再五天就可以領錢。

他們買了襪子和內衣褲，他們把全部的東西疊在櫃台上讓那女人算帳。然後她用兩個不同包裹包裝新衣服，用繩子綁好。

你還剩多少？約翰・葛瑞迪說。

四塊左右。

去買靴子。

我不夠錢。

差額我補。

確定？

對。

我們得爲今晚好好準備。

我們還有幾塊錢，走吧。

如果你想買果汁汽水呢？

那要花我四分錢。走吧。

羅林斯試穿鞋子，不過沒什麼把握。他把一隻鞋子的鞋底拿來比對他自己的鞋底。

這太小了。

試這雙。

黑色的？

對。試試看。

羅林斯穿上新靴子在地上走來走去。那女人點頭表示贊同。

你覺得呢？約翰・葛瑞迪說。

還好。這種重心低的鞋跟要穿久才習慣。

你跳個舞來看看。

什麼？

跳舞。

羅林斯看看那女人再看看約翰・葛瑞迪。屁，他說，你眼前這個人是個舞癡。

跳幾步來看看。

羅林斯在舊木板地板上敏捷地跳著九步舞，站在他揚起的灰塵中咧嘴笑。

跳得好（西班牙語），那女人說。

約翰・葛瑞迪咧嘴笑並伸手到口袋裡掏錢。

我們忘了買手套，羅林斯說。

手套？

手套。我們玩夠了，現在要回去工作了。

你說得對。

那些舊繩子把我的手都磨爛了。

約翰・葛瑞迪看看他自己的手。他問那女人手套在哪裡，他們一人買了一雙。

他們站在櫃台等她包裝。羅林斯低頭看他的靴子。

老人在穀倉裡有一些好的細馬尼拉繩，約翰・葛瑞迪說，我一有機會就偷一條給你。

黑色的靴子，羅林斯說，太遜了吧？我向來想當壞人的。

✽

雖然夜晚涼爽，農場的雙道門是敞開的，賣票的人就坐在兩道門中間架起來的木台上的一張椅子上，所以他必須彎下來以類似施捨的姿勢來取硬幣並遞票給人，或檢查那些從外面回來的人的票根。古老的磚造會堂是以四面的扶壁支撐，它們並非全部是設計的一部分，而且沒有窗戶，加上牆壁傾斜又龜裂。會堂兩邊各掛著一串電燈泡，燈泡外罩著上色的紙袋，畫筆的筆觸被光顯現，紅色、綠色、藍色都很柔和，而且融合成一體。地板掃過了但是腳下仍有一些種子和草稈，而在會堂的盡頭，一個小管絃樂團在穀物貨板作成的舞台上演奏，上面還有薄板搭起來的貝殼形增音板。在舞台下緣有彩色縐紋紙包起來的水果罐，裡面的火燃燒一整晚。罐口貼著彩色的玻璃紙，它們在薄板上映照出光影與荒誕魔樂手的煙，一對鷹吱吱叫地掠過頭上半黑的天空。

約翰・葛瑞迪、羅林斯和牧場裡一個叫羅貝多（Roberto）的男孩就站在門口停汽車和馬車、光照不到的地方，他們之間互相傳遞著一品脫藥瓶裝的龍舌蘭酒。羅貝多把瓶子舉向光。

敬女孩子（西班牙語），他說。

他喝口酒然後把瓶子遞給別人。他們喝酒。他們從紙包裡倒鹽到手腕上舔，羅貝多把瓶塞塞進瓶頸裡，並把酒瓶藏在一輛停著的卡車輪胎後面，然後他們分一盒口香糖吃。

準備好沒（西班牙語）？他說。

好了。

她正與一個來自聖帕布羅（San Pablo）牧場的高個男孩跳舞，她穿著一件藍洋裝，她的嘴是紅的。他與羅林斯和羅貝多跟其他年輕人站在牆邊看著跳舞的人，以及跳舞的人再過去，廳堂另一邊角落裡的年輕女孩。他在人群中穿梭。空氣中充滿草味、汗味和強烈的古龍水味。在貝殼形薄板下手風琴樂手奮力地演奏樂器，用靴子在木板上踩節拍然後退後，換喇叭手向前。她的眼睛從她舞伴的肩膀上掃到他站的位置。她的黑髮用藍絲帶綁起來，她的頸背像瓷器一樣白。她再轉過來時臉上掛著微笑。

他從未觸摸過她，她的手小小的，腰很細長，她毫不畏懼地看著他微笑，把臉放在他肩上。他們在燈光下繞轉。悠長的喇叭樂音引領著舞客踏著各自與集體的舞步。蛾繞著紙燈飛，而鷹則從鐵線上躍下然後又向上衝進黑夜中。

她說著大部分從學校書本上學來的英語，他試著從每一句話中找出他想聽到的意思，靜靜地在自己心裡重複，然後又再度質疑。她說她很高興他能來。

我說了我會來。

對。

他們旋轉著，喇叭聲急奏。

妳以爲我不會來嗎？

她把頭往後仰看著他，微笑著，眼睛閃爍著。剛好相反（西班牙語），她說。我知道你會來。

樂隊終場休息時他們到飲食販賣區，她買了兩杯紙杯裝的檸檬汽水，他們走出去到夜晚的空氣中。他們走在路上，路上還有其他成雙成對的人，他們經過時向他們道晚安。空氣涼爽，充滿泥土、香氣與馬的味道。她挽著他的手臂，稱他爲溼的背面（西班牙語），值得珍惜的稀有生物。他告訴她他的生活。他的外公是怎麼死的以及牧場被賣掉。他們坐在一個低的水泥水槽上，她把鞋子放在腿上，赤腳交叉在塵土上，她用手指在黑暗的水中畫著形狀。她出外念書三年了。她母親住在墨西哥，她星期天晚上會過去吃晚餐，有時她和她母親會單獨在城裡吃飯，然後去看戲或芭蕾。她母親在農莊的生活很寂寞，但是住在城裡的她似乎沒什麼朋友。

她氣我老是想來這裡。她說我愛父親勝過她。

妳是嗎？

她點頭。是的。但是那不是我來的原因。反正她說我會改變心意。

關於來這裡嗎？

關於一切。

她看著他微笑。我們進去吧？

他往燈亮處看。音樂已經開始。

她一隻手撐在他的肩膀上站著把鞋穿上。

我會把你介紹給我的朋友。我會介紹你給露西亞（Lucía）認識。她很漂亮。你看了就知道。

我打賭她沒有妳漂亮。

天啊，你說話得小心點。而且那不是眞的，她比較漂亮。

他帶著襯衫上她的香味獨自騎馬回去。馬匹仍然都被綁著，站在穀倉邊緣，但是他找不到羅林斯或羅貝多。當他解開他的馬，其他兩匹馬甩頭並輕輕嘶叫想回去。院子裡的汽車都在發動，成群的人走在路上，他在上馬前把剛被馴服的馬牽到路上，遠離燈光。距城鎭一英哩處一輛汽車滿載著年輕人駛過，他們開得很快，他把馬調到路旁，馬在頭燈的閃爍中蹦跳，他們經過時對他大叫，有人扔了一個空啤酒罐。馬用後腿站起來彈踢，他抱著牠，彷彿沒什麼事情發生似的跟牠說話，過一會兒他們又繼續走。汽車在他們眼前的狹路上揚起一片塵土，他遠遠看見塵土在星光下緩緩翻攪，好似某樣從大地冒出來的東西。他覺得馬自己控制得很好，他一邊騎一邊這樣告訴他的馬。

莊園主人是在萊辛頓（Lexington）的冬季買賣會透過一個經紀人買下那匹馬，自己並未過目，他派阿曼多的兄弟安東尼奧去取馬回來。安東尼奧開著一輛一九四一年的國際（International）平板卡車，後面拖著自製的金屬薄板拖車離開牧場，一去就是兩個月。他隨身帶著海克特先生簽名的英文和西班牙文商業信件，還有一個綁了線的棕色銀行信封，裡面有很多美金和披索以及休士頓和曼菲斯（Memphis）銀行的即期支票。他不會說英文，他不會讀也不會寫。他回來時信封跟西班牙文信都不見了，不過英文信還在，信被依信紙上的摺線分成三半，上面有摺角、咖啡漬和其他可能是血的汙垢。他在肯塔基坐過一次牢，在田納西一次，在德州三次。他在院子裡停好車後下來，僵硬地走向房子去敲廚房門。瑪莉亞讓他進來，他手拿著帽子站著等她去找莊園主人。莊園主人進到廚房時他們嚴肅地握手，莊園主人詢問他的健康，他說非常好，並遞給他信的碎片以及一疊帳單和收據，有咖啡店、加油站、食店和監獄的，他把他口袋裡剩下的錢包含零錢都交給他，還有卡車鑰匙，最後他交出位於皮耶達斯・內瓜斯（Piedras Negras）的墨西哥海關開出的發票，以及一個綁著藍絲帶的長馬尼拉紙袋，裡面有馬的文件與買賣清單。

海克特先生把錢、收據和文件堆在餐具架上，把鑰匙放進口袋。他問卡車是否好開。

是（西班牙語），安東尼奧說。是一輛很棒的卡車（西班牙語）。

好（西班牙語），莊園主人說。公馬呢？（西班牙語）

這一趟下來有點累，不過非常漂亮。（西班牙語）

的確是。牠的顏色是栗色的，有十六個手掌高，體重約一千四百磅，是匹結實健壯的好馬。當他們於五月第三個星期用同一輛拖車把牠從聯邦區（Distrito Federal）帶回來時，約翰．葛瑞迪和羅加先生走到穀倉去看牠，約翰．葛瑞迪直接推開馬廄的門進去，走到馬身邊靠在馬身上，並開始撫摸牠，用西班牙語輕柔地跟牠說話。莊園主人對那匹馬一點意見都沒有。約翰．葛瑞迪繞著馬跟牠說話。他提起一隻前蹄檢查。

你騎過牠沒？

當然。

我想要騎牠。如果您同意。（西班牙語）

莊園主人點頭。好，他說，當然。

他走出馬廄關上門，他們站著看那匹種馬。

喜歡嗎（西班牙語）？莊園主人說。

約翰・葛瑞迪點頭。眞是匹好馬，他說。

接下來的幾天，莊園主人會到他們養育種母馬的畜欄，他和約翰・葛瑞迪會走在母馬群中，約翰・葛瑞迪會指出牠們的耳、尾、肢等部位來說明馬好在哪裡，而莊園主人會考慮然後退後幾步看馬，點頭然後繼續考慮，眼睛看看地上，然後重新抬頭看母馬，好好看一匹母馬如何呈現自己。如果他從體態上找不到足以向他年輕飼主保證的特色，約翰・葛瑞迪可能會遵從他的判斷。然而每一隻母馬都可以依他們稱之爲「唯一的條件」來被審視——那可以免除牠們所有的缺點——那就是對牲畜本身的興趣。因爲他馴服了最有指望的母馬來騎，他帶牠們到內地的沼澤牧區，在那裡母牛和小牛站在沼澤地邊緣的青草中，他會讓牠們看牛群，讓牠們跟牛群一起移動。獸群中有母馬對眼前所見很感興趣，有些馬被騎離開牧場時還會回頭看牛群。他說牧牛意識是可以培育的。莊園主人較沒那麼確定。但有兩件事他們倆完全同意而且心照不宣，那就是神讓馬來到這世界是爲了放牧，除了牲畜之外人沒有更適當的財富。

他們把種馬關在管理人那邊的穀倉遠離母馬，等母馬發情，他和安東尼奧負責交配。三星期裡他們幾乎天天讓馬交配，有時還一天兩次，安東尼奧對那匹種馬又敬又愛，他用西班牙語喚牠作種馬，他跟約翰・葛瑞迪一樣會跟馬說話而且常會對牠承諾一些事情，從不對牠說謊。馬會聽他的腳步聲，在乾草堆中開始用後腿走路，而他會站著對馬說話，低聲向牠描述有哪些母馬。他從不在馬跑步的時間給馬配種，他和約翰・葛瑞迪約好告訴莊園主人說馬得出去跑跑才好管理。因爲約翰・葛瑞迪喜歡騎這匹馬。事實是他喜歡被人看到他在騎馬。事實是他喜歡讓她看到他在騎馬。

他會摸黑到廚房喝咖啡，在破曉時給馬上鞍，那時只有果園裡的小沙漠鴿醒來，空氣仍然清新涼爽，他和種馬會從馬廄出來，馬兒會在地上騰跳重踏並拱著牠的頸子。他們沿著沼澤區邊緣的路走，在太陽升起時從淺水灘中趕過一群鴨子或是鵝或是秋沙鴨，牠們會在水上拍著翅膀走避，把霧驅散，趕向被盆地裡還見不著的太陽照得金黃的鳥。

他有時會在馬停下來抖之前一路騎到小湖那邊，他不斷地用西班牙文跟馬說話，說類似聖經的辭彙，不斷重複訴說一種尚未提交討論的律法約束。我是母馬的將領（西班牙語），他會說，我是唯一（西班牙語）。沒有這雙慈善的手你就什麼也沒有（西班牙語）。沒有食物沒有水也沒有子女（西班牙語）。我帶來山上的母馬，年輕的、狂野的、熱情的母馬（西班牙語）。而在介於牠膝蓋之間、肋骨所構成的拱形結構裡，裹著厚肉的心臟泵送著，打出血液，大堆藍色的腸子盤繞蠕動，強壯的腿骨、膝蓋、炮骨、肌腱，像亞麻繩一樣在關節部分又伸又縮，又伸又縮，外面裹著肉，馬蹄在晨霧中踩過泉水，頭部左右擺動，牠淌著口水的大牙與熱眼球，世界在其中燃燒。

有時候一大早他回廚房吃早餐時，瑪莉亞會在大鎳爐裡添柴火或是在大理石工作台上揉麵糰，他會聽到她在屋內某處唱歌或是聞到微弱的風信子香，彷彿她從外面廳堂走過。當早上卡洛斯（Carlos）

要宰牲畜時，他得走過一大群統統坐在樹下瓷磚道上的貓，每一隻都有一個自己的位置，他會抱一隻起來，站在院子門口撫摸牠，有一次他在那裡看到她在撿酸橙，他抱著貓站了一會兒，然後讓牠又滑下來到瓷磚上，貓會馬上回到牠原先被抱起的位置上。他會進廚房脫下帽子。有時她也會在早上騎馬，他知道她一個人在廳堂的餐廳裡，卡洛斯會用托盤爲她端來咖啡和水果，一旦騎到北邊的低丘上，他會看到她在下方兩英哩遠的沼澤路上，他看過她在沼澤上方的稀樹草原上騎馬，有一次他遇到她牽馬走過湖岸的淺灘處，她的裙子挽到膝蓋上，頭上有紅翅黑鳥在盤旋鳴叫，不時停下來彎腰撿白睡蓮，她的黑馬像一隻狗似的耐心地站在她身後的湖中。

他自從在織女村的舞會後就沒和她說過話。她和她父親去墨西哥，然後他一個人回來。他沒有人可以問她的行蹤。現在他已經習慣不用鞍來騎種馬，他甩掉靴子一躍上馬，而安東尼奧則站著抱住發抖動個不停的母馬。母馬腿打開站著，頭朝下，用力地吸吐著氣。他光腳騎著馬走出穀倉，馬身上汗流浹背，有點瘋狂，他僅用一條馬勒繩駕馬跑在沼澤路上，馬身上有汗水和母馬留下的味道，溼的獸皮下血管在跳動，他彎身貼在馬的頸背上輕柔淫穢地跟牠說話。有一天晚上他就這樣子與騎著黑阿拉伯馬從沼澤路上回來的她不期而遇。

他勒住馬停下，馬站著發抖，口冒白沫地站在路上左右甩頭。她停下馬。他取下帽子，用襯衫袖子擦擦前額，揮手要她先走，然後再戴上帽子，駕馬離開路面到莎草叢裡轉過來，好看她離去。她讓馬前進，當她走到他面前，他用食指觸摸帽緣並點頭，他以爲她會走過去但是她沒有。她停下來並把她的寬臉轉向他。水上反射的光在馬黑色的獸皮上玩耍。她等他說話，之後他試著回想他說了什麼。他只知道她笑了而且那不是他的本意。她轉過去看被夕陽映照的湖，然後她回頭過來看他、看馬。

我想騎牠，她說。

什麼？

我想要騎牠。

她從黑色帽緣下平視他。

他看著在風中搖曳的湖畔莎草，彷彿想從那裡找到協助。他看著她。

什麼時候？他說。

什麼時候？

妳什麼時候想要騎牠？

現在。我現在想要騎牠。

他低頭看馬，好像很驚訝在那裡看到牠。

牠背上沒有馬鞍。

是，她說。我知道。

他兩個腳跟夾著馬，同時拉拉馬勒繩好讓馬出現不安難騎的模樣，但馬只是站著。

我不知道老闆會不會讓妳騎。妳父親。

她給他一個可憐的笑容但裡面沒有憐憫之意。她跳下馬來，把韁繩繞到黑馬頭上，然後轉過來看他，韁繩握在身後。

下來，她說。

妳確定要這樣做？

對。快點。

他下馬來。他的褲管裡又熱又溼。

妳打算怎麼處理妳的馬？

我要你幫我把牠帶回穀倉。

屋裡會有人看到我的。

把牠帶去給阿曼多。

妳就是要給我惹麻煩就對了。

你是有麻煩了。

她轉身把韁繩在鞍頭上繞圈，然後走向前從他那裡接過馬勒繩，把繩子放在馬背上，轉過來把一隻手放在他肩膀上。他在可以感受到自己的心在跳。他彎身用手指交叉做成馬鐙，她把靴子放進他手中，他抬起她，她跳上種馬的背上，低頭看他，然後用靴子踢馬前進，沿著湖邊在路上大步前進，然後消失。

他騎在阿拉伯馬上慢慢走回去。太陽下山的速度也很慢。他以爲她可能會趕上他，他們可以再把馬換回來，但是她沒有，他在紅色夕陽中帶著黑馬走過阿曼多的房子，帶牠到屋後的馬廄，取下馬勒和肚帶，讓牠戴著馬鞍站在草堆中，用繩子綁在拴馬柱上。屋裡沒亮燈，他以爲也許沒人在家，但是當他從車道走下經過屋子，廚房的燈突然亮了。他走得更快。他聽到身後的開門聲，但是他沒有回頭去看是誰，不管那是誰，他們都沒有說話或是叫住他。

他最後一次在她回墨西哥前看到她，她正從山裡騎馬出來，莊重而筆挺，在北方有雨颮正在形成，烏雲在她頭上堆砌。她頭上戴的帽子往前壓低，在下巴打了結綁住，她一邊騎，黑髮在肩膀部分扭曲飛揚，從她身後的烏雲有無聲的閃電打下來，她走在低丘上似乎一點也沒察覺，這時風中飄起第一滴雨點，在北邊的牧地開始落下，飄至蒼白又多蘆葦的湖泊，她一直莊重而筆挺地騎著，直到雨追上她，把她的身影隱沒在夏季自然的景致：眞正的馬，眞正的騎士，眞正的土地與天空，但是仍有如一場夢。

艾丰莎夫人（Dueña Alfonsa）是女孩的姑婆和教母，她在莊園的生活爲莊園建立起與舊世界的連繫並注入古意與傳統。除了舊的皮裝套書之外，書房裡的書都是她的，鋼琴也是她的。客廳那台舊的立體幻燈機和海克特先生房裡義大利衣櫃中的一對格納槍（Greener gun）是她兄弟的，跟她一起站在歐洲重要城市的教堂前拍照的是她兄弟，她和她兄弟的妻子穿著白色夏衣，她的兄弟穿戴著三件式西裝、領帶和巴拿馬草帽。他留著深色鬍子。深色的西班牙眼睛。姿勢活像個大人物。客廳裡幾張油畫中最古老的一張閃著暗沉的光澤，像是件舊瓷器一般，是她的曾祖父，畫於一七九七年的托萊多（Toledo）。時間最近的一張是她自己身穿正式晚禮服的全身像，場合是一八九二年她在羅薩里奧（Rosario）過十五歲生日。

約翰・葛瑞迪從沒看過她。也許走過廳堂時曾經一瞥身影。他不知道她知道他的存在，直到女孩回墨西哥一星期後，他晚上被邀請到屋裡下西洋棋。當他穿著新襯衫和帆布褲出現在廚房，瑪麗亞還在洗晚餐的盤子。她轉過去端詳手拿著帽子站著的他。好（西班牙語），她說。在等你呢。（西班牙語）

他謝過她後走過廚房到廳堂，站在餐廳門口。她從桌子旁坐的地方起身。她輕輕地點頭。晚安，她說。請進。我是艾丰莎小姐。

她穿著深灰色裙子和一件白色打摺上衣，她的灰髮在後面綁成一束，看起來像是她實際上做過的老師。她有英國口音。她伸出一隻手，他差點就要上前接過，後來才知道那是指向她右手邊椅子的動作。

夫人，晚安，他說。我是約翰・葛瑞迪・柯爾。

請，她說。請坐。我很高興你來了。

謝謝夫人。

他把椅子向後拉然後坐下，把帽子放在旁邊的椅子上，然後看著棋盤。她把拇指靠在棋盤邊緣輕輕推向他。棋盤是賽卡席恩胡桃木（circassian walnut）製成，上面有橢圓形鳥眼花紋，邊緣鑲嵌著珍珠，棋子則由雕刻象牙和黑角製成。

我的侄兒不肯玩，她說。我痛宰了他。說痛宰對嗎？

是的，夫人。我想是的。

她跟他一樣是用左手或是她用左手下棋。最後的兩隻指頭不見了，但是他要到下棋下了一會兒才發現。當他最後奪下她的皇后她認輸並以微笑作爲恭維，有點不耐煩地對棋盤比了個動作。他們開始第二局，他吃下兩個騎士和一個主教後她連續走了兩步讓他停下來。他端詳著棋盤。他想她可能會好奇他會不會投降，而他發現事實上他已經在考慮，他知道她比他先想到。他向後靠並看著棋盤。她看著他。他彎向前移動他的主教，在四步內敵過她。

我眞笨，她說。皇后的騎士。那是個錯誤。你下得非常好。

是，夫人。妳自己也下得很好。

她把上衣袖子向後推好看一個銀色小腕表。約翰・葛瑞迪坐著。已經過了他就寢時間兩個鐘頭。

再一局？

好的，夫人。

她的第一步是他沒見過的。最後他失掉皇后並認輸。她笑著抬頭看他。卡洛斯端著茶盤進來放在桌上，她把棋盤推開，把茶盤拉向前，把杯子和調味罐擺出來。一個盤子上裝著幾片蛋糕，還有一盤餅乾和幾種起司，另外還有一小碗棕色醬汁，裡面擺了根銀湯匙。

你要奶油嗎？她說。

不，夫人。

她點頭。她倒茶。

我下次再這樣開棋就沒這種效果了，她說。

我從沒看過這種棋步。

對。那是愛爾蘭冠軍波拉克（Pollock）發明的。他稱之爲國王開棋法。我還擔心你會知道。以後我還想再看看。

好。當然。

她把茶盤推到兩人中間。自己來，她說。別客氣。

最好不要。這麼晚吃東西我會做瘋狂的夢。

她笑了。她從茶盤上拿出一張小亞麻餐巾打開。

我常常做奇怪的夢。但是那恐怕跟我的晚餐習慣沒什麼關係。

是，夫人。

夢的壽命很長。我現在還會夢到我小女孩時做的夢。不很眞實的東西都會持續得特別久。

妳想那有什麼意義嗎？

她看起來很驚訝。當然，她說。你不覺得嗎？

我不知道。那是妳腦袋裡的東西。

她又笑了。我不會像你一樣覺得那是種詛咒。你在哪裡學下棋的？

我父親教我的。

他一定很會下棋。

他大概是我見過最棒的。

你贏不了他嗎？

有時候。他當時在打仗，他回來後我才贏過他，但是我想他是心不在焉。他現在都不下棋了。

眞可惜。

是，夫人。是很可惜。

她又再倒茶。

我在一場射擊意外中掉了手指，她說。射活鴿子。槍管爆開，我十七歲，亞莉珊卓的年紀。那沒什麼好不好意思的，人都會好奇，那很自然。我猜你臉上的疤是馬弄的。

是，夫人。那是我自己的錯。

她看著他，不是不和善地。她微笑。疤痕有種奇特力量可以提醒我們過去是眞實的。造成疤痕的事件是永遠都忘不了的不是嗎？

對，夫人。

亞莉珊卓要跟她母親在墨西哥待兩個星期。然後她會回來這裡過夏天。

他嚥口水。

不管我的外表看起來如何，我不是一個特別古板的女人。在這裡我們活在一個小世界裡。一個封閉的世界。亞莉珊卓和我意見相當不合。事實上是非常不合。她跟我年輕時很像，我有時似乎是在和過去的自我掙扎。我小時候很不快樂，原因已經不重要了。但是把我們連結在一起的，我的孫姪女和我……

她中斷了。她把杯子和調味罐放到一旁。在桌子被磨亮的桌面上它們原先站的地方形成一個圓形印子，從外向裡漸漸消失。她抬起頭來。

我是沒有人規勸的，你知道。說不定我也不會聽。我在男人的世界裡長大。我以爲這樣可以幫助我適應男人的世界，但是沒有。我跟其他人一樣叛逆。不過我想我並不希望打破什麼事情。或者是那些想擊敗我的事情。對我們有限制力量的東西會隨時間改變。傳統和權威會被虛弱取代。但是我對它們的態度沒有改變。沒有改變。

你知道我對亞莉珊卓不得不感到同情，即使在她最壞的時候。但是我不會讓她不快樂，我不會讓人家說她不好，或是說她閒話。我知道那是什麼狀況，她以爲她可以甩甩頭什麼都不在乎。在理想的世界裡蠢人的閒話是沒有後果的，但是我已經看過在現實世界裡閒話的後果，那眞的是很嚴重，那種嚴重後果可是連流血都包括在內，連死亡也包括。我在我自己的家庭中見識過。被亞莉珊卓當成是外表或是過時的習俗……

她用那隻不完美的手快速比了一下，既代表打發也代表總結。她又收回她的手看著他。

雖然你比她年輕你們也不應該在沒人監視的情況下在草原上一起騎馬。既然事情傳到我耳裡，我考慮過是否要和亞莉珊卓說，結果我決定不要。

她向後靠。他聽得見廳堂裡時鐘的滴答聲。廚房裡沒聲音了。她坐著看他。

妳要我怎麼做？他說。

我要你為一個年輕女孩的聲譽著想。

我從來沒有不去顧慮。

她笑了。我相信你，她說。但是你要了解。這是另一個國家。在這裡女人的聲譽重於一切。

是，夫人。

那是不可原諒的，你知道。

夫人？

那是不可原諒的，對女人來說。男人可以失去榮譽再重新獲得，但是一個女人不行。她不行。

他們坐著，她看著他。他用四隻手指指尖敲著他的帽頂然後抬頭。

我得說那似乎不太正確。

正確？她說。那好。

她的一隻手在空中轉，好像想起她擺錯了什麼。不，她說。不，那不是正不正確的問題。你必須弄清楚，這是誰說了算的問題。在這件事情上我才有資格說，我說了就算。

廳堂的鐘滴答作響。她坐著看他。他拿起帽子。

那麼，我得說妳不必只爲了告訴我這些而請我過來。

你說得對，她說，因爲這樣我才差一點就不請你。

在台地他們看著往北前進的暴風雨。日落時光線猶疑不定。他們眼底下深綠色的小湖泊群躺在沙漠草原上，活像另一種被穿透的天空。西方薄片狀的色彩從層堆的雲中傾瀉而下。大地突然給戴上了紫帽。

他們盤腿坐在可以避雷的一處地方，用破爛的舊籬笆來生火。鳥兒從半黑的內地出來，在台地邊緣穿梭，北方陸地邊緣地帶有閃電出現，彷彿燃燒中的曼德拉草。

她還說了什麼？羅林斯說。

就這樣。

你想她是幫羅加說的嗎？

我想那是她自己的意思。

她以爲你在注意那個女兒。

我是在注意那個女兒。

你在想那個牧場？

約翰・葛瑞迪端詳著火。不知道，他說。我還沒想過。

你當然沒有，羅林斯說。

他看看羅林斯然後又轉回去看著火。

她什麼時候回來？

一星期左右。

我看不出有你有什麼證據證明她對你那麼有興趣。

約翰・葛瑞迪點頭。我就是有。我可以跟她講。

第一滴雨水淅瀝落在火中。他看著羅林斯。

你不後悔來這裡吧？

還沒。

他點頭。羅林斯起身。

你是要魚還是就打算坐在雨中？

我會弄到的。

我聽到了。

他們身穿雨衣坐著。他們裹在雨衣裡說話好像在跟夜晚說話一樣。

我知道老人喜歡你，羅林斯說。但那不表示他會讓你追他女兒。

我知道。

我不覺得你手上有王牌。

沒錯。

我看到的是你決心讓我們倆被開除然後逃離這裡。

他們看著火。籬笆柱上的鐵絲扭曲地躺在地上，有幾捲鐵絲混在火中燒，有幾捲在炭火中燒得火紅。馬兒從黑暗中走出來，在雨中站在火光旁，毛色又深又油亮，紅紅的眼睛在夜裡燃燒。

你還沒告訴我你給她的答案，羅林斯說。

我說我會照她吩咐的做。

她吩咐了什麼？

我不確定。

他們坐著看火。

你給了保證嗎？羅林斯說。

不知道。我不知道我給了保證沒。

你不是給了就是沒給。

我也是這麼想，但是我不知道。

五天後他在穀倉裡的床鋪上睡覺時有人敲門。他坐起來，有人站在門外，他看見門縫裡傳來燈光。

等一下（西班牙語），他說。

他起床摸黑穿上褲子然後開門。她站在穀倉草堆中一手拿著手電筒，燈指著地上。

什麼事？他低聲說。

是我。

她舉起燈來像是要證明似的。他不知該說什麼。

幾點了？

不知道。十一點吧。

他望著狹窄走廊那頭馬夫的房門。

我們會吵醒愛斯特班（Estêban），他說。

那就請我進去。

他向後退讓她進來，她的衣服、長髮和香味擦身而過。他關上門，並用腳跟踢上門閂，然後轉過去看她。

我最好不要開燈，他說。

沒關係。反正發電機關了。她跟你說了什麼？

她一定告訴妳了。

她當然告訴我了。她說了什麼？

妳想坐下嗎？

她轉過去坐在床邊，把一隻腳壓在身體下面。她把開著的手電筒放在床上，然後把它推到毯子下，爲房間裡提供柔和的燈光。

她不希望被人家看到我跟妳在一起。在草原上。

阿曼多告訴她你騎我的馬回去。

我知道。

我不能讓人家這樣對我，她說。

在那種光下她看起來陌生又戲劇化。她把一隻手移向毯子，彷彿想把什麼東西推走。她抬頭看他，她的臉在向上的燈光照射下顯得蒼白嚴峻，她的眼睛迷失在深淵裡，只透出閃光，他看得見她的喉嚨在燈光下移動，他在她的臉上和身上看到他從未見過的東西，那東西叫做悲痛。

我以爲你是我的朋友，她說。

告訴我該怎麼做，他說。妳說什麼我都答應。

夜裡的溼氣降下，沼澤路上揚起塵土，他們並肩騎著馬漫步，不用馬鞍只用馬勒繩騎馬。他們手牽著馬出柵門走到路上，上馬並肩騎在沼澤路上。月亮掛在西邊，幾隻狗對著牲口棚吠，獸欄裡的獵狗也吠回去。他關上柵門，轉過來用手做馬鐙讓她踩著騎上黑馬的裸背，然後解開拴在柵門上的種馬，踩著柵門的板條躍上馬，一氣呵成。他們把馬調頭，並肩騎上沼澤路，月亮掛在西邊，好像一塊白色亞麻用鐵絲掛著，幾隻狗依舊在吠。

他們一直騎到天快亮，他把種馬牽回去然後回屋裡吃早餐。一小時後在馬廄與安東尼奧碰頭，經過管理人的房子來到關母馬的獸圈。

他們晚上會從牧場沿著西邊的台地騎兩小時，有時他會生火，他們遠遠地可以看見在他們下方莊園門口的煤氣燈在黑暗中飄浮，有時那些燈的移動好像把那下面的世界換了個中心，他們看見數以百計的星星墜落到地面，而她告訴他她父親家族的故事以及在墨西哥的事。回去時他們會牽馬走到湖中，馬兒會站著喝牠們胸前的水，在牠們喝水的地方星星會在湖面上擺動傾斜。如果山上下雨，空氣會很悶，夜晚比較溫暖。有一天晚上他離開她，沿著湖邊騎過莎草和柳樹，然後滑下馬背，脫下靴子和衣服，走進湖裡，月亮在他面前溜走，鴨子在黑暗中嘎嘎叫。湖水漆黑溫暖，他在湖中轉身，在水裡敞開雙臂，水是那麼漆黑、柔軟光滑。他望著靜止漆黑的水面那頭，她跟馬站在岸邊，他看著她從成堆的衣物中踏出來，如此蒼白，如此蒼白，像是蝶蛹孵化一般，走進水中。

她走了一半止步回頭看。站在水中顫抖，不是因爲冷，因爲根本不冷。不要跟她說話。不要叫。她走到他身邊時他伸出手而她接過。她在湖中是那麼蒼白，她彷彿燃燒起來，像是腐木上的磷火。冷冷地燃燒著，像月亮一樣冷冷地燃燒著。她的黑髮漂浮在她周圍的水面上，在水中浮浮沉沉。她把她另一隻手臂放在他肩膀上，看著西方的月亮。不要跟她說話，不要叫。然後她把臉轉向他。竊取時間和肉體是甜美的，背叛是甜美的。棲息在南岸蘆葦叢中單腳站立的鶴把細長的鳥嘴從翅膀下抽出來抬頭看。想要我嗎（西班牙語）？她說。想，他說。他喚她的名字。好想，他說。

他梳洗整齊穿著乾淨的襯衫從穀倉出來，他和羅林斯坐在工寮棚下的板條箱上抽菸等著吃晚餐。工寮裡有說有笑然後突然安靜。兩個放牧人走到門口站著。羅林斯轉過去看北邊的路。五個墨西哥牧人騎成一路縱隊走在路上。他們穿著卡其制服，騎著好馬，腰間佩戴手槍，鞍旁槍鞘裡插著卡賓槍。羅林斯站起來。其他的牧人也來到門口探望。騎士行經時，領隊的人瞥看工寮棚下的人，以及站在門口的人。然後他們走過管理人的屋子，五個騎士從北邊騎來成一路縱隊，在日暮中往蓋著瓦頂的牧場主住宅走去。

當他在黑暗中回到穀倉，五匹馬站在屋子遠的那一頭的山核桃樹下。牠們的鞍未被取下，到了早上就不見蹤影。第二天晚上她到他的床上，接連九天晚上她都來，關上門上閂，在天知道幾點的時候從她的衣服中踏出來，光溜溜地鑽進窄床上貼著他，她柔軟、芳香、挑逗的黑髮撒滿他全身，她一點也不顧忌。嘴裡說我不在乎我不在乎。他把手掌根放進她嘴裡好讓她不叫出聲，結果被她的牙齒咬得流血。她睡在他的胸前，讓他睡不著，東方發白時她才起來，跑到廚房去吃早餐，假裝她只是起早了。

然後她回到城裡。第二天晚上他進來時在穀倉草堆中碰到愛斯特班，他對老人說話，老人也回話但沒看他。他梳洗後到屋內廚房吃晚餐，吃完後他和莊園主人坐在餐廳的餐桌旁在良種登記冊上做紀錄，莊園主人詢問他並對母馬做紀錄，然後向後靠，坐著抽雪茄，在桌緣敲著鉛筆。他抬起頭。

好，他說。你讀古斯曼（Guzmán）❹讀得怎麼樣？

我還沒讀到第二冊。

莊園主人笑了。古斯曼很棒。你不懂法文？

不懂。

老法對馬這主題有一套。你會玩撞球嗎？先生？

你會玩撞球嗎？

會。會一點。反正打得不好。

打得不好。好。你想玩嗎？

想。

很好。

莊園主人闔上簿子，推開椅子起身，他跟在他後面走過客廳、書房到屋裡最裡面那扇鑲木的雙扇門。莊園主人打開門。他們進入一個漆黑的房間，聞起來有霉味和古木的味道。

他拉了一條飾有流蘇的鏈子，點亮天花板上吊的一個華麗錫製吊燈。燈下有一張深色木製古董桌，桌腳有獅子雕刻。桌子上覆蓋著黃色油布，吊燈被一條普通垂鏈從二十英呎高的天花板上垂下來。房間的盡頭有一個很古老的雕刻繪畫木製聖壇，上面掛著與眞人一樣大的雕刻繪製耶穌。莊園主人轉身。

我很少玩，他說。我希望你可不是個專家吧？

不是的。

我問卡洛斯可否讓桌子更平穩。我們上次玩時有點歪。我們來看看有沒有改善。你到那個角落去。我做給你看。

他們站在桌子兩邊，把布往中間摺，再摺，然後舉起來移向桌緣，彼此走向對方，莊園主人接過布後把布拿去放在幾張椅子上。

你看到這裡曾是一個小禮拜堂。你不迷信吧？

不。我想我沒有。

這裡是故意要弄得不神聖。牧師過來說一些話。艾丰莎知道這些事情。但是當然這張桌子已經在這裡好幾年了，這個小禮拜堂還是個小禮拜堂。讓牧師過來，把它變得不再是個小禮拜堂。我個人是質疑到底可不可以這樣做。神聖的東西就是神聖的。牧師的力量比我們所知的要來得有限。當然這裡已經好幾年沒舉行彌撒了。

多少年？

莊園主人在角落的桃花心木架上挑選著球桿。他轉過來。

我的第一次聖餐是在這個小禮拜堂領的。我想那可能是這裡最後一次彌撒。我想大概是一九一一年。

他轉回去看球桿。我不讓牧師來做那種事情，他說。來瓦解小禮拜堂的神聖性。我爲什麼要那麼做？我喜歡神在這裡的感覺。在我家裡。

他排好球，把主球給約翰・葛瑞迪。那是象牙做的，隨歲月而變黃，象牙的紋理還看得見。他開了球，他們玩花式撞球，莊園主人輕鬆地擊敗他，繞著桌子走，以靈巧的旋轉姿勢在球桿上擦巧克，並以西班牙語宣布他要打哪一顆球。他打得很慢，仔細研究球路與桌面，他在一邊研究、一邊擊球時會說墨西哥的革命和歷史，他還提到艾丰莎夫人和法蘭西斯哥・馬德羅（Francisco Madero）❺。

他生在巴拉斯（Parras），在這一州。我們的家人曾經很親近，艾丰莎可能本來是要嫁給法蘭西斯哥的兄弟。我不確定。總之我祖父是絕不答應這件婚事。我們家族的政治立場相當激進。艾丰莎不是小孩，應該讓她自己選擇但卻沒有，不管情況如何，她似乎再也不能原諒她父親，這讓他十分痛苦，抱憾而終。四號球（西班牙語）。

莊園主人彎腰瞄準四號球打顆星入袋，然後站著在球桿上擦巧克。最後當然也沒什麼關係。整個家族毀了。兩兄弟都被暗殺。

他端詳著桌面。

她和馬德羅一樣在歐洲受教育。她跟他一樣也學了那些思想，那些……

他用手比了個動作，男孩在姑姑身上也看過。

她老是有那些想法。十四號（西班牙語）。

他彎腰撞球然後站起來在球桿上擦巧克。他搖搖頭。每個國家各有不同。墨西哥不是歐洲。但這是很複雜的事情。馬德羅的祖父是我的「教父」（西班牙語）。我的教父。艾瓦利斯多先生（Don

Evaristo)。因爲這樣還有其他原因我的祖父對他保持忠誠。那不是一件很困難的事情。他是個很棒的人。非常和善。對迪亞茲(Díaz)❻政權很忠貞。連那樣也可以。當法蘭西斯哥出版他的書，艾瓦利斯多先生拒絕相信書是他寫的。然而書的內容並沒什麼可怕的。也許只是因爲那是一個富有年輕的莊園主人寫的。七號(西班牙語)。

他彎身把七號球打進腰袋。他繞過球桌。

他們去法國念書。他和古斯塔佛(Gustavo)，還有其他人。這一些年輕人，他們都滿懷理想回來。滿懷理想，但是他們之間卻意見不合。這你怎麼解釋呢?他們的父母是爲了讓他們有理想才送他們出國的不是嗎?他們出去後接受思想洗禮。但是等他們回來，打開行李，可以說沒有兩個人是裝同樣的東西。

他嚴肅地搖頭。好像桌面對他來說是個問題。

他們對事實部分倒是意見相同。人的名字，或是建築，某些事件的日期。但是理念方面……我這一代的人比較謹愼，我們不相信人是可以靠理智來改善性格。那種想法太法國了。

他上白堊粉，他移位。他彎身打球然後站起來檢查新桌面。

溫和的騎士注意了。沒有比理智更可怕的怪獸。

他看著約翰·葛瑞迪並微笑，然後又看球桌。

那當然是西班牙的想法。你知道。唐吉軻德（Quixote）的想法。但是就連塞萬提斯（Cervantes）也想像不出像墨西哥這樣的國家。艾丰莎說我不送亞莉珊卓出去很自私。也許她說得對。也許她是對的。十號球（西班牙語）。

送她去哪？

莊園主人彎身打球。他又起身看著他的客人。去法國。送她去法國。

他又上巧克。他端詳球桌。

我幹嘛煩？欸？她會去的。我算什麼？一個父親。父親啥都不是。

他彎身撞球結果沒進，退離球桌。

看，他說，看到沒？你看到這對打撞球有多不好？這種念頭？法國人跑到我家來搗亂我玩撞球。還有誰比他們更邪惡。

他雙臂抱著枕頭在漆黑中坐在床上，他把臉湊進枕頭裡聞她的氣味，試著在心裡重現她本人與聲音。他喃喃地唸著她說過的話。告訴我該怎麼做。妳說什麼我都答應。他對她說一模一樣的話。他抱著她時她會貼在他的裸胸上哭泣，但是他不知道要告訴她什麼，不知道能做什麼，到早上她就走了。

接下來的星期天安東尼奧邀請他到他兄弟家吃晚餐，之後他們坐在廚房外的棚架下捲菸、抽菸，討論馬的事。然後他們討論別的事。約翰・葛瑞迪告訴他跟莊園主人打撞球的事，而安東尼奧——坐在一張舊的門諾（Mennonite）椅子上，藤條部分已被帆布取代，他的帽子放在膝蓋上，雙手合十——聽到這件事後態度嚴肅，低頭看著燃燒的香菸並點著頭。約翰・葛瑞迪轉過去看在樹林那頭的房子，白色的牆和紅土瓦屋頂。

告訴我（西班牙語），他說。那一個比較糟糕：我窮還是我是美國人（西班牙語）？

牧人搖頭。一把金鑰匙打得開任何門（西班牙語），他說。

他看著男孩。他彈彈菸灰，他說男孩希望知道他的想法。也許希望得到他的建議。但是沒人可以給他建議。

有道理（西班牙語），約翰・葛瑞迪說。他看著牧人。他說等她回來他打算要好好地跟她談。他說他打算弄清楚她心裡的意思。

牧人看著他。他看著那房子。他似乎很困惑，他說她在這裡。她現在就在這裡。

什麼（西班牙語）？

眞的。她在這裡。昨天就在了。（西班牙語）

他整晚都醒著直到天亮。聽著草堆裡的靜寂，馬睡覺換姿勢的聲音。牠們的呼吸聲。早上他走到工寮去吃早餐。羅林斯站在廚房門口看著他。

你看起來好像騎了很久的馬而且還淋了雨，他說。

他們坐在桌邊吃。羅林斯向後靠，從襯衫口袋掏出他的菸草。

我一直在等你開口，他說。我再幾分鐘就要去工作了。

我只是來看你。

看什麼？

一定要有事才可以嗎？

不。不一定要有事。他在桌底下擦亮一根火柴點菸，甩熄火柴後把它放進他的盤子裡。

我希望你知道自己在做什麼，他說。

約翰．葛瑞迪喝完最後一口咖啡，把杯子和餐具一起放在盤子上。他拿起放在旁邊板凳上的帽子戴上，站起來要把盤子端到水槽。

你說過我去那裡你不會介意。

我是沒介意你去那裡。

約翰．葛瑞迪點頭。好吧，他說。

羅林斯看著他走到水槽，看著他走向門口。他以爲他會轉身說點別的但是他沒有。

他整天都在處理母馬，晚上他聽見飛機發動。他走出穀倉看。飛機從樹林裡出來，在夕陽中上升，側身，翻轉，朝西南方平飛。他看不出誰在飛機裡但是還是看著它飛出視線外。

兩天後他和羅林斯又上山。他們奮力地騎馬趕著野馬群跑出山谷，他們在安特歐傑山南面山坡的老地點露營，也就是他們曾和路易一起露營的地方，他們吃包著豆子和烤羊肉的玉米餅，喝黑咖啡。

我們再上山也沒幾次了對吧？羅林斯說。

約翰．葛瑞迪搖頭。沒幾次了，他說。可能沒了。

羅林斯喝著咖啡看著火。突然有三隻獵犬跑進火光中，一隻接著一隻，然後圍住火堆，蒼白骨瘦的身影，在肋骨部分皮拉得緊緊的，牠們的眼睛被火光照得火紅。羅林斯半起身，他的咖啡灑了出來。

搞什麼鬼，他說。

約翰．葛瑞迪站起來眺望漆黑處。狗兒跟出現時一樣突然地消失無蹤。

他們站著等。沒人過來。

搞什麼鬼，羅林斯說。

他走離開火堆一些，站著聆聽。他回頭看約翰．葛瑞迪。

你要喊嗎？

不。

狗不可能是自己上來的，他說。

我知道。

你想他是來追捕我們嗎？

他要我們的話就可以找到我們。

羅林斯走回火堆。他又倒了咖啡並站著聆聽。

他說不定帶了一群他的人來。

約翰・葛瑞迪沒回答。

你不覺得嗎？羅林斯說。

早上他們騎到獸欄，期待會碰到莊園主人和他的朋友但是沒有。接下來幾天他們沒有看見他的蹤跡。三天後他們下山，前面趕著十一匹年輕母馬，天黑時抵達莊園，把馬關好，到工寮吃東西。有些牧人還在桌邊喝咖啡抽菸，不過他們一個個慢慢散去。

第二天天一亮兩個男人拿著開了保險的手槍到他的小臥室，用手電筒照他的眼睛，命令他起床。

他坐起來。他把腿放下床。拿著手電筒的人只是光後面的一個黑影，但是他看得見他拿著的手槍。那是柯爾特式連發手槍。他擋著眼睛。草堆中有人拿著來福槍站著。

是誰（西班牙語）？他說。

那個人把光打在他腳上，命令他穿上靴子和衣服。他站起來拿褲子穿上，然後坐下來穿上靴子，再伸手去拿襯衫。

我們走（西班牙語），男人說。

他站起來扣襯衫釦子。

你的武器在哪裡（西班牙語）？男人說。

我沒有武器。（西班牙語）

他跟身後的人說話，兩個人上前開始搜他的東西。他們把木製咖啡盒扔在地上，踢開他的衣服和刮鬍子工具，他們把床墊翻過來放在地上。他們穿著油污漆黑的卡其制服，全身是汗味和木柴煙味。

你的馬在哪裡？（西班牙語）

在第二間。（西班牙語）

我們走，我們走。（西班牙語）

他們帶他走過草堆到馬鞍室，他拿了馬鞍和毯子，這時瑞波站在穀倉堆草的地方，緊張地踱步。

他們回來時經過愛斯特班的房間，但是看不出老人已經醒來的跡象。他們打著光讓他給馬上鞍，然後

他們走出黎明，到其他馬站立的地方。其中一個警衛拿著羅林斯的來福槍，羅林斯坐陷在他的馬鞍

裡，手被銬上放在前面，韁繩落在地上。

他們用來福槍戳他向前。

這是幹什麼，夥伴？他說。

羅林斯沒回答。他側身吐口水並把頭轉開。

不准講話（西班牙語），領隊說。我們走（西班牙語）。

他騎上馬，他們銬住他的手腕，把韁繩給他，然後統統上馬，把馬調頭，兩個兩個騎上路穿過柵門。他們經過工寮時燈是亮著的，牧人站在門口或蹲在棚架下。他們看著騎士經過，兩個美國人在領隊和他的副官之後，其他總共六個人兩兩一排騎在後面，穿戴著帽子和制服，他們的卡賓槍放在馬鞍的前鞍橋上，統統通騎上沼澤路往北邊走。

---

❶ 里格是舊時土地面積測量單位，約等於四千四百英畝。

❷ 瓜婁馬有好幾種顏色，頭上的毛色與馬鬃、馬尾和下腿的顏色相同，永遠都是黑色；最特殊的是腿上會有水平甚至是垂直的條紋。

❸ 維多里亞諾·韋爾塔是一九一三至一九一四年間的墨西哥總統，他推翻法蘭西斯哥·馬德羅政府

行獨裁統治，引起國內起義與美國軍事干涉，被迫辭職，流亡國外，後在美國被捕，死於獄中。

❹古斯曼，一八八七至一九七七年，墨西哥革命時期作家。

❺法國西斯哥・馬德羅，一八七三至一九一三年。墨西哥革命者，倡導民主主義，反對軍事統治。一九一一年推翻迪亞茲政權，當選總統後不久死於軍事叛變。

❻波菲利歐・迪亞茲（Porfirio Díaz），一八三〇至一九一五年。一八七六年發動政變奪取政權，於一八七七至一八八〇年間實施獨裁統治。一八八四年二度統治墨西哥，於一九一一年被革命推翻，流亡巴黎。

第三章

他們騎了一整天，走過低陵進入山區，沿著台地往北走，遠離牧馬場，進入他們四個月前離開的國境。他們在一個泉水邊午休，蹲在前面有人生過火的火堆灰燼旁吃用報紙包著的冷豆和玉米餅。他想玉米餅應該是來自莊園廚房。報紙是來自孟克洛伐（Monclova）。他用上了手銬的手慢慢吃，用一個只能裝一點水的錫杯喝水，因爲手把部分的鉚釘會漏水。手銬外層的鍍鎳磨損，露出黃銅，他的手腕已經變得蒼白瘀青。他吃著東西，看著蹲得有段距離的羅林斯，但是羅林斯不願與他的眼神交會。

他們在棉白楊樹下的地上睡了一會兒，然後起來再喝一點水，裝滿水壺後繼續騎上路。

他們穿越的國境季節變化較早，洋槐已經開花，山裡下過雨，日暮中他們騎經過的小窪地旁，草兒鮮綠而且隨風搖曳。除了對鄉野景觀的注意外，警衛彼此間並不多話，對美國人更是不發一語。他們走在漫漫夕陽下，天黑後還繼續騎。警衛早已把來福槍插入槍套裡輕鬆地騎馬，騎在馬鞍上有些無精打采。十點左右他們停下來紮營生火。犯人坐在沙地上生鏽的馬口鐵器皿和木炭堆當中，手依舊被銬在前面，警衛拿出一個舊的藍色花崗岩花紋咖啡瓷壺和同質材的燉鍋，他們喝咖啡並吃一道含有某種白色纖維塊莖、某種肉類以及某種禽肉的菜。整個看起來多筋多纖維，聞起來有酸味。

他們睡覺時手被鏈在馬鐙上，蓋著唯一的毯子試著取暖。他們在太陽升起前一小時又再度上路，能快上路他們很高興。

他們就這樣過了三天。第三天下午他們來到他們還記得的恩坎塔達鎮。

他們並肩坐在小林蔭步道上的鐵板凳上。兩個警衛拿著來福槍站在他們旁邊，十來個不同年紀的小孩站在街道上的塵土中看著他們。其中兩個是約十二歲的女孩，當犯人看她們時，她們不好意思地轉過去，手拉扯著裙子。約翰·葛瑞迪問她們可不可以幫他們弄香菸來。

這兩個警衛怒視著他。他對女孩比著抽菸的姿勢，她們轉身跑過街道。其他的孩子還是一樣站著。

眞有女人緣，羅林斯說。

你不想抽菸？

羅林斯緩緩地在他的靴子中間吐口水，然後又抬起頭。她們不會拿什麼鬼香菸給你的，他說。

我跟你打賭。

你拿什麼鬼東西來賭？

我跟你賭一支菸。

怎麼賭？

我跟你賭一支她拿來的菸。她拿來的話我幫你留一支。

如果她沒拿來你要給我什麼？

如果她沒拿來你可以拿我的去。

羅林斯盯著林蔭步道看。

我不是在怪你。

你不覺得如果我們想逃出去，我們最好開始一起想辦法嗎？

你是說就像我們一開始那樣？

你不能一出問題就把事情統統怪在你朋友頭上。

羅林斯沒回答。

別對我發脾氣。我們攤開來說。

好吧。他們抓你時你說了什麼？

我什麼也沒說。說什麼有用嗎？

沒錯。是沒有用。

那是什麼意思？

那表示你沒叫他們去叫醒老闆對不對？

沒有。

我有。

他們怎麼說？

羅林斯彎身吐口水然後擦擦嘴。

他們說他醒了。他們說他早醒了。然後他們在笑。

你想是他出賣我們？

你不覺得嗎？

我不知道。如果是的話那是因爲某種謊言的關係。或是某種眞相。

約翰．葛瑞迪坐著低頭看他的手。

如果我承認自己是個王八蛋，他說，你滿意嗎？

我可沒這麼說。

他們坐著。過一會兒約翰．葛瑞迪抬起頭。

我不能回頭重新來過。但是我看不出來感情用事有什麼用。我也不覺得指著別人罵會讓我舒服些。

我不覺得舒服。我只是試著跟你講理而已。試了好幾百次了。

我知道你試過。但有些事情是不能講理的。不管怎樣我還是那個跟你一起出來的人。現在的我還是跟以前的我一樣，我只知道要堅持下去。我甚至沒跟你保證過你不會死在這裡。我也沒要你的承諾。我不相信你可以等苗頭不對再來反悔。你要嘛撐下去要嘛就放棄，我不管你做了什麼我都不會離開你。我要說的就這麼多。

我不會離開你，羅林斯說。

好。

過了一會兒兩個女孩回來。比較高的那個伸出手來，上面放了兩支香菸。

約翰・葛瑞迪看看警衛。他們做手勢要小女孩過去，看看香菸然後點頭，女孩靠近板凳把香菸連幾根火柴遞給犯人。

太好了（西班牙語），約翰・葛瑞迪說。非常謝謝（西班牙語）。

他們用一根火柴點菸，約翰・葛瑞迪把其他火柴放進他的口袋然後看看女孩。她們害羞地笑著。

你們是美國人（西班牙語）？她們說。

對。（西班牙語）

是小偷？（西班牙語）

對。很有名的小偷。強盜。（西班牙語）

她們倒吸一口氣。好難得（西班牙語），她們說。但是警衛叫住她們，揮手要她們走。

他們用手肘撐著身體向前傾，抽著香菸。約翰・葛瑞迪看著羅林斯的靴子。

新靴子呢？他說。

在工寮裡。

他點頭。他們抽菸。過了一會兒其他人回來叫喚警衛。警衛對犯人示意，他們起身向孩子點頭然後走上街道。

他們往鎮的北邊騎，在一棟有著波紋馬口鐵屋頂的土磚建築前停下。舊的灰泥還黏附在土磚牆上。他們下馬走進一個以前可能是教室的大房間。前面一道牆上有一道扶手和一個以前被當作黑板的框架。地板是以狹窄的松木板製成，表面長年被踩進來的沙子磨刻，兩面牆上的窗子都沒了窗玻璃，被同一塊大招牌上切下來的馬口鐵皮取代，好形成一個破碎的馬賽克圖案。在一個角落的灰色金屬桌旁坐了一個強壯的人，一樣穿著卡其制服，脖子上綁了條黃絲巾。他面無表情地看著犯人。他用頭輕輕地指向建築物的後面，其中一個警衛從牆下取下一圈鑰匙，犯人被帶著走過一個雜草叢生的院子來到一個小石屋，重重的木門上還裹了層鐵。

門上眼睛的高度有一個方形的窺視孔，上面鎖著一片焊接在鐵框上的鋼筋網孔。一個警衛打開老舊的黃銅掛鎖並打開門。他拿了腰帶上另一串鑰匙。

手銬（西班牙語），他說。

羅林斯伸出他的手銬。警衛打開它，他進去，約翰・葛瑞迪跟在後面。門發出輾軋聲，在他們身後重重關上。

室內沒有燈光，除了從門上網孔透進來的光，他們手拿著毯子站著，等眼睛適應黑暗。密室的地板是水泥做的，空氣中有排泄物的味道。過一會兒坐在房間後面的某人說話了。

當心桶子。（西班牙語）

別踩到桶子，約翰．葛瑞迪說。

在哪裡？

不知道。反正別踩到。

我什麼也看不到。

黑暗中另一個聲音出現。它說：是你們嗎？

約翰．葛瑞迪看得見羅林斯的臉被網孔的光分隔成數個方塊。臉慢慢轉過去。眼裡吐露著痛苦。

天啊，他說。

布雷文斯？約翰．葛瑞迪說。

對。是我。

他小心翼翼地走到後面。一條伸出來的腿在地板上像蛇一樣地縮回去盤著。他蹲下來看布雷文斯。布雷文斯動了一下，他在片段的光下可以看見他的牙。彷彿他在笑。

一個人沒了槍就是不一樣，布雷文斯說。

你在這裡多久了？

不知道。很久了。

羅林斯走到後面的牆邊，站著低頭看他。是你叫他們來抓我們的對不對？他說。

我沒做過這種事，布雷文斯說。

約翰·葛瑞迪抬頭看羅林斯。

他們知道我們有三個人，他說。

對，布雷文斯說。

狗屁，羅林斯說。他們找回馬之後就不會來追我們。一定是他害的。

那是我的馬，布雷文斯說。

他們現在看得見他。骨瘦如柴，穿著破爛而且髒兮兮。

那是我的馬，我的馬鞍和我的槍。

他們蹲下。沒人說話。

你做了什麼？約翰·葛瑞迪說。

我沒做別人不會做的事。

你做了什麼？

你知道他做了什麼，羅林斯說。

你有回來這裡嗎？

我當然有回來這裡。

你放屁。你幹了什麼？把事情一五一十說出來。

沒什麼好說的。

當然沒有了，羅林斯說。沒什麼好說的。

約翰・葛瑞迪轉過去。他看著羅林斯身後。一個老人安靜地靠在牆上看著他們。

這個年輕人犯了什麼罪（西班牙語）？他說。

那人眨了一下眼。謀殺（西班牙語），他說。

殺了一個人？（西班牙語）

那人又眨了一下眼。他比了三根手指。

他說什麼？羅林斯說。

約翰・葛瑞迪沒回答。

他說什麼？我知道那王八蛋說什麼。

他說他殺了三個人。

胡說八道，布雷文斯說。

羅林斯緩緩坐在水泥地上。

我們完了，他說。我們死定了。我就知道會有這種下場。從我第一次看到他。

現在說這些沒有用，約翰・葛瑞迪說。

他們只有一個人死了，布雷文斯說。

羅林斯抬頭看他。然後他站起來走到房間另一頭，又再坐下。

當心桶子（西班牙語），老人說。

約翰・葛瑞迪轉向布雷文斯。

我沒對他怎樣，布雷文斯說。

告訴我事情經過，約翰・葛瑞迪說。

他在東方八十英哩的帕老鎮（Palau）幫一個德國家庭工作，兩個月後他拿了他賺的錢，騎過同樣的沙漠，把馬拴在同樣的泉水邊，穿著普通的鄉下衣服走進鎮上，坐在商店前兩天，直到他看見同一個人腰帶上插著磨損過的畢斯雷膠質槍把經過。

你做了什麼？

你有香菸嗎？

沒有。你做了什麼？

我就知道你沒有。

你做了什麼？

只要有菸草要我做什麼都願意。

你做了什麼？

我走到他身後從他腰上把它搶過來。那就是我做的。

而且還槍殺他。

他衝向我。

衝向你。

對。

所以你槍殺他。

我有什麼選擇？

什麼選擇！約翰・葛瑞迪說。

我也不想射那個王八蛋。我根本沒有那個打算。

那你後來呢？

我回到我留下馬的泉水邊時他們追過來。那個被我從馬上射下來的男孩對我開槍。

後來發生了什麼事？

我沒子彈了。不然我會射他個全部。都是我的錯。我只有槍裡面那幾發子彈。

你射了一個農民？

對。

死了？

對。

他們靜靜地坐在黑暗中。

我本來可以在木紐茲（Muñoz）買子彈的，布雷文斯說。在我來這裡之前。我還有錢。

約翰・葛瑞迪看著他。你知道你惹上什麼麻煩嗎？

布雷文斯沒回答。

他們說要怎麼處置你？

送我去監獄吧我想。

他們不是要送你去監獄。

爲什麼不?

你沒有那麼幸運，羅林斯說。

我還沒大到可以被吊死。

他們會幫你謊報年齡。

這個國家沒有死刑，約翰·葛瑞迪說。別聽他的。

你知道他們在追捕我們對不對?羅林斯說。

對，我知道。你要我怎麼做，拍個電報給你嗎?

約翰·葛瑞迪等羅林斯回答但是他沒回答。窺視孔上的網孔所形成的陰影斜印在遠端的牆上，像一個粉筆遊戲，被那個漆黑發臭的房間弄得失眞。他摺起他的毯子坐在上面，斜靠著牆。

他們讓你出去過嗎?你有出去走過嗎?

不知道。

你說不知道是什麼意思?

我不能走路。

你不能走路?

我剛說了。

你爲什麼不能走路，羅林斯說。

因爲他們打斷我的腳。

他們坐著。沒人說話。很快天黑了。在房間另一頭的老人開始打呼。他們聽得見遠方村落的聲音。狗聲。一個母親在叫。用假聲唱的牧場音樂像是廉價收音機播出來的鬼叫，在無名夜裡的某處。

那天晚上他夢見馬在高高的草原上，春雨已將綠草與野花帶出土外，眼之所及處處是一片藍色與黃色的花海。在夢裡他混在馬群中奔跑，在夢裡他自己可以跟馬一起跑，他們在草原上追著年輕的牝馬和小牝馬，牠們鮮豔的棗紅色和栗色在陽光下發亮。小馬跟著母馬跑，踐踏著花朵，揚起一陣花粉懸浮在陽光中，形成金色粉末。他們一起跑著，他和馬跑在高台地上，牠們的蹄在地上踩出回聲。牠們前進，轉向，奔跑，牠們的鬃毛和尾巴像泡沫一樣的飄浮著。在那高地世界上沒有其他的東西，牠們全體移動起來像是具有音樂旋律一般，沒有一匹馬面有懼色，不管是公馬還是母馬；牠們在共鳴中奔跑，那種共鳴正是世界本身，只能讚揚，不可言傳。

早上兩個警衛過來打開門，給羅林斯上手銬，帶他出去。約翰．葛瑞迪站起來問他們要帶他去哪，但是他們沒回答。羅林斯甚至沒有回頭。

隊長坐在辦公桌喝咖啡，看一份來自蒙特雷三天前的報紙。他抬起頭來。護照（西班牙語），他說。

我沒有護照，羅林斯說。

隊長看著他。他帶著嘲諷意味地挑了挑眉。沒有護照，他說。你有身分證嗎？

羅林斯用帶著手銬的手伸到左後方口袋。他摸得到口袋但是伸不進去。隊長點點頭，其中一個警衛走上前拿出皮夾交給隊長。隊長向後靠在椅背上。取下手銬（西班牙語），他說。

警衛把鑰匙甩向前，抓住羅林斯的手腕，解開手銬後退回去，把手銬放在腰帶裡。羅林斯站著磨他的手腕。隊長在手中翻轉著髒掉的皮夾。他兩面都看一看然後抬頭看羅林斯。接著他打開它，拿出卡片，拿出貝蒂·華德的照片，拿出美金，然後是唯一沒有殘缺的墨西哥披索鈔票。他把這些東西攤開放在桌上，向後靠在椅背上，雙手合十，用兩隻食指敲著下巴，然後又看著羅林斯。羅林斯聽得見外面有隻羊。他聽得見小孩子的聲音。隊長用一根手指做出一個小小的旋轉動作。轉過去，他說。

他照做。

脫下你的褲子。

什麼？

脫下你的褲子。

要幹什麼？

隊長一定是又做了另一個動作，因爲警衛走向前，從他背後的口袋掏出一根皮棍打羅林斯的後腦。羅林斯身處的房間頓時整個翻白而且他的膝蓋彎曲，他的手伸在半空中想抓住東西。

他臉貼著易碎的木頭地板躺著。他不記得自己摔下去。地板有塵土和穀物的味道。他抬起身子。他們在等著。他們似乎沒別的事情好做。

他重新站起來面對隊長。他覺得反胃。

你必須合——作，隊長說。那你就不會有麻煩。轉過去，脫下你的褲子。

他轉過去解開腰帶，把褲子褪到膝蓋附近，然後脫下他在織女村雜貨店買的便宜棉內褲。

拉起你的襯衫，隊長說。

他拉起襯衫。

轉過來，隊長說。

他轉身。

穿好衣服。

他讓襯衫掉下來，彎身拉起他的褲子，扣好後繫回腰帶。

隊長手上拿著從他的皮夾裡取出的駕照坐著。

你的出生日期，他說。

一九三二年九月二十六號。
你的地址。
德州尼克波克四路（Route Four Knickerbocker Texas）。美國。
你的身高。
五呎十一吋。
你的體重。
一百六十磅。
隊長拿駕照在桌上敲。他看著羅林斯。
你的記憶力很好。這個人在哪裡？
什麼人？
他舉起駕照。這個人。羅林斯。
羅林斯嚥了口口水。他看看警衛然後又看看隊長。我是羅林斯，他說。
隊長悲哀地笑著。他搖搖頭。
羅林斯手垂著站立。
我爲什麼不是？他說。

你爲什麼來這裡？隊長說。

來哪裡？

這裡。來這個國家。

我們來這裡工作。我們是牧人（西班牙語）。

請說英語。你來買牲畜？

不是的，長官。

不是。你沒有許可證，對不對？

我們只是來這裡工作的。

在聖母莊園？

哪裡都行。那只是我們找到工作的地方。

他們付你多少錢？

我們一個月拿兩百披索。

在德州他們這工作付多少錢。

我不知道。一個月一百。

一百美金。

是，長官。

八百披索。

是，長官。我想是的。

隊長又笑了。

你爲什麼一定要離開德州？

我們就離開了。不是一定要。

你的眞實姓名。

雷西．羅林斯。

他用前臂的袖子擦前額，馬上後悔說了出來。

布雷文斯是你兄弟？

不是。我們跟他沒關係。

你們偷了幾匹馬？

我們沒有偷馬。

這些馬沒有標記。

他們來自美國。

你們有這些馬的貨單？

沒有。我們是從德州聖安傑羅騎過來的。我們沒有馬的證件。牠們就是我們的馬。

你們在哪裡過邊境？

就在藍崔德州外。

你們殺了多少人？

我從沒殺過人。我這輩子從沒偷過東西。是眞的。

你們爲什麼有槍？

打獵用的。

打蠟？

打獵。獵食。打獵。（西班牙語）

現在你們又是獵人。羅林斯在哪裡？

羅林斯快哭了。你現在正看著他，該死。

殺人犯布雷文斯的眞名是什麼。

我不知道。

你認識他多久。

我不認識他。我對他一點也不熟。

隊長把椅子向後推站起來。他拉下外套的衣緣好整平衣服的縐紋，他看著羅林斯。你很笨，他說。你爲什麼要惹麻煩呢？

他們讓羅林斯進到門內，他滑向地板坐了一下子，然後慢慢彎向前側身抱著身體躺著。警衛對約翰・葛瑞迪彎曲著手指，他坐在突現的光中瞇著眼睛抬頭看他們。他起身。他低頭看羅林斯。

你們這些王八蛋，他說。

說他們想聽的話，兄弟，羅林斯低聲說。根本沒差。

走（西班牙語），警衛說。

你跟他們說了什麼？

告訴他們我們是偷馬賊和殺人犯。你也一樣。

但是這時警衛已經走向前抓住他的手臂，架他走出門，另一個警衛關上門拴上門栓。

他們進入辦公室時隊長跟先前一樣坐著。他的頭髮剛順過。約翰・葛瑞迪站在他面前。室內除了隊長坐的桌椅之外旁邊還有三張金屬摺椅靠在遠端的牆上，它們有種令人不安的空蕩感。好像有人起身離去似的。好像被期待的人沒有來。一個來自蒙特雷的舊種子公司日曆被釘在他們頭上的牆上，角落有一個空的鐵絲鳥籠掛在立於地板的支座上，像某種巴洛克燈柱。

在隊長的桌上有個玻璃油燈，上面有個發黑的燈罩。一個菸灰缸。一支被刀子削尖的鉛筆。手銬（西班牙語），他說。

警衛上前解開手銬。隊長望向窗外。他拿起桌上的鉛筆敲著他的下排牙齒。他轉過來用筆敲桌子兩下然後把筆放下。宛如一個人在宣布會議開始。

你的朋友全招了，他說。

他抬頭。

你會明白馬上統統說出來是最好的。這樣你就不會有麻煩。

你沒有必要打那個男孩，約翰・葛瑞迪說。我們不知道布雷文斯的事。他只是要求跟我們一塊騎而已。我們完全不知道馬的事。那匹馬在暴風雨中跟他失散，在這裡出現，麻煩就從此開始。我們跟這件事無關。我們在聖母莊園幫羅加先生工作三個月。你去那裡跟他說一堆謊話。雷西・羅林斯是湯姆格林郡裡出來的好孩子。

他是罪犯史密斯（Smith）。

他不叫史密斯叫羅林斯。而且他不是罪犯。我認識他一輩子了。我們一起長大。我們上同一所學校。

隊長向後靠。他解開襯衫口袋的釦子，從香菸盒底把香菸推上來，從其中抽出一根，其他的不動，然後再扣上釦子。襯衫是軍裝剪裁，十分合身，香菸也緊貼著口袋。他在椅子上彎身從外套裡取出一個打火機，點燃香菸然後把打火機放在桌上的鉛筆旁邊，用一根手指把菸灰缸推向他，再靠回椅子上，手舉起來坐著。燃燒的香菸距離他的耳朵幾英吋遠，這姿勢似乎與他格格不入。彷彿他也許是看過別人做過而喜歡所以學著做。

你的年紀，他說。

十六歲。再過一個半月我就十七歲。

殺人犯布雷文斯幾歲。

我不知道。我根本不認識他，他說他十六歲。我猜十四歲比較可能。甚至十三歲。

他沒有毛。

什麼？

他沒有長毛。

那我不知道。我沒興趣。

隊長的臉變陰沉。他抽著香菸。然後他把手放在桌上，手掌朝上，捻手指發出劈啪聲。

你的錢包。（西班牙語）

約翰・葛瑞迪從臀部的口袋取出皮夾，走上前把它放在桌上然後退回去。隊長看著他。他彎向前去拿皮夾然後又坐回去打開它，開始拿出錢、卡片。照片。他把一切攤開來擺並抬起頭來。

你的駕照在哪裡。

我沒有。

你把它毀掉了。

我沒有駕照。我從來就沒有駕照。

殺人犯布雷文斯沒有證件。

可能沒有。

爲什麼他沒有證件。

他的衣服掉了。

他的衣服掉了？

對。

他爲什麼來這裡偷馬？

那是他的馬。

隊長向後靠，吸口菸。

那匹馬不是他的。

你要裝無知隨便你。

什麼？（西班牙語）

據我所知那是他的馬。他在德州就騎著那匹馬，我知道是他把馬帶進墨西哥因爲我看見他騎著馬過河。

隊長坐在椅子上用手指敲著椅子扶手。我不相信你，他說。

約翰・葛瑞迪沒有回答。

這不是事實。

他半旋轉他的椅子好看窗外。

不是事實，他說。他轉過來看著犯人。

你現在有機會說出眞相。在這裡。三天後你們會去薩爾提洛（Saltillo）[1]，那時你就沒有機會了。機會就沒了。那時眞相就會在別人手上了。你知道。我們可以在這裡找出眞相，或者我們也可以失去眞相。但是等你們離開這裡就太遲了。說實話太遲了。到時你們會在其他人手上。誰知道那時眞相又會變成什麼？到那個時候？到時你們會怪自己的。你等著瞧。

眞相只有一個，約翰・葛瑞迪說。眞相就是所發生的事。不是從某人嘴巴說出來的。

你喜歡這個小城嗎？隊長說。

還好。

這裡很安靜。

是的。

這裡的人很安靜。每個人時時刻刻都很安靜。

他彎身向前把香菸捻熄在菸灰缸裡。

然後來了個殺人犯布雷文斯來偷馬還殺了一堆人。這是爲什麼?他是個安靜的孩子，從來不傷人，然後他來這裡做出這樣的事情?

他往後靠，以同樣哀傷的方式搖著頭。

不，他說。他搖一搖一根手指。不。

他看著約翰・葛瑞迪。

眞相是這樣的:他不是個安靜的男孩。他一直是另外一種男孩，一直都是。

當警衛帶約翰・葛瑞迪回來時他們又帶走布雷文斯。他可以走但是走得不好。當扣鎖被關上後嘎嘎作響晃到平息爲止，約翰・葛瑞迪面對羅林斯蹲伏著。

你怎麼樣?他說。

我沒事。你呢?

我還好。

發生什麼事？

沒事。

你跟他說了什麼？

我說你胡說八道。

你沒去淋浴室？

沒有。

你去了好久。

對。

他把一件白外套掛在鉤子上。他把外套拿下來穿上，並用繩子綁在腰上。

約翰・葛瑞迪點頭。他看著老人。老人正在看他們，即使他不會說英語。

布雷文斯病了。

我知道。我想我們要去薩爾提洛。

薩爾提洛有什麼？

我不知道。

羅林斯換個姿勢靠著牆。他閉上眼睛。

你沒事吧?約翰・葛瑞迪說。

我沒事。

我想他是想跟我們做個交易。

隊長?

隊長。管他是什麼。

什麼交易。

要我們安靜的那種交易。

好像我們還有選擇似的。對什麼事情安靜?

關於布雷文斯。

關於布雷文斯的什麼事?

約翰・葛瑞迪看著門上的小塊方形光以及斜映在老人坐的地方,他頭上那面牆上的光影。他看著羅林斯。

我想他們要殺他。我想他們打算要殺布雷文斯。

羅林斯坐著好一會兒。他頭轉過去靠著牆坐著。當他再度看約翰・葛瑞迪時他的眼眶是溼的。

或許他們不會，他說。

我想他們會的。

可惡，羅林斯說，統統去死好了。

當他們帶回布雷文斯，他坐在角落裡不說話。約翰·葛瑞迪跟老人說話。他的名字是歐蘭多（Orlando）。他不知道他被控什麼罪。人家告訴他他簽了文件就可以走，但是他看不懂文件又沒人念給他聽。他不知道他在這裡待多久了。從冬季的某一天開始。他們在說話時警衛又來了，老人閉上嘴。

他們打開門進來在地板上放了兩個水桶以及一疊上了釉彩的錫盤。其中一人看了一下水桶，另一個人拿了角落的穢物桶，然後他們又出去了。他們有種敷衍的表情，像慣於照顧牲口的人。他們走了之後犯人圍著桶子蹲，約翰·葛瑞迪分發盤子。總共有五個。好像還有個不知名的人要來似的。他們沒有餐具，就用玉米餅當湯匙來舀桶裡的豆子。

布雷文斯，約翰·葛瑞迪說。你要吃嗎？

我不餓。

最好吃一點。

你們吃吧。

約翰・葛瑞迪舀了豆子到一個空盤裡，把玉米餅摺放在盤邊，起來拿去給布雷文斯後再回來。布雷文斯拿著盤子放在腿間。

過了一會兒他說：你跟他們怎麼說我？

羅林斯停止咀嚼，看著約翰・葛瑞迪，約翰・葛瑞迪看著布雷文斯。

跟他們說實話。

是啊，布雷文斯說。

你想我們跟他們說什麼有差嗎？羅林斯說。

你們也可以幫幫我啊。

羅林斯看著約翰・葛瑞迪。

至少可以幫我說句好話，布雷文斯說。

好話，羅林斯說。

又不會要你的命。

你給我閉嘴，羅林斯說。閉嘴。你再囉嗦一句我就走過去揍扁你。你聽到沒有？如果你再多說一個字。

別理他，約翰・葛瑞迪說。

白癡王八蛋。你以爲那個人不知道你是什麼東西？他看你就知道你是個什麼東西。甚至在你出生之前。你去死吧。去死吧。

他幾乎要哭出來。約翰·葛瑞迪把手放在他肩膀上。算了，雷西，他說。算了。

下午警衛進來留下穢物桶，拿走盤子和桶子。

你想馬現在怎麼樣了？羅林斯說。

約翰·葛瑞迪搖頭。

馬，老人說。馬（西班牙語）。

對。馬。（西班牙語）

他們坐在炎熱的寂靜中，聽著村裡的聲音。幾匹馬走過路上。約翰·葛瑞迪問老人他們有沒有虐待他，但是老人揮動一隻手表示沒什麼。他說他們沒有太去煩他。他說這樣做對他們沒有好處。一個老人枯竭的呻吟。他說痛苦對老人家來說早不是什麼驚訝的事。

三天後他們被帶離密室，在早晨的陽光下眼睛不斷眨著，他們走過院子和校舍來到街上。那裡停著一輛半的平台福特卡車。他們站在街上，又髒又沒刮鬍子，手上捧著他們的毯子。過一會兒一個警衛示意要他們爬上卡車。另一個警衛從建築裡走出來，他們被銬上一樣的脫漆手銬，然後被一條拖鏈鏈在一起，鏈子盤捲在卡車前台上的備胎裡。隊長出來站在陽光下擺動他的腳跟，一邊喝著一杯咖啡。他戴著一條陶土刷白的皮帶和手槍皮套，處於全擊發狀態的四五自動手槍掛在他的左手邊。他跟警衛說話，他們揮動著手臂，一個站在卡車前保險桿上的人從引擎蓋下探頭起來，比了手勢並說話，然後又彎到引擎蓋下面去。

他說什麼？布雷文斯說。

沒有人回答。卡車貨床前半部堆積了包裹和條板箱，還有一些五加侖的軍用汽油桶。鎮上的人不斷帶來包裹和遞紙條給駕駛，他不發一言地把紙條塞進襯衫口袋裡。

那邊站著你的女孩，羅林斯說。

我看到她們了，約翰．葛瑞迪說。

她們彼此站得很近，一個抓著另一個的手臂，兩個都在哭。

那是什麼鬼意思啊？羅林斯說。

約翰．葛瑞迪搖頭。

女孩子站著看卡車裝貨，警衛則把來福槍靠在肩上坐著抽菸，一小時後卡車引擎蓋蓋上，終於要發動時，她們還站在那裡，卡車載著上鍊條互相碰撞的囚犯，緩緩行在狹窄的塵土路上，在飛揚的灰塵與車子排放的煙霧中漸漸遠離視線。

卡車貨床上有三個警衛跟犯人一起，來自當地的年輕男孩身穿不合身又沒燙過的制服。他們一定被命令過不可以跟囚犯說話，因爲他們故意避開他們的眼睛。他們行在塵土路上時會向站在門口他們認識的人點頭或是嚴肅地舉起一隻手。隊長跟駕駛坐在前座。有些狗跑出來追卡車，駕駛猛打方向盤想把狗撞死，坐在後面的警衛急忙找把手抓住，駕駛從駕駛座的後窗轉過去看他們並哈哈大笑，他們全都笑了，彼此互相推擠，然後嚴肅地拿著來福槍坐著。

他們轉進一條窄街，在一間漆成鮮藍色的房屋前停車。隊長在駕駛座上傾身去按喇叭。過一會兒門開了，一個人走出來。他穿著相當優雅，像個墨西哥牛仔，他繞著卡車走，隊長下了車，那人進入駕駛座，隊長跟在他後面上車關上門，他們又開走。

他們沿著街道開過最後一間房屋，最後的圍欄和泥土獸圈，經過一個淺灘，裡面流速緩慢的水像油一樣發亮，而且車輪行經後水面立刻合了起來，被車輪胎捲起來的水都還來不及流回去。卡車費力地從淺灘登上路床上被刮過的石頭上，車身穩定後就在早上的平光中駛向沙漠。

犯人看著卡車輪下沸騰的塵土，隨著卡車一路搖晃緩緩穿越沙漠。他們在鋪在卡車貨床上的粗橡木板上晃來晃去，試圖把他們的毯子壓在屁股下面。在岔路口處他們轉向一條通往四沼澤區以及往南四百公里遠的薩爾提洛的路。

布雷文斯打開他的毯子，手枕在頭下躺在毯子上。他躺在那裡盯著沙漠純藍色的天空看，天上沒有雲也沒有鳥。他說話時，聲音因爲貨床在他背下的捶擊而顫抖。

天啊，他說，這會是一段漫長的旅途。

他們看看他，他們彼此互相看。他們沒說他們是否也有同感。

老人說到那裡要走上一整天，布雷文斯說。我問過他，說要一整天。

中午之前他們來到出位於邊境的波奇拉斯（Boquillas）的主要道路，他們往平坦地區的方向走。穿越聖基萊摩（San Guillermo）、聖米蓋爾（San Miguel）與理想村（Tanque el Revés）。在熱氣騰騰的路上他們遇到的幾輛車在塵土飛石中呼嘯而過，坐在貨床上的乘客頭埋在手臂裡轉頭迴避。他們在歐坎波（Ocampo）停車卸下一些裝產品的箱子與一些信件，然後繼續開往艾爾歐索（El Oso）。下午他們在路邊一家小咖啡店停車，警衛爬下車帶著槍進去。犯人被鏈著坐在車上。在乾泥地院子裡玩的一些小孩停下來看他們，還有一隻似乎老早就在等著車子到來的瘦白狗走過來在卡車後車輪旁撒了一大泡尿然後走開。

警衛出來時一邊笑一邊捲菸。其中一人拿著三瓶橘子汽水，他把汽水給犯人，站著等他們喝完要取回瓶子。當隊長出現在門口，他們又爬上卡車。把瓶子拿回去的警衛出來，接著是穿牛仔裝的人，然後是駕駛。等他們全部就位，隊長走出門口的涼蔭跨越礫石門檻，爬進駕駛座，然後大家上路。

在四沼澤區他們開在鋪好的路上然後向南往托雷翁走。一個警衛扶著同伴的肩膀站起來回頭看路標。他又重新坐下，他們瞄了一下犯人，然後就坐著望向車外的鄉野，卡車的速度則越來越快。一小時後他們開下路面，卡車費力地在顛簸的塵土路上前進，一大片當地常見的未播種荒地，是蠟燭色的野生牲畜夜間從溪河走出來吃草的地方，宛如陌生的主角。北方有雷雨雲在形成，布雷文斯正在觀察地平線，看著雷電所生的細線，看著塵土好找出風吹的方向。他們經過一大片在太陽底下又乾又白的礫石河床，他們爬上一片草地，上面的草跟輪胎一樣高，輪胎壓過去時有翻攪的聲音，他們進入一小片烏木樹林，嚇走一對築窩的鷹，停在一個廢棄莊園的院子裡，莊園裡有四方院構造的土造建築和一些殘破的羊圈。

貨床上沒有人動。隊長開門下車。我們走（西班牙語），他說。

他們帶著槍下車。布雷文斯環顧毀壞的建築物。

這是哪裡？他說。

其中一個警衛把他的來福槍靠在卡車上，在一串鑰匙中搜尋一支鑰匙打開鏈子，把解開的部分扔到卡車貨床上，又拿起來福槍，作勢要犯人下車。隊長已派出一名警衛去偵查周圍，他們站著等他回來。牛仔倚靠在卡車前面的保護板，一隻拇指插在他有刻紋的皮腰帶裡抽著菸。

我們要在這裡做什麼？布雷文斯說。

不知道，約翰·葛瑞迪說。

駕駛沒有下車。他向後倒在座位上，帽子蓋著眼睛，好像在睡覺。

我得去尿尿，羅林斯說。

他們走到草叢裡，布雷文斯在他們後面一跛一跛地走。沒有人看著他們。警衛回來向隊長報告，隊長拿了警衛的來福槍交給牛仔，牛仔把槍拿在手上試試重量，好像那是把遊戲槍。犯人慢慢晃回卡車。布雷文斯在離遠一點處坐下，牛仔看著他，然後從口中取出香菸，丟在草裡踩熄。布雷文斯起身走到卡車後面約翰・葛瑞迪和羅林斯站的地方。

他們要幹嘛？他說。

沒有來福槍的警衛走到卡車後面。

我們走（西班牙語），他說。

羅林斯從他靠在卡車的貨床處起身。

只有那個小子（西班牙語），警衛說。我們走。（西班牙語）

羅林斯看著約翰・葛瑞迪。

他們要幹什麼？布雷文斯說。

他們沒有要幹什麼，羅林斯說。

他看著約翰・葛瑞迪。約翰・葛瑞迪一句話也沒說。警衛伸手抓住布雷文斯的手臂。我們走（西班牙語），他說。

等一等，布雷文斯說。

在等你（西班牙語），警衛說。

布雷文斯掙脫他的手坐在地上。警衛的臉暗沉下來。他望向卡車前方隊長站的地方。布雷文斯猛拉下一隻靴子，伸手到裡面去。他拉出又黑又臭的內鞋底扔到一邊，然後又伸手進去。警衛彎下去抓住他瘦弱的手臂。他拉起布雷文斯。布雷文斯揮舞著手努力遞一樣東西給約翰·葛瑞迪。

拿去，他小聲說。

約翰·葛瑞迪看著他。我要這做什麼？他說。

拿去，布雷文斯說。

他塞一把又髒又皺的披索鈔票到他手裡，警衛急忙拉住他的手，推他向前。靴子掉到地上。

等等，布雷文斯說。我要我的鞋。

但是警衛推他走過卡車，他一跛一跛地走著，啞口無言而又驚慌失措地回頭看，然後跟著隊長和牛仔越過空地往樹林去。隊長用一隻手臂繞著男孩，或者他把手放在他的腰背上，像某個和善的勸告者。另外一個人拿著來福槍走在他們後面，布雷文斯穿著一隻靴子跛行，消失在烏木林中，樣子好像許久以前在那個陌生的國家裡，他們在大雨過後的早上見到他從溪河裡上來一樣。

羅林斯看著約翰·葛瑞迪。他的嘴緊閉。約翰·葛瑞迪看著殘破的小身軀一跛一跛地跟著他的看守人消失在樹林裡。他身上似乎沒有足夠的東西足以讓他成爲人類憤怒的對象。他身上似乎沒有足夠的東西足以讓他去成就任何人的野心。

你可不要廢話，羅林斯說。

好吧。

你一個字都不要廢話。

約翰・葛瑞迪轉過去看他。他看看警衛然後看看他們身處的地方，陌生的土地，陌生的天空。

好吧，他說。我不會說的。

駕駛不知何時下了車，到某處去察看建築物。其他人站著，兩個犯人，三個穿著皺衣服的警衛。沒有來福槍的警衛蹲在輪胎旁。他們等了很久。羅林斯傾著身子把拳頭放在貨床上，垂下他的前額，眼睛緊閉。過一會兒他又起來。他看著約翰・葛瑞迪。

他們不能就這樣帶他走過去槍殺他，他說。天殺的。就這樣帶他走過去槍殺他。

約翰・葛瑞迪看著他。這時槍聲從烏木林後傳來。不大聲，就一聲平平的爆破聲，然後是另一聲。

當他們從林子裡回來，隊長拿著手銬。我們走（西班牙語），他說。

警衛移動。其中一人站到後輪軸上伸手去貨床木板上拿鏈子。駕駛從宅院的廢墟中回來。

我們沒事，羅林斯低聲說。我們沒事。

約翰·葛瑞迪沒回答。他幾乎要伸手去壓低帽子的前緣，但是這時他才想到他們根本沒有戴帽子。他轉過去爬上卡車貨床，坐下來等著被上鏈子。布雷文斯的靴子還躺在草地上。一名警衛彎下去撿起來，扔進草堆裡。

當他們開出林中空地時已經是傍晚了，太陽低垂在草中與潮溼的淺窪地上，大地開始沉浸入黑暗之中。小鳥在傍晚的清涼中出來曠野覓食，激動地在草頂上飛來飛去，被夕陽襯映的鷹在孤樹的高枝上等他們經過。

他們於晚間十點開進薩爾提洛，正値居民出來散步的時間，咖啡店裡都客滿。他們把車停在教堂對面的廣場，隊長下車過街。有幾個老人在黃燈下坐在板凳上讓人擦鞋，有幾個小標誌警告人們別靠近有人照料的花園。小販在賣著水果冰棒，上了粉的年輕女孩手牽著手成雙地走著，用黑色不安的眼神四處張望。約翰·葛瑞迪和羅林斯身上蓋著毯子坐著。沒有人注意他們。過一會兒隊長回來爬進卡車，他們又再度出發。

他們駛過街道，在點著微光的門口、小房子和店舖前停下來，直到卡車貨床上所有的包裹幾乎都分發完畢，而且還收了幾個新的。等他們停在卡斯泰拉（Castelar）舊監獄巨大的門口時已經過了午夜。

他們被帶進一個鋪了石頭地板，有消毒藥水味道的房間。警衛解開他們的手銬後離去，他們蹲靠在牆上，毯子披在肩上，像乞丐一樣。他們在那裡蹲了很久。當門再度打開時隊長進來，在天花板上掛的單一燈泡所發散出的死平光下站著注視他們。他沒有佩戴手槍。他用下巴比了一下，開門的警衛即退下並帶上門。

隊長手臂交叉，拇指抵著下巴站著看他們。犯人抬頭看他，他們看他的腳，他們把目光轉走。他站著看他們許久，他們似乎都在等什麼，像停下來的火車裡的乘客。然而隊長處於另一個空間，一個他自己選的空間，在一般人的普通世界之外。一個專屬於做出無可救藥行爲的人的空間，其中雖包含所有次要的世界，卻不爲他們所及。至於選擇的條件和職權是一樣的，一旦選擇進入那個世界就無法離開。

他踱步，他站定。他說他們稱爲牛仔的人在莊園廢墟外的烏木林裡出現神經失常的狀況，這個人的兄弟死在兇手布雷文斯的手上，這個人付了錢做某些連隊長自己都得費心去做的特殊安排。

這個人來找我，不是我去找他。他來找我。他提到正義，他提到他的家族榮譽。你們想人眞的要這些東西嗎？我不認爲有很多人會要這種東西。

即使如此我還是很訝異。我很訝異。我們這裡不給罪犯死刑，必須作一些其他的安排。我告訴你們這些是因爲你們將自己作安排。

約翰・葛瑞迪抬起頭。

你們不是第一個來這裡的美國人，隊長說。在這個地方。我在這裡有朋友，你們將和這些人交涉，我不要你們做錯事。

我們身上沒有錢，約翰・葛瑞迪說。我們不能作任何安排。

對不起，你們一定要作一些安排。你們搞不清楚狀況。

你把我們的馬怎麼了。

我們現在不是在談馬，那些馬得等一等，那些馬一定會有合法主人的。

羅林斯陰鬱地盯著約翰・葛瑞迪看。你閉嘴，他說。

他可以說話，隊長說。最好大家都放明白。你們不能待在這裡。在這個地方，你們留下來就會死。然後又有其他問題。證件不見了，人找不到，有些人來這裡找人人卻不在。沒有人可以找到這些證件。那一類的事，你們知道，沒人想要這種麻煩。誰能說某人曾在這裡？我們沒有這個人。某個瘋子，他可以說神在這裡。但是大家都知道神不在這裡。

隊長伸出一隻手，用手指關節敲門。

你沒有必要殺他，約翰・葛瑞迪說。

什麼？（西班牙語）

你大可以帶他回來。你大可以帶他回卡車上。你沒有必要殺他。
外面有鑰匙圈轉動的聲音。門開了。隊長對一個在走廊上陰暗處看不到的身影做手勢。
等一下（西班牙語），他說。
他轉過來站著看他們。
我來告訴你們一個故事，他說。因爲我喜歡你們。我跟你們一樣年輕過。你們知道。我要告訴你們我老是跟年紀大的男孩一起，因爲我什麼都想學。所以那個晚上在新里昂（Nuevo León）里納瑞斯鎮（Linares）的聖貝多慶典上，我跟這些男孩一起，他們喝了龍舌蘭酒——你們知道龍舌蘭酒是什麼嗎？——然後有這麼個女人，這些男孩都去找她，他們都跟這個女人搞。而我是最後一個。我去那個女人的地方，她拒絕我，因爲她說我太年輕之類的。
這時男人該怎麼辦？你們知道的。我不能回去因爲他們都會知道我沒和這個女人一起。因爲事實總是很清楚的。你們知道。一個男人不能出去做一件事情然後又回來。他爲什麼回來？因爲他改變主意？男人是不會改變主意的。
隊長握拳並舉起拳頭。
也許是他們叫她拒絕我。這樣他們才可以笑我。他們可能給她錢什麼的。但是我不讓妓女給我惹麻煩。我回來時沒有人在笑。沒有人在笑。你們知道。那向來是我的處事之道。我是一個走到哪裡都沒有人敢笑我的人。我去到哪裡他們都不敢笑。

他們被帶上四段石階梯，穿越一道鐵門出去到一條狹窄的鐵通道上。警衛轉過來在門上的燈泡光下對他們笑。那頭望去是沙漠山上的夜空。他們之下是監獄的放風場。

這叫作圍柱式建築（西班牙語），他說。

他們跟著他走在狹窄通道上。他們經過的漆黑牢籠裡瀰漫著某種壓迫人的邪惡氣息。沿著一排窄道遠遠過去有一個黯淡的燈光照出囚房的柵欄，那裡的許願蠟燭早在某個聖徒之前先燃燒夜晚。三條街外的教堂鐘樓突然鐘響，帶來一片深沉、東方的莊嚴。

他們被鎖在監獄裡最頂層角落的囚房。門上的鐵把拴上時鏗鏘作響，他們聽著警衛走下窄道，聽見鐵門關上的聲音，然後是一片靜寂。

他們睡在鏈在牆上的鐵床上，睡的是又油又髒、長滿蝨子的薄床墊。早上他們爬下四段鐵樓梯到放風場裡，跟囚犯一起被早點名。點名是一排排點的，但是仍花了超過一小時，他們的名字沒被點到。

我猜我們不在這裡，羅林斯說。

他們的早餐就只有一點點玉米粥，之後他們就被放到放風場裡自己照料自己。他們第一天整天都在打架，等最後晚上被關進囚房時，他們一身血淋淋而且筋疲力竭，羅林斯的鼻子還斷了，腫得很厲害。這間監獄只不過是個圍了牆的小村子，在裡面常常有以物易物的騷動，從收音機、毯子到火柴、鈕釦、鞋釘什麼都有人在換，在交換的過程中常常伴隨著地位上的爭奪。其表面下的基礎其實跟商業社會的財務標準一樣是墮落和暴力，每個人都被一個單一的標準來評斷，那就是他是否作好殺人的準備。

他們睡了一覺，第二天早上一切又重新開始。他們一個接著一個打鬥，打完一個換一個。中午時羅林斯無法咀嚼。他們會宰了我們，他說。

約翰·葛瑞迪把罐子裡的豆子和水弄爛變成糊後再給羅林斯。

你聽我說，他說。你別讓他們以爲他們沒有必要。你聽到沒？我要讓他們殺我。我不要他們做別的。他們不是殺了我們就是放了我們。沒有退而求其次。

我全身上下沒有一處不痛的。

我知道。我知道而且我不管。羅林斯吸了口粥，他從罐口邊緣抬頭看約翰·葛瑞迪。你看起來像個該死的浣熊，他說。

約翰·葛瑞迪扭曲地笑。你以爲你自己像什麼？

我怎麼知道。

你應該希望你看起來跟浣熊一樣好。

我不能笑。我想我的下巴掉了。

你沒事的。

狗屁，羅林斯說。

約翰·葛瑞迪笑了。你看到那個站在那邊看我們的大塊頭嗎？

我看到那個王八蛋。

看到他在看這裡嗎？

看到了。

你猜我要做什麼？

在這裡我不知道。

我要從這裡起來走過去打他嘴巴一拳。

你狗屁。

你等著瞧。

爲什麼？

省得他還要走過來。

第三天結束時一切似乎都完了。他們倆都半裸，約翰·葛瑞迪被一記重拳打到下排牙齒掉了兩顆，左眼腫到完全張不開。第四天是星期天，他們用布雷文斯的錢買衣服，他們還買了一塊肥皂並淋了浴，他們買了一罐番茄湯用蠟燭的殘根加熱，用羅林斯的舊襯衫袖子包住罐子當把手，兩人傳遞著輪流喝，這時太陽正從監獄西邊的高牆落下。

你知道，我們可能可以熬過去，羅林斯說。

不要開始舒服起來了。我們過一天是一天。

你想要出去需要花多少錢？

不知道。一定很多。

我想也是。

我們沒聽到隊長在這裡的人的消息。我猜他們在等看看有沒有保釋的可能。

他把罐子遞給羅林斯。

喝掉吧，羅林斯說。

你喝吧。只剩一口。

他接過罐子把它喝光，倒了點水進去搖了一下然後喝掉，坐在那裡望著空罐子。

如果他們覺得我們有錢，他們爲什麼不照料我們？他說。

我不知道。我知道這地方不歸他們管。他們只管進來和出去的人。

如果這樣，羅林斯說。

探照燈從上面的牆照下來。原來在放風場裡移動的影子不動了，然後他們又開始動。

要吹號角了。

我們有幾分鐘。

我從來不知道有像這樣的地方。

我想什麼樣的地方你想像得到的應該都有。

羅林斯點頭。這種地方我倒是想不到，他說。

沙漠裡的某處在下著雨。他們聞得到風中溼的木焦油味道。監獄牆角一個臨時蓋的煤渣磚屋裡面的燈亮了，一個有錢的犯人住在裡頭像個遭放逐的官，還有廚師和保鏢。那屋子有道紗門，一個人影在門後走來走去。屋頂上晾衣繩上掛著的囚犯衣服在晚風中像國旗般輕輕飄盪。羅林斯對著光線來源處點頭。

你見過他嗎？

有。一次。他有一個晚上站在門口抽雪茄。

你學會這裡的黑話嗎？

一些。

菸屁股是什麼？

菸蒂。

那尾巴呢？

一樣。

他們給菸蒂取了多少鬼名字啊？

不知道。你知道大頭是什麼？

不知道，什麼？

大人物。

他們就是這樣叫住在那邊那個傢伙。

對。

我們是一對雜種。

垃圾。

混蛋。

任何人都可以是混蛋，約翰·葛瑞迪說，那只是王八蛋的意思。

是嗎？那我們是這裡的頭號混蛋。

我不會爭辯的。

他們坐著。

你在想什麼，羅林斯說。

想要從這裡起來要受多大的傷害。

羅林斯點頭。他們看著囚犯在光底下移動。

全爲了匹該死的馬，羅林斯說。

約翰·葛瑞迪彎下去在靴子中間吐口水然後靠回去。這跟馬沒有關係，他說。

那天晚上他們躺在囚房裡的鐵架床上像教士助手一樣，聆聽著寂靜與室內某處傳來的急促鼾聲，遠方有一隻狗微弱地吠著，寂靜與彼此在寂靜中的呼吸聲，兩人都還醒著。

我們以爲我們倆是一對很強悍的牛仔，羅林斯說。

是啊，或許。

他們隨時可以殺掉我們。

是，我知道。

兩天後大頭叫他們過去。一個又高又瘦的男人在晚上走過四方場地到他們坐的地方，彎下來叫他們跟他走，然後又起身大步走開。他甚至沒有回頭看他們是否起身跟上。

你想怎麼做？羅林斯說。

約翰‧葛瑞迪僵硬地起身，用一隻手拍他褲子坐在地上的地方。

動一下你的屁股，他說。

那人的名字是培瑞茲（Pérez）。他的房子是間單人房，中間有一張馬口鐵折疊桌和四張椅子。靠在一面牆上的是一張小鐵床，在一個角落裡有一個櫥櫃和架子，上面有盤子和三個爐的環形煤氣爐。培瑞茲站在他的小窗子旁看著放風場。他轉過來時用兩隻手指比了一下，找他們來的人向後退出去並關上門。

我叫艾米里歐‧培瑞茲（Emilio Pérez），他說。請。坐下。

他們拉開桌邊的椅子坐下。房間的地板是木板做的但是沒有用釘子釘。牆面沒有上砂漿黏合，未去皮的屋頂支杆只是隨便地垂掛在最上層，而頭上做屋頂的馬口鐵薄片被四邊堆起來的塊狀物壓著。幾個人在半小時裡就可以拆裝這個結構。不過裡面有電燈和燒瓦斯的熱爐。一張地毯。月曆上的圖片釘在牆上。

年輕小伙子，他說。你們很喜歡打架是嗎？

羅林斯要開口但是約翰‧葛瑞迪打斷他。是的，他說。我們很喜歡。

培瑞茲笑了。他是個四十歲左右的人，頭髮與鬍子發白，柔軟而整潔。他拉開第三張椅子，以一種做作的輕鬆繞到椅子後面，然後坐下，手肘撐在桌上身子向前傾。桌子用刷子漆成綠色，一家釀酒廠的商標在油漆下若隱若現。他雙手合十。

打這麼多架，他說。你們在這裡多久了？

大概一星期。

首先我們從來沒想到要來這裡，羅林斯說。那不是我們計畫的一部分。

培瑞茲笑了。美國人不會跟我們待太久，他說。有時他們來這裡幾個月。兩、三個月。然後就離開。這裡的日子對美國人來說不好過。他們不是很喜歡。

你能把我們弄出去嗎？

培瑞茲鬆開雙手做了個聳肩的動作。可以，他說。我當然可以。

你爲什麼不把自己弄出去，羅林斯說。

他向後靠。他又笑了。他突然甩手的動作像鳥突然飛開一樣，與他抑制的外表格格不入。彷彿他以爲那或許是個他們會理解的美國式動作。

我有政敵。還有什麼別的原因？我跟你們說清楚。我在這裡沒過得多好。我必須籌錢作我自己的安排，而這又是件很昂貴的生意。非常昂貴的生意。

你找錯人了，約翰・葛瑞迪說。我們沒有錢。

培瑞茲沉重地看著他們。

你們如果沒有錢怎麼可以出獄？

你來告訴我們。

但是沒有什麼好說的。沒有錢什麼也不能做。

那我們肯定是出不去。

培瑞茲注視著他們。他又向前傾，雙手合十。他似乎在思考要怎麼說。

這是很嚴肅的生意，他說。你們不瞭解這裡的生活。你們以爲打鬥是爲了這些東西。爲了鞋帶、香菸什麼的。搏鬥。這想法太天眞了。天眞你們懂吧？一種天眞的想法。眞相永遠是不一樣的。你們不可能待在這裡自食其力。你們不懂這裡的狀況。你們不會說本地話。

他會說，羅林斯說。

培瑞茲搖頭。不，他說。你們不會說。也許一年後你們可能會懂。但是你們沒有一年。你們沒有時間。如果你們不對我表示信心我就幫不了你們。你們聽懂我的話沒？我不能對你們提供幫助。

約翰·葛瑞迪看著羅林斯。你準備好沒，兄弟？

好了。我準備好了。

他們推開椅子站起來。

培瑞茲抬頭看他們。請坐下，他說。

沒什麼好坐的。

他在桌上敲手指。你們很笨，他說。很笨。

約翰・葛瑞迪手放在門上站著。他轉過來看培瑞茲。他的臉扭曲，他的下巴後縮，突出的眼睛緊閉泛青，像梅子一樣。

你何不告訴我們外頭有什麼？他說。你說什麼表現信心。如果我們不知道那你何不告訴我們？

培瑞茲沒有從桌上起身。他向後靠看著他們。

我不能告訴你們，他說。這是事實。我可以說那些被我保護的人的事情。但是其他人呢？

他用手背做出打發的小動作。

其他人只是局外人。他們活在一個有無限可能的世界裡。也許神可以說他們有什麼下場。但是我不能。

第二天早上經過放風場時羅林斯被一個拿刀的人襲擊，那人他從沒見過，刀子不是用湯匙作成的粗糙刀具而是一把義大利彈簧刀，有黑角刀把和鎳製撐墊，他把刀子拿在腰的部分，往羅林斯的襯衫送三次，羅林斯往後跳三次，他的肩膀拱起來，手臂向外甩，好像一個人在檢查自己的流血。第三次出刀時他轉身就跑。他一隻手壓在胃上跑，他的襯衫又溼又黏。

當約翰・葛瑞迪到他身邊時，他背靠著牆坐著，雙臂捧放在胃上，來回搖晃著好像很冷似的。約翰・葛瑞迪跪下來試圖拉開他的手臂。

讓我看看，可惡。

那個王八蛋。那個王八蛋。

讓我看。

羅林斯向後靠。媽的，他說。

約翰・葛瑞迪拉起被血浸溼的襯衫。

沒那麼糟，他說。沒那麼糟。

他手拱成杯狀在羅林斯的胃部尋找血的出處。最低的那道傷口最深，切斷了外圍的筋膜但是沒有傷到胃壁。羅林斯低頭看傷口。不好了，他說。王八蛋。

你能走嗎？

可以，我可以走。

來吧。

喔，媽的，羅林斯說。王八蛋。

來吧，兄弟。你不能坐在這裡。

他幫羅林斯站起來。

來吧，他說。我扶你。

他們走過四方場地到柵門門口。警衛從出入口探頭。他看看約翰・葛瑞迪然後看看羅林斯。然後他打開門，約翰・葛瑞迪把羅林斯交給抓他的人。

他們讓他坐在一張椅子上並去找監獄看守。血慢慢滴在他底下的石頭地板上。他兩隻手捧著胃部坐著。過一會兒有人給他一條毛巾。

接下來的幾天約翰・葛瑞迪在圍場上盡量不走來走去。他四處注意那個拿刀的人會不會從不認識的人當中跑出來。結果沒事發生。他在囚犯中交了幾個朋友。一個來自尤卡坦州（Yucatán）的老人置身派系鬥爭之外不過卻受人尊敬。一個來自里昂山（Sierra León）的黑印第安人。兩個叫波提斯塔（Bautista）的兄弟，在蒙特雷殺了一個警察並放火燒屍體，被捕是因爲做哥哥的穿著警察的鞋子。他們都同意培瑞茲的能耐讓人只能用猜的。有人說他根本沒有在坐牢，晚上都會跑出去。他的太太和家人都在城裡。還有一個情婦。

他試圖從警衛那裡探問羅林斯的消息，但是他們都說不知道。偷襲事件發生後的第三天早上，他穿過放風場去敲培瑞茲的門。他身後放風場裡的吵雜聲幾乎完全停止。他可以感受到人們的眼睛在看他，當培瑞茲高大的管家開門時，他只是瞄了他一眼，然後用眼睛掃過他身後的圍場。

我想跟培瑞茲先生說話（西班牙語），約翰．葛瑞迪說。

關於什麼事？（西班牙語）

關於我朋友。（西班牙語）

他關上門。約翰．葛瑞迪等著。過一會兒門又開了。進去（西班牙語），管家說。

約翰．葛瑞迪走進房間。培瑞茲的人關上門然後靠著門站。培瑞茲坐在他的桌子旁。

你朋友的情況如何？他說。

我正要來問你。

培瑞茲笑了。

坐下。請。

他還活著嗎？

坐下。我堅持。

他走向桌子拉出一張椅子坐下。

也許你想喝點咖啡。

不，謝謝。

培瑞茲向後靠。

告訴我我可以幫你做什麼，他說。

你可以告訴我我朋友怎麼了。

但如果我回答了這個問題你會馬上走開？

你要我留下來幹什麼？

培瑞茲笑了。我的天啊，他說。當然是要你說你的犯罪故事了。

約翰·葛瑞迪看著他。

跟所有有錢人一樣，培瑞茲說，我唯一的欲望就是要找好玩的。

想取笑我。（西班牙語）

是的。我想在英文裡你們是說開某人玩笑。

對。你是個有錢人嗎？

不是。那是個玩笑。我喜歡練習我的英文。可以殺時間。你在哪裡學西班牙語？

在家裡。

在德州。

對。

你跟傭人學的。

我們沒有傭人。我們有雇工。

你以前坐過牢。

沒有。

你吃過黑母羊（西班牙語）不是嗎？黑色綿羊？

你根本不認識我。

也許不認識。告訴我，你爲什麼相信你可以用某種不正常管道出獄？

我說過你找錯人了。你不知道我相信什麼。

我知道美國。我去過好幾次了。你跟猶太人一樣。總有個有錢的親戚。你待過哪個監獄？

你知道我沒有坐過牢。羅林斯在哪裡？

你以爲你朋友的意外是我造成的。但事實上不是。

你以爲我是來這裡做生意的。我只想知道他怎麼了。

培瑞茲若有所思地點頭。即使在這麼一個我們只關心基本生活所需的地方，美國人的心還是如此罕見地封閉。我一度還以爲只有他的命才是優先。但結果不是。是他的心。

他輕鬆地向後靠。他敲敲他的太陽穴。不是他笨。而是他的世界觀不完整。這麼罕見。他只看他想看的地方。你聽懂我的話沒？

我聽懂你的話。

好，培瑞茲說。我通常可以從一個人覺得我有多蠢來判斷他有多聰明。

我不覺得你蠢。我只是不喜歡你。

啊，培瑞茲說。非常好。非常好。

約翰·葛瑞迪看著培瑞茲身邊靠門站的人。他眼睛動也不動地站著，什麼也不看。

他聽不懂我們在說什麼，培瑞茲說。你可以自在地表達你自己。

我已經表達過了。

是。

我得走了。

你想如果我不讓你走你走得了嗎？

是的。

培瑞茲笑了。你是個打手嗎？

約翰·葛瑞迪向後靠。

監獄就像——你是怎麼稱呼的？美容院（西班牙語）。

美容院。

美容院。是個大八卦場合。每個人都知道每個人的故事。因爲犯罪非常有趣。大家都知道。

我們從來沒有犯過罪。

也許是還沒有。

那是什麼意思？

培瑞茲聳聳肩。他們還在找。你們的案子還沒決定。你以爲你們的案子已經定了嗎？

他們找不到什麼的。

我的天啊，培瑞茲說。我的天。你以爲會有什麼罪是沒有人犯的嗎？這不是找不找的問題。這只是怎麼選的問題。好比在一家店裡挑合適的西裝一樣。

他們似乎還不急。

就算在墨西哥也不可能無限期地關你。這是爲什麼你一定得行動。一旦你被起訴就太遲了。他們會發出所謂的預先判決。然後就困難重重。

他從襯衫口袋取出香菸，越過桌面要給他。約翰・葛瑞迪沒有動。

請，培瑞茲說。沒關係的。這跟分東西吃不一樣。拿根菸不會欠什麼人情。

他彎向前拿一根菸放進嘴裡。培瑞茲從口袋裡拿出打火機打開蓋子點燃，並舉向桌子另一頭。

你在哪裡學打架的？他說。

約翰・葛瑞迪深深地吸一口菸然後靠回去。

你想知道什麼？他說。

只有這個世界想知道的。

這個世界想知道什麼。

這個世界想知道你有沒有種。看你勇不勇敢。

他點燃自己的香菸，把打火機放在桌上的菸盒之上，吐出一縷輕煙。

然後才可以決定你的價錢，他說。

有些人是沒有價錢的。

那倒是眞的。

那些人怎麼辦？

那些人會死。

我不怕死。

那很好。那可以幫助你死。不會幫助你活。

羅林斯死了嗎？

沒有。他沒死。

約翰・葛瑞迪把椅子往後推。

培瑞茲輕鬆地笑。你看吧？他說。你的反應跟我說的一樣。

我不這麼認爲。

你得做出決定。你沒那麼多時間。我們有的時間從來沒有像我們想像的那麼多。

我來到這裡以後最多的就是時間。

我希望你考慮一下你的情況。美國人的想法有時候不太實際。他們以爲有善惡的存在。他們非常迷信，你知道的。

你不認爲有善惡的存在？

不。我認爲那是種迷信。那是不信神的人的迷信。

你覺得美國人不信神？

當然了。你不是嗎？

不是。

我看過他們攻擊自己的財產。我有一次看到一個人毀了他的車子。用一把大榔頭（西班牙語）。

英文怎麼說？

槌子。

因爲車子發動不了。墨西哥人會那麼做嗎？

不知道。

墨西哥人不會那麼做。墨西哥人不相信車子可以是好的或是壞的。如果車子是邪惡的，他知道毀了車沒有什麼好處。因爲他知道善與惡有其歸屬。美國人以爲墨西哥人迷信。但誰才是迷信？我們知道事物有自己的特質。這輛車是綠的。或者車裡面有某種引擎。但是它不會被腐化，你懂嗎？或者是一個人。即使是一個人。一個人身上可能有些惡。但我們不覺得那是他自己的惡。他從哪裡得來的？他怎麼擁有的？不是。在墨西哥邪惡是眞的。它自己有自己的腳。也許有一天它會來拜訪你。也許它已經來了。

也許。

培瑞茲笑了。你可以走了，他說。我看得出來你不相信我說的。錢的事也是一樣。我相信美國人老是有這個問題。他們會說那是骯髒錢。但是錢沒有這種特質。墨西哥人從來不想把事情變特殊或是把自己放在一個錢無用處的特別地方。他身上沒有壞錢。他沒有這種問題。這種不正常的想法。

約翰·葛瑞迪彎身把香菸熄在桌上的錫製菸灰缸裡。香菸在那個世界裡就是錢本身，而他在他主人面前壓熄的菸幾乎沒有被抽。我告訴你吧，他說。

告訴我。

我們後會有期。

他站起來看培瑞茲身旁靠門站的人。培瑞茲的人看著培瑞茲。

我以爲你想知道外面會發生什麼事？培瑞茲說。

約翰·葛瑞迪轉身。那會有改變嗎？他說。

培瑞茲笑了。你太看得起我了。這裡有三百個人。沒有人知道會發生什麼事。

有人在控制局面。

培瑞茲聳肩。也許吧，他說。但是這種世界，你知道，這種監禁。它給人錯誤的印象。好像事情都在控制之中。如果這些人都能被控制，他們就不會在這裡了。這問題所在你懂吧。

是。

你可以走了。我會期待你的下場的。

他用手做了個小動作。他的人從門口站開並開了門。

年輕人（西班牙語），培瑞茲說。

約翰·葛瑞迪轉身。是的，他說。

好好照顧跟你分東西吃的人。

好。我會的。

然後他轉身走出去到放風場裡。

布雷文斯給他的錢還剩下四十五披索，他想辦法要買一把刀但是沒人要賣他。他不確定是沒刀可賣還是只是不賣給他。他在放風場裡假裝在散步。他發現波提斯塔兄弟在南面牆的涼蔭下，他站著等他們抬起頭作勢要他過去。

他蹲在他們前面。

我想買一把刀（西班牙語），他說。

他們點頭。叫佛斯提諾（Faustino）的說話了。

有多少錢？（西班牙語）

四十五披索。（西班牙語）

他們坐了很久。黑印第安人的臉陷入沉思。在考慮。好像這筆交易的複雜性後面拖著各式各樣的後果。佛斯提諾嘴巴作勢要說話。好（西班牙語），他說。給我（西班牙語）。

約翰·葛瑞迪看著他們。他們黑眼睛裡的光芒。如果那其中有欺騙之意，那不是他看得出來的，他坐在地上脫下他左腳的靴子，伸手到裡面去拿出一小捆潮溼的鈔票。他們看著他。他把靴子再穿上，食指和中指夾著錢坐了一會兒，然後敏捷地把摺起來的鈔票扔到佛斯提諾的膝蓋下。佛斯提諾沒有動。

好（西班牙語），他說。今天下午就可以拿到。（西班牙語）

他點頭並起身走過放風場回去。

柴油味穿過圍場傳來，他可以聽到大門外街上的公車聲，這時他才知道原來是星期天。他一個人背靠著牆坐著。他聽見一個小孩在哭。他看見從里昂山來的印第安人從放風場那頭走來，他對他說話。

印第安人走過來。

坐吧（西班牙語），他說。

印第安人坐下。他從襯衫裡面拿出一個被汗弄得溼軟的小紙袋給他。裡面是一把香菸頭和一捆玉米紙。

謝謝（西班牙語），他說。

他拿了張紙摺起來，把剩餘的粗菸草拍進去，然後捲起菸紙舔。他把菸草遞回去，印第安人捲了根菸後把袋子放回他的襯衫裡，用半英吋的水管連接作成打火機，打出火苗捧在手中，把火吹大後給約翰・葛瑞迪，然後再點自己的菸。

約翰・葛瑞迪謝謝他。你沒有訪客（西班牙語）？他說。

印第安人搖頭。他沒有問約翰・葛瑞迪有沒有訪客。約翰・葛瑞迪以為他可能有事告訴他。一些來自獄中在他不在時錯過的消息。但是印第安人似乎沒有什麼消息，他們靠牆坐著抽菸直到菸抽完爲止，印第安人讓菸灰掉在兩腳之中，然後起身走過放風場。

他中午沒去吃飯。他坐著看放風場並試圖辨察氣氛。他覺得走過放風場的人在看他。然後他覺得他們在故意不看他。他半大聲地告訴自己這些想法會害死一個人的。然後他說對自己說話也會害你被殺。過一會兒他猛然醒來，舉起一隻手。他對自己在那裡睡著一事感到惶恐。

他看著眼前牆壁陰影的寬度。當放風場有一半在陰影下表示是下午四點。過一會兒他起身走到波提斯塔兄弟坐的地方。

佛斯提諾抬頭看他。他作勢要他上前。他叫他稍微往左邊站。然後他告訴他他就站在它上面。

他差點就低下頭看但是他沒有。佛斯提諾點點頭。坐下（西班牙語），他說。

他坐下。

有一根線（西班牙語）。他往下看。他的靴子下有一小段線。當他用手拉線時，一把刀從礫石堆中出現，他拿起來把它塞進長褲的褲帶裡。然後他站起來走開。

它比他所期待的要好。一把把手不見了的彈簧刀，墨西哥製，鍍金屬的刀柄支撐都露出黃銅。他解開纏在上面的線，在襯衫上擦一擦，對著刀刃槽吹氣，在靴子底敲一敲然後再吹。他壓下按鈕它就彈開。他把手腕背上的一塊毛弄溼試試刀鋒。他用一條腿站著，另一條腿跨在膝蓋上，把刀刃在鞋底上磨，這時他聽見有人過來，他折起刀子塞進口袋裡，然後轉身走開，走過兩個要去破廁所的人，對他得意地笑著。

半小時後放風場上響起晚餐的號角。他等到最後一個人進入廳堂，然後走進去拿他的托盤排隊領餐。因爲是星期天，許多囚犯吃了他們妻子或家人帶來的食物，食堂裡空了一大半，他轉身拿著他的托盤站著，豆子、玉米餅和不知名的燉菜，然後挑了角落的一張桌子，有一個年紀比他大不了多少的男孩獨自一人坐在那裡抽菸喝一杯水。

他站在桌子末端放下他的托盤。我可以坐下吧（西班牙語），他說。

男孩看著他，從鼻孔吹出兩道輕煙並點頭，然後伸手拿他的杯子。他的右前臂內側有一隻藍色的美洲豹在與大蟒蛇搏鬥。他左手拇指上有記號。沒有什麼是不尋常的。但是當他坐下時他才突然發現爲什麼這個人單獨吃飯。要再起身已經太遲了。他用左手拿起湯匙開始吃。在湯匙於金屬盤上的敲刮聲中他甚至可以聽見食堂門栓拴上的聲音。他朝食堂的前端看。負責給菜的人已經不見了。兩個警衛也走了。他繼續吃。他的心怦怦跳，他的嘴乾而食物像灰燼。他從口袋裡拿出刀子放在長褲腰間。

男孩熄掉香菸，把杯子放進托盤。監獄牆外的街上某處有一隻狗在吠。一個小販在叫賣她的商品。約翰・葛瑞迪發現他不可能聽到這些聲音，除非廳堂裡的每個聲音都靜下來。他把刀子在腿上靜靜打開，把它開開地放在皮帶釦環下。男孩站起來跨過長凳，拿起他的托盤轉身，眼睛盯著桌子的遠端看。約翰・葛瑞迪用左手拿湯匙並緊抓著托盤。男孩來到他對面。他走過去。約翰・葛瑞迪低著眼睛看他。當男孩走到桌子末端時他突然轉過來把托盤朝他頭上扔。約翰・葛瑞迪看著托盤朝他過來。托盤的角朝著他的眼睛。錫杯稍微傾斜，裡面裝的湯匙有點倒過來，幾乎一動也不動地站在空中，男孩油亮的黑髮散撒在他楔形的臉上。他抛起自己的托盤，男孩的托盤一角被打出一道很深的凹痕。他在長凳上往後滾蹲下來。他以爲托盤會摔到桌上，但是男孩並未放棄，他又用它劈了過來，沿著凳子過來。他向後倒躲開，托盤發出鏗鏘聲，他第一次看到從托盤底下伸出的刀子，像一隻冰冷的鋼鐵蠑螈正在尋找體內的溫暖。他跳了開來，在潑灑在水泥地板上的食物中滑行。他從腰帶裡拔出刀子，用反手揮托盤，打到那個打手的前額。打手似乎嚇了一跳。他試圖用他的托盤擋住約翰・葛瑞迪的視線。約翰・葛瑞迪向後退。他貼到了牆。他向側邊閃，抓住他的托盤往那打手的托盤砍去，試圖打他的手指。打手在他和桌子中間移動。他踢開他身後的長凳。托盤就在安靜的廳堂裡鏗鏘作響，打手前額開始流血，血沿著他的左眼流下來。他又用托盤聲東擊西。約翰・葛瑞迪可以嗅得出他。他聲東擊西，他的刀在約翰・葛瑞迪的襯衫前揮舞。約翰・葛瑞迪把托盤降至胸口下方，靠著牆移動，一邊盯著那雙黑眼睛。打手不發一語。他的動作很精準而且不帶惡意。約翰・葛瑞迪知道他是受雇於人。他用托盤朝他的頭打去，打手躲開並假裝要攻擊而且走上前。約翰・葛瑞迪緊抓著托盤貼牆移動。他把舌頭伸到嘴角舔一下血。他知道自己的臉被割傷但是他不知道有多嚴重。他知道打手是被雇來的，因爲他是個有名的人，他想到自己將死在這裡。他緊盯著那雙黑眼睛，裡面有深處可供探入。一整個邪惡的故事在燃燒著，淒冷、遙遠又黑暗。他沿著牆行動，用托盤向打手劃去。他上臂外側又被劃到。他的胸部下方也被劃到。他轉過去用刀子在打手身上割了兩下。那人像個輕巧的苦修僧般將身子抽離刀刃。坐在他們逐漸靠近的桌子的人們開始靜靜地從板凳上起身，像鳥飛離鐵絲線一般。約翰・葛瑞迪又轉過去以托盤砍向打手，打手蹲下來，他看著他在那凍結的一刻中蹲低在他向外伸的手臂之下，像某個又黑又瘦弱的侏儒決心要佔據他。刀子在他胸前揮來揮去，那人影以不可思議的速度移動，而且再度站在他面前安靜地蹲伏著，佯裝要進攻，盯著他的眼睛。他們在看死亡是不是即將來臨。兩雙眼睛都見識過，知道死亡到來時的外貌以及抵達後的模樣。

托盤在瓷磚上鏗鏘作響。他才知道他把它弄掉了。他用手摸襯衫。手上沾了血而變得溼黏，他在側褲管上擦。打手朝他的眼睛送托盤好讓他看不清楚他的行動。他看起來似乎要他讀某樣寫在那裡的東西，但是上面除了凹痕和一萬頓飯吃下來所產生的刮痕外什麼也沒有。約翰・葛瑞迪向後退。他慢慢坐在地板上。他的腿彎曲地盤在身體下，他的兩條手臂各自摔在兩側的牆上。打手把托盤降低。他輕輕地把它放在桌上。他彎下來抓住約翰・葛瑞迪的頭髮，強迫他的頭向後仰要割他的喉嚨。這時約翰・葛瑞迪從地上舉起他的刀子，刺進打手的心臟。他把刀刺進他的心臟，把刀把向側轉，讓刀刃斷在他體內。

打手的刀掉在地上。從他藍色工作衫左側口袋上綻放的紅色花球上，噴出一道又細又亮的動脈血。他跪了下來，向前倒進他敵人的手臂中死去。廳堂裡的人有些已經站起來要走。像是劇院贊助人急著要避開人潮。約翰·葛瑞迪扔掉刀柄，推開那顆垂在他胸上油油的頭。他滾到一邊去趕緊找到打手的刀子。他把死人推到一邊，抓著桌子想辦法站起來。他的衣服因為血的重量而下垂。他在數張桌子中向後退了幾步，然後轉身蹣跚地走向門口，打開門閂，搖搖晃晃地走進深藍色的微光中。

廳堂的光越過放風場照進上了柵欄的走廊。在有人來到門口看他的地方出現光影的移動。沒有人跟著他出去。他極度小心地走著，手壓著腹部。牆頂端的探照燈隨時會亮起。他小心翼翼地走著。血濺在他的靴子上。他看看手中的刀子然後把它扔掉。第一聲號角聲將響起，牆上的燈光會打亮。他覺得暈眩而且很奇怪地竟然不會痛。他的手沾滿了血，而且血在他手壓住的地方從指間緩緩流出。燈光將要亮起來，號角將會響起。

他快要到第一個鋼鐵梯子時，一個高大的人突然來到他面前跟他說話。他轉過去，身體彎著。在漸暗的燈光下他們可能看不見他沒有刀子。看不見他是如此血淋淋地站著。

跟我來（西班牙語），那人說。很好（西班牙語）。

不要煩我。（西班牙語）

監獄一排漆黑的圍牆永遠在深藍色的天空之下。一隻狗開始吠了起來。

老大想幫忙。(西班牙語)

命令?

那人站在他面前。跟我來(西班牙語),他說。

那是培瑞茲的人。他伸出他的手。約翰・葛瑞迪退後。他的靴子在放風場乾乾的地上留下血印。燈快亮了。號角快響了。他轉身要走,他的膝蓋在下面打顫。他倒下又站起來。管家伸手過來要幫他,他掙脫他的手又跌倒。世界在旋轉。跪下來的他撐在地上要爬起來。血滴在他伸展開的雙手之間。黑暗的牆面向上拱起。深藍色的天空。他側著身體躺著。培瑞茲的人彎下來看他。他彎腰用手臂把他抱起來,帶他穿越放風場到培瑞茲的房子裡並把身後的門踢上,這時燈亮了,號角也響了。

他醒來時身在一間漆黑、有消毒水味道的石頭房間裡。他伸手出去想看看會摸到什麼,結果覺得全身都痛,彷彿疼痛老早就靜靜蹲在那裡等他動。他放下他的手。他轉過頭去。一根細杆子在黑暗中發光。他仔細聽卻沒有聲音。他的每一次呼吸都像剃刀在刺一樣。過一會兒他伸手去摸冰冷的磚牆。

喂(西班牙語),他說。他的聲音微弱纖細,他的臉僵硬而扭曲。他再試一次。喂(西班牙語)。

有人在那裡。他可以感覺到他們的存在。

誰在那裡(西班牙語)?他說,但是沒人回答。

有人在那裡而且是早就在那裡。沒有人在那裡。有人在那裡而且是早就在那裡，他們沒有離開但是沒有人在那裡。

他看著浮動的光杆。那是門縫底下透出來的光。他聽著。他屏住呼吸聽著，因爲房間很小，似乎是很小，如果房間小他可以聽見他們在黑暗中呼吸，如果他們在呼吸的話，但是他什麼也沒聽到。他懷疑自己是否死了，他在絕望中感到心頭湧上一股悲哀，像個快要哭的孩子，但是隨之而來的是那種痛苦，讓他馬上停止那種情緒，開始他的新生活，一口氣一口氣地去活。

他知道他會起來試試看門，他花了很長一段時間準備。他首先移動胃部。他迅速地把自己撐起來了事，疼痛的程度讓他驚訝。他躺著喘氣。他把手垂下去摸地。手在空中揮舞觸不到地。他把腿緩緩移向床緣把自己撐起來，他的靴子觸到地，他用手肘撐著休息。

等他到門口時發現門是鎖著的。他站著，他腳下的地是冰冷的。他被某種東西包裹住，而且他又開始流血。他可以感覺得到。他臉貼著冰冷的金屬門站著休息。他貼在門上的臉可以感覺到有繃帶纏著，他摸了一下，他不知怎麼著覺得口渴，他休息了許久才開始走回去。

等門眞的打開了出現的是讓人眩目的光，站在那裡的不是穿白衣的護士而是一個穿著又髒又皺的卡其服的獄卒，端著金屬餐盤，上面裝著溢出來的玉米粥和一瓶橘子汽水。他沒比約翰・葛瑞迪大多少，他捧著托盤倒著進來然後轉身，眼睛四處看但就是不看床。除了地板上的一個鐵桶之外，房間裡除了床什麼也沒有，沒有地方放托盤只好放在地上。

他走過來站著。他看起來既不安又帶有威脅。他指著托盤。約翰・葛瑞迪緩緩地翻到側邊然後把自己撐起來。他的前額都是汗。他穿著某種粗棉袍，他的血透到衣服上而且已經乾了。

給我冷飲（西班牙語），他說。不要別的。（西班牙語）

不要別的？（西班牙語）

不要。

獄卒遞給他橘子水，他接過後拿著瓶子坐著。他看著小石磚房間。頭頂上有一個被鐵絲籠罩住的燈泡。

請開燈（西班牙語），他說。

獄卒點頭並走向門口，轉身出去後關上門。黑暗中傳來門閂拉上的聲音。然後燈亮了。

他聽著走廊上的腳步聲。然後是一片靜寂。他舉起瓶子慢慢喝著蘇打水。有點溫溫的，只有一點點泡泡，很好喝。

他在那裡躺了三天。他睡了醒，醒了又睡。有人把燈關了，他在黑暗中醒來。他大叫但是沒人回答。他想起他在葛西的父親。他知道他在那裡遭遇到可怕的事情，他向來以爲他不想知道實情，但是他其實是想知道。他躺在黑暗中想著所有有關他父親他所不知道的事情，他才明白他所認識的父親是他所能夠認識的父親。他不去想亞莉珊卓，因爲他不知道那會怎麼樣或者會有多糟，他想他最好還是把她收藏好。所以他開始想馬，牠們永遠是最適合想的東西。後來又有人把燈打開，從此燈就沒再熄過。他又睡著了，等他醒來，他會夢到有死人骨頭站在那裡，他們眼睛的黑洞的確是無底的空洞，裡面躺著的是人人都知道但是無人敢說的可怕智慧。等他醒來他知道那些是死在那房間裡的人。

門再度開啓時進來的是一個穿藍色套裝拿著皮袋的人。那人對他微笑並詢問他的健康。

再好不過了（西班牙語），他說。

那人又笑了。他把袋子放在床上打開，拿出一把外科用剪刀，然後把袋子推到床腳，拉開沾了血的被單。

您是誰（西班牙語）？約翰・葛瑞迪說。

那人看起來很驚訝。我是醫生，他說。

剪刀的一個刀面冰冷地貼在他的皮膚上，醫生把剪刀滑入沾了血的紗布底下，開始剪開。他把紗布從他身體下拉出來，他們低頭看縫線。

好，好（西班牙語），醫生說。他用兩根手指推一下縫線。好（西班牙語），他說。

他用消毒水清洗縫合的傷口，在上面覆蓋紗布墊，並幫他坐起來。他從袋子裡拿出一大捲繃帶，放到約翰・葛瑞迪的腰間準備繞上。

把你的手放在我的肩膀上，他說。

什麼？

把你的手放在我的肩膀上。沒有關係。

他把他的手放在醫生的肩膀上，醫生纏上綳帶。好（西班牙語），他說。好（西班牙語）。

他站起來闔上袋子，站著低頭看他的病人。

我會送肥皂和毛巾過來給你，他說。這樣你可以自己清洗。

好。

你是個好得很快的人。

什麼人？

好得很快的人。他點點頭並微笑，然後轉身走出去。約翰·葛瑞迪沒聽見他上門栓，但是也沒別的地方可去。

他的下一個訪客是個他沒見過的人，他穿的制服看起來像是軍人的。他沒有自我介紹，帶他進來的警衛關上門並站在門外。那人站在他的床邊，摘下帽子，彷彿在向某個受傷的英雄致意。然後他從上衣胸前的口袋拿出一把梳子，在他油亮的頭上兩邊各梳一下，然後又把帽子戴上。

你要多久才能走路，他說。

你要我走去哪裡？

去你家。

我現在就可以走。

那人撅著嘴唇，一邊注視著他。

讓我看你走路。

他拉開被單轉成側躺，然後踏下地板。他來回走著。他的腳在磨亮的石頭上留下冷溼的腳印，一下子又被石頭吸掉消失，像世上的故事一樣。他的前額有汗滴在抖動。

你們是幸運的男孩，他說。

我不覺得有多幸運。

幸運的男孩，他又說，然後點頭離開。

他睡了又醒。他只能從食物來辨識白天黑夜。他吃得很少。最後他們給他送來半隻烤雞加米飯還有兩個半片的罐裝梨，這次他慢慢吃，細細品嚐每一口滋味，並且一面想像然後推翻外面世界可能已經發生或是正在發生的各種狀況。或者是即將要發生。他仍然覺得他會被帶到草原上槍斃。

他練習著走來走去。他用襯衫袖子擦亮餐盤的底部，站在房間中央的燈泡下面，他注視著從彎曲鐵條中探頭出來的模糊的臉，像某個被召喚而來的殘廢暴怒精靈。他剝掉他臉上的繃帶並檢查上面的縫線，用手指去感覺。

等他下一次醒來時，獄卒已經打開了門，捧著一疊衣服和他的靴子站著。他把東西丟在地上。你的衣服（西班牙語），他說，然後關上門。

他脫下襯衫，用肥皂和破布洗身體，用毛巾擦乾身體並穿上衣服和靴子。有人把靴子上的血洗掉了，靴子還溼溼的，他想再脫下來但是他不行，他穿著衣服和靴子躺在床上等著天知道什麼。

兩個警衛過來。他們站在打開的門口等他。他起身走出去。

他們走出走廊經過小天井進入建築的另一個部分。他們又走過另一條走廊，警衛在一道門上敲然後開門，他們其中一人作勢要他進去。

桌子旁坐的是來過囚房看他是否能走路的指揮官。

你坐下，指揮官說。

他坐下。

指揮官打開桌子抽屜拿出一個信封越過桌面給他。

這是你的，他說。

約翰・葛瑞迪接過信封。

羅林斯在哪裡？他說。

你說什麼？

我的同伴在哪裡。（西班牙語）

你的朋友。

對。

他在外面等。

我們要去哪裡？

你們要離開，你們要回你們家。

何時？

你說什麼？

何時？（西班牙語）

你們現在走。我不想再見到你們。

指揮官揮揮他的手。約翰・葛瑞迪一隻手放在椅背上站起來，轉身走出門外，他和警衛走過走廊出辦公室外到大門口，羅林斯穿著很像是他自己的衣服站在那裡等。五分鐘後他們出了外面裹著鐵皮的巨大木門，站在街道上。

路上有輛巴士停著，他們費力地爬上車。他們走在車中間的通道時坐在位子上，帶著空籃子和簍子的女人輕柔地對他們說話。

我以爲你死了，羅林斯說。

我也以爲你死了。

出了什麼事？

我再告訴你。我們先坐著。不要說話。我們就靜靜地坐著。

你沒事吧？

對。我沒事。

羅林斯轉過去看車窗外面。一切都灰灰的而且是靜止的。幾滴雨滴開始落在街道上。它們一滴一滴像是敲鐘一樣打在巴士車頂上。他可以看到在街上那頭教堂圓頂的拱壁以及後面鐘樓的尖塔。

我一輩子都有種麻煩就在不遠處的感覺。不是我就快要惹上麻煩。是麻煩它老是在那裡。

我們就靜靜地坐著，約翰・葛瑞迪說。

他們坐著看街上的雨。女人們安靜地坐著。外面天色漸漸變黑，天上沒有太陽也沒有任何較白之處是太陽有可能在的地方。又有兩個女人爬上車坐下，然後駕駛晃上來關上車門，從鏡子看車廂後面，然後啓動巴士開走。有些女人用手擦一擦車窗，回頭看立在墨西哥灰雨中的監獄。像在古代裡古老國家中某個被包圍的地方一樣，所有的敵人都是來自外面。

距離市中心只有幾條街遠，當他們從巴士上緩緩下車時，廣場上的煤氣燈已經點亮。他們慢慢走到廣場北邊的柱廊，站在那邊看雨。四個穿著褐紫紅色團隊制服的人拿著樂器站在牆邊。約翰・葛瑞迪看著羅林斯。羅林斯站在那裡沒戴帽子，穿著縮水的衣服，看起來一臉茫然。

我們去吃東西吧。

我們沒有錢。

我有錢。

你從哪裡弄到錢？羅林斯說。

我有一整個信封的錢。

他們走進一間咖啡店坐在屋棚下。一個服務生過來把菜單放在他們面前然後走開。羅林斯望向窗外。

吃塊牛排吧，約翰・葛瑞迪說。

好。

我們吃完去弄間旅館房間，洗個澡，睡個覺。

好。

他為他們倆點了牛排、炸馬鈴薯和咖啡，服務生點頭並拿走菜單。約翰・葛瑞迪起身緩緩走向櫃台各拿了兩包菸和兩盒便宜的火柴。坐其他桌的人看著他走過室內。

羅林斯點了根菸，看著他。

我們爲什麼沒有死？他說。

她出錢保我們出來。

那個小姐？

那個姑婆。是的。

爲什麼？

我不知道。

你是從她那裡拿到錢的？

是。

跟那女孩有關是不是？

我想是的。

羅林斯抽菸。他望向窗外。外面已經天黑了。街道因雨而變溼，咖啡店和廣場上的燈在黑水池中滴水。

沒有別的解釋了，是嗎？

沒有。

羅林斯點頭。我本來可以從他們關我的地方跑掉。只有一個醫生看守。

你爲什麼沒有？

不知道。你覺得我沒有跑很笨？

我不知道。是啊。也許。

那你會怎麼做？

我不會離開你的。

是啊。我知道你不會。

那不表示那就不笨。

羅林斯差點笑了。然後他轉頭看別處。

服務生端來咖啡。

那裡還有另外一個年紀大的男孩，羅林斯說。傷得很重。可能不是個壞男孩。星期六晚上想用口袋裡幾塊錢出去。披索。眞他媽的可悲。

他結果怎麼樣？

他死了。他們抬他出去時我在想，如果他自己能看得到的話那他一定會覺得很奇怪。就算那不是我我都覺得很奇怪。死並不在人的計畫裡對吧？

不在。

他點頭。他們給我輸墨西哥人的血，他說。

他抬起頭。約翰・葛瑞迪在點菸。他搖熄火柴後放到菸灰缸裡，然後看著羅林斯。

那又如何。

所以那是什麼意思？羅林斯說。

什麼什麼意思？

那表示我有一部分是墨西哥人嗎？

約翰・葛瑞迪吸口菸然後向後靠，在空中吐煙。一部分是墨西哥人？他說。

對。

他們輸了多少？

他們說超過一升。

超過多少？

我不知道。

一升就讓你差不多是一半混血。

羅林斯看著他。不會吧?他說。

不會。管他的,那沒什麼意思。血就是血。哪管它哪來的。

服務生端來牛排。他們吃。他看著羅林斯。羅林斯抬頭。

什麼?他說。

沒事。

離開那裡你應該更高興點。

我覺得你也一樣。

羅林斯點頭。對,他說。

你想要怎麼辦?

回家。

好吧。

他們繼續吃。

你要再去那裡對不對?羅林斯說。

對。我想是的。

爲了那女孩?

對。

那馬怎麼辦？

女孩和馬。

羅林斯點頭。你想她在等你回去嗎？

我不知道。

我說那老女人看到你可能會很驚訝。

她不會的。她是個聰明的女人。

那羅加呢？

他會做他所必須做的。

羅林斯把他的餐具放在盤子上肉骨頭旁邊並拿出他的香菸。

不要再去那裡，他說。

我已經下定決心。

羅林斯點燃香菸並搖熄火柴。他抬起頭。

我看她跟那老女人只能有一種協議。

我知道。但是她得自己來告訴我。

如果她這麼做你會回來嗎？

我會回來的。

好吧。

我還是要馬。

羅林斯搖搖頭然後把頭轉走。

我沒要你跟我一起去，約翰·葛瑞迪說。

我知道你沒有。

你會沒事的。

對。我知道。

他彈彈菸灰，用手腕推推眼睛，然後望向窗外。外面又下起雨來。街上沒有人車交通。

那邊有個孩子在賣報紙，他說。四下都沒有人，他把報紙塞在襯衫下站著那裡叫賣。

他用手背擦眼睛。

可惡，他說。

什麼？

沒事。只是可惡。

怎麼了？

我一直想到布雷文斯。

約翰·葛瑞迪沒回答。羅林斯轉過來看他。他的眼睛溼溼的，他看起來又老又悲傷。

我不敢相信他們就這樣帶他走出去然後解決了他。

是啊。

我一直想起他有多害怕。

你回家後就會覺得好過些。

羅林斯搖頭然後又望向窗外。我不這麼認爲，他說。

約翰·葛瑞迪抽著菸。他看著他。過一會兒他說，我不是布雷文斯。

對，羅林斯說。我知道你不是。但是我在想你比他有好到哪裡去。

約翰·葛瑞迪熄掉他的香菸。走吧，他說。

他們在藥房買了牙刷、一塊肥皂和安全刮鬍刀，在艾爾達馬（Aldama）過去兩條街的一家旅館找到一個房間。鑰匙只是一根普通門鎖綁在一塊木牌上，房間號碼是用熱鐵絲燒進木頭裡。他們走過有磚瓦覆蓋的庭院，雨輕輕地打在上面，他們找到房間後開門點亮燈。一個男人從床上坐起來看著他們。他們退出來並關燈關門，回到櫃台，那裡的人又給了他們另一把鑰匙。

房間是亮綠色的，角落有一個淋浴間用吊環懸掛著油布布簾。約翰・葛瑞迪打開蓮蓬頭，過了一會兒就有熱水。他又再關上。

你先吧，他說。

你先。

我得拆掉繃帶。

他坐在床上拆繃帶等羅林斯淋浴。羅林斯關掉水拉開簾子，站著用一條破舊的毛巾擦身體。

我們是一對寶，不是嗎？他說。

對。

你要怎麼拆線？

我想我得去找個醫生。

拆線比縫合要痛多了。

對。

你知道？

對。我知道。

羅林斯用毛巾裹住身體，在對面的床坐下。裝錢的信封放在桌上。

裡面有多少錢？

約翰・葛瑞迪抬起頭。我不知道，他說。一定比應有的數目要少很多，我敢打賭。你去數數看。

他拿了信封在床上數鈔票。

九百七十披索，他說。

約翰・葛瑞迪點頭。

那是多少？

約一百二十美金。

羅林斯在桌面的玻璃上把錢拍一拍整理好，然後放回信封裡。

分成兩疊，約翰・葛瑞迪說。

我不需要錢。

你需要的。

我要回家了。

沒有差別。一半是你的。

羅林斯站著把毛巾掛在鐵床架上並拉開被子。我想你會需要用到每一分錢的，他說。

他淋浴出來時以爲羅林斯已經睡了，但是他沒有。他走過房間關燈，然後回來上床躺好。他躺在黑暗中聽著街上的聲音，庭院裡的雨滴聲。

你禱告過嗎？羅林斯說。

有。有時候。我想我快沒這習慣了。

羅林斯靜了好長一段時間。然後他說：你做過最糟的事情是什麼？

我不知道。我想如果我眞的做了什麼壞事我是不會想說的。爲什麼問這個問題？

我不知道。我受傷住院的時候想：我如果不應該在這裡我就不會在這裡。你這樣想過嗎？

有。有時候。

他們躺在黑暗中聆聽。有人走過院子。一扇門打開然後又關上。

你沒有做過壞事，約翰・葛瑞迪說。

我和拉蒙（Lamont）有一次開著一輛小卡車載著飼料到史特林市（Sterling City）去賣給一些墨西哥人然後把錢留下來。

那不是我聽過最糟糕的事。

我還做過別的事。

如果你要說的話我要來抽一根菸。

那我閉嘴。

他們靜靜地躺在黑暗中。

你知道發生了什麼事對不對？約翰．葛瑞迪說。

你是說在大廳？

對。

對。

約翰．葛瑞迪伸手到桌上去拿香菸，點燃一根後吹熄蠟燭。

我從來沒想過我會那麼做。

你沒有選擇。

我還是沒有想到。

他也會對你做一樣的事。

他吸了口菸，在黑暗中吐著看不見的煙。你不必把它說成是一件對的事情。事情是怎樣就是怎樣。

羅林斯沒回答。過一下他說：你從哪裡來的刀子？

從波提斯塔兄弟那裡。我用我們剩下的四十五披索買的。

布雷文斯的錢。

對。布雷文斯的錢。

羅林斯側身躺在鐵架床上在黑暗中看著他。約翰·葛瑞迪抽菸的地方亮起一個深紅色的點，他臉頰上有縫線的臉在黑暗中出現，像某個被修補過的單調紅色演戲面具，然後又再度沒入黑暗。

我買刀子時就知道我爲什麼要買它。

我看不出你有什麼不對的地方。

香菸又亮了起來，然後又暗去。我知道，他說。但是事情不是你做的。

早上又在下雨，他們嘴裡叼著牙籤站在同一家咖啡店外面，看著廣場上的雨。羅林斯在照鏡子看他的鼻子。

你知道我痛恨什麼嗎？

什麼？

像這樣子出現在家裡。

約翰·葛瑞迪看看他然後又轉走。我不會怪你的，他說。

你自己也好不到哪裡去。

約翰·葛瑞迪笑了。走吧，他說。

他們在維多利亞街（Victoria Street）上的服飾店買了新的衣服和帽子，直接穿戴著走到街上，在小雨中走向巴士站，給羅林斯買了張到新拉瑞多（Nuevo Laredo）的車票。他們穿著僵硬的新衣服坐在巴士車站的咖啡店裡，新帽子則上下顛倒各放在旁邊的椅子上，他們喝著咖啡直到廣播說巴士來了。

那是你的車，約翰・葛瑞迪說。

他們站起來戴帽子，走到柵門旁。

那麼，羅林斯說。我想我們以後再見了。

你保重。

好。你也保重。

他轉過去把票交給司機，司機剪了票後還他，他僵硬地爬上車。約翰・葛瑞迪站著看他走在車子的中間走道上。他以為他會選靠窗的位置坐下但是他沒有。他坐在巴士的另一側，約翰・葛瑞迪站了一會兒，然後轉身走進車站出來到街上，在雨中緩緩地走回旅館。

接下來的幾天他在那個內地沙漠小城市裡問過一家一家的外科醫生，就是找不到一個可以幫他做他要求的事。他白天在狹窄的街道上走來走去，直到他熟識了每一個角落和小巷。一星期後他的臉拆了線，坐在一張普通的金屬椅子上，那個外科醫生一邊用剪刀剪線，用夾子拉線，還一邊哼歌。外科醫生說疤自己會好。他叫他不要去看，因為以後就會好一點。然後他在上面貼塊繃帶，向他收五十披索，要他五天後再來，他會拆掉他肚子上的縫線。

一星期後他坐在一輛往北的平板卡車後面離開薩爾提洛。那天涼爽多雲。車床上綁著一具大柴油引擎。他坐在車床上跟著車子搖晃過街，他儘量穩住自己，兩隻手各撐在兩邊的粗木板上。過一會兒他把帽子用力地壓低到眼睛上，站起來把手伸到駕駛座的車頂上就這樣坐車。彷彿他是某個爲鄉野帶來消息的人物。彷彿他是某個新發現的福音，正要對著山岳向北傳播，穿越一片荒原朝孟克洛伐而去。

---

❶ 墨西哥東北部城市。

第四章

在帕雷東（Paredón）另一邊的一個十字路口站上，他們又搭載五名農工，他們爬上卡車貨床並點頭，很謹慎客氣地跟他說話。天幾乎都黑了，下著小雨，他們身上溼溼的，他們的臉在站裡的黃燈照射下看起來也是溼的。他們往前擠在上了鍊條的引擎旁，他給他們香菸，他們一一謝過他並各拿一根菸，他們用手捧著小火以免被雨澆熄，然後又一次謝謝他。

從哪裡來的（西班牙語）？他們說。

德州（西班牙語）。

德州（西班牙語），他們說。要去哪裡？（西班牙語）

他吸了口香菸。他看著他們的臉。其中最老的一人對他便宜的新衣服點頭。

他要去找他的未婚妻（西班牙語），他說。

他們渴切地看著他，他點頭說是眞的。

啊，他們說。多好啊（西班牙語）。許久之後他還有理由憶起這些笑容，想起笑容背後的善意，因爲那種力量可以提供保護、給予榮耀、堅強意志，可以在所有其他資源都竭盡已久後給人慰藉，導引他們到安全之處。

當卡車最後停下時，他們看他還是站著，他們給他他們的包裹讓他坐在上面，他照做然後點頭，他聽著輪胎在瀝青上的嗡嗡聲打起瞌睡，雨停了，夜空放晴，已經出來的月亮從公路旁的電線桿中升起，像一個銀色的單一音符在黑鴉鴉的夜裡燃燒，不斷向後逝去的原野因爲下過雨而充滿土壤、穀物與胡椒的味道，偶爾還有馬的味道。他們抵達孟克洛伐時已是午夜，他與工人一一握手，然後走過卡車去謝謝司機，向駕駛座裡的其他兩個人點頭，然後看著紅色小尾燈在街上消逝朝公路駛去，留他一個人在漆黑的鎮上。

夜晚很溫暖，他睡在林蔭步道上的一個長凳上，醒來時太陽已經升起，一天的生意也已經開始。穿著藍色制服的學童正走在路上。他起身走過街。婦女正在清洗店門口的人行道，做買賣的人正在攤子或桌子上擺設商品，準備開市。

他在廣場旁一條小街上的咖啡店櫃台邊吃了甜麵包和咖啡做早餐，他到一家雜貨店買了一條肥皀，跟外套口袋裡的刮鬍刀和牙刷放在一起，然後往西的方向上路。

他搭了便車到邊界（Frontera）然後又坐另一輛車到聖布野納凡度拉（San Buenaventura）。中午他在一條灌溉渠道裡洗澡，他刮鬍子梳洗完後躺在他的外套上睡在陽光下等他的衣服乾。下游有一個小型的木製圍堰，他醒來時，看到赤著身子的小孩在池中戲水，他起來把外套圍在腰上，沿著岸邊走到一個他可以坐下來看他們的地方。兩個女孩合力抬著覆蓋著布的木桶，空著那隻手則提著覆蓋著的水桶，從岸邊的小路走來。她們是送晚餐給田地上的工人吃，她們對半裸坐在那裡的他害羞地微笑，他的皮膚很蒼白，憤怒血紅的縫線疤痕橫越在他的胸膛和胃上面。不發一語地抽著菸。看著孩子們泡在有淤泥的溝渠水中。

他整個下午都走在往四沼澤區又乾又熱的路上。每一個他遇見的人經過時都會打招呼。他走過那些在田地上鋤地的男男女女，而那些在路邊工作的人會停下來對他點頭，說天氣有多好，他們說的他都同意。晚上他和住在營帳的工人一起吃晚餐，五、六個家庭圍坐在用鋸木纏綁麻線製成的桌子旁。桌子上方架了帆布罩，夕陽讓整個空間沉浸在深橘色的光中，當他們移動時布面上的縫線以陰影的形式投照在他們的臉上和衣服上。女孩擺好盤子，盤子下面墊了用板條製成的小墊塊以防因桌面不穩而翻覆，坐在桌子最遠端的老人爲他們所有的人祈禱。他請求神記住那些已逝的人，請求聚在這裡的人記住穀物是在神的旨意下生長，沒有了神的旨意，就沒有穀物沒有生長沒有陽光沒有空氣沒有雨水，什麼都沒有，只剩黑暗。然後他們開始吃。

他們幫他弄了張床，但是他謝謝他們，在黑暗中走上路直到他來到一叢樹林，他就睡在那裡。早上時路上有羊群。在羊後方有兩輛卡車載著農工往前開，他走到路上問司機可否搭便車。司機點頭示意要他上車，他跟在行進中的卡車車身旁跑，努力要跳上去。他上不去，工人看到了他的狀況，馬上起來拉他上車。幾趟便車下來再加上走了很多路，他往西過了納達多瑞斯（Nadadores）的低丘，走泥土路出拉馬德里（La Madrid），快傍晚時再次進入織女村。

他在店裡買了一瓶可口可樂，靠在櫃台站著喝。然後他又喝了一瓶。在櫃台的女孩不確定地看著他。他正在看牆上的日曆。他不知道是星期幾，他問她，她也不知道。他把第二個瓶子放在櫃台上第一個瓶子的旁邊，走出來到泥土街上，上路往聖母莊園走。

他走了七個星期，鄉野的面貌已改觀，夏天過去了。他在路上幾乎看不到人，天黑後他才到莊園。

當他敲管理人的門時，他從門口就看得到他們一家在吃晚飯。那女人出來開門，她看到他時回去叫阿曼多。他來到門口站在那裡剔牙。沒人請他進去。安東尼奥出來，他們坐在棚下抽菸。

屋裡有誰在（西班牙語）？約翰·葛瑞迪說。

夫人在。（西班牙語）

羅加先生呢？（西班牙語）

在墨西哥。（西班牙語）

約翰·葛瑞迪點頭。

跟女兒到墨西哥去了。坐飛機（西班牙語）。他用一隻手比了飛機的手勢。

何時回來？（西班牙語）

誰知道？（西班牙語）

他們抽菸。

你的東西在這裡。（西班牙語）

是嗎？（西班牙語）

是。你的槍。你所有的東西。還有你同伴的。（西班牙語）

謝謝。（西班牙語）

沒什麼。（西班牙語）

他們坐著。安東尼奧看著他。

我什麼都不知道，年輕人。（西班牙語）

我瞭解。（西班牙語）

說眞的。（西班牙語）

好。可以睡在馬廄嗎？（西班牙語）

可以。如果你不告訴我的話。（西班牙語）

母馬怎麼樣？（西班牙語）

安東尼奧微笑。母馬（西班牙語），他說。

他把他的東西拿來。手槍裡已經沒有子彈，子彈在馬鞍袋裡跟他的刮鬍用具以及他父親的舊馬布爾（Marble）獵刀放在一起。他謝過安東尼奧，在黑暗中走到穀倉。他床上的床褥已經被捲起來，沒有枕頭也沒有舖蓋。他打開褥套坐著，踢掉他的靴子然後躺直。他進穀倉時有些在馬廄裡的馬走出來，他聽見牠們在吸氣、抖動的聲音，他喜歡聽到牠們的聲音，他喜歡聞到牠們的味道，然後他睡著了。

天亮時老馬夫推開門站著看他。然後他又關上門。他走了以後約翰．葛瑞迪起來，拿著他的肥皀和刮鬍刀走到穀倉最後面的水龍頭。

當他走向房子時有貓從馬房和果園跑出來，有貓沿著高牆走出來或是等著要鑽到破舊磨損的木門底下。卡洛斯殺了一隻羊，在大門入口有斑點的地上有更多的貓坐著享受透過繡球花間灑下來的朝陽。穿著圍裙的卡洛斯從畜棚的門口望向大門口的盡頭。約翰．葛瑞迪跟他說聲早安，他嚴肅地點頭並退下。

瑪莉亞見到他似乎不驚訝。她給他早餐，他看著她，聽她喋喋不休地說。夫人再過一小時也不會起床。十點有車子要來接她。她會一整天都在瑪格麗塔（Margarita）別墅。她會在天黑前回來。她不喜歡走夜路。也許她會在他走之前見他。

約翰．葛瑞迪坐著喝他的咖啡。他向她要香菸，她從水槽上面的窗戶上拿下她那包公牛牌（El Toros）香菸，放在桌上給他。她沒有問他去哪裡也沒有問他事情怎麼回事，但是當他起身要走，她把手放在他肩膀上，幫他倒更多的咖啡。

你可以在這裡等（西班牙語），她說。馬上就起來了（西班牙語）。

他等著。卡洛斯進來把刀子放在水槽裡然後又出去。七點鐘時她拿著早餐餐盤出去，她回來時告訴他他被邀請於晚上十點到屋子裡來，夫人到時會見他。他起身要走。

我想要一匹公馬（西班牙語），他說。

公馬。（西班牙語）

是。就今天而已。（西班牙語）

等等（西班牙語），她說。

她回來時點頭。有你的公馬。請等一下。坐下。（西班牙語）

他等待時她幫他做了午餐，用紙包著，用線綁好後給他。

謝謝（西班牙語），他說。

沒什麼。（西班牙語）

她從桌上拿了香菸和火柴給他。他試圖從她的臉上讀出女主人想對他做的處置。他希望他所看到的是錯的。她把菸推給他。那你走吧（西班牙語），她說。

馬房裡有一些新的母馬，他走過穀倉時停下來看看牠們。在鞍房他打開燈，拿了毯子和他用的馬勒，他從懸物架上的半打馬鞍中拉出看起來最好的一個拿下來看，吹掉上面的灰塵，檢查皮帶，然後手抓鞍頭把它甩到肩膀上，走到獸欄去。

種馬看到他來就開始輕快地跑起來。他站在柵門口看牠。牠經過時頭斜一邊，眼睛在打轉，鼻孔裡吸著早上的空氣，然後牠認出他來，轉過來走到他旁邊，他打開柵門，馬兒嘶叫擺頭並用鼻孔噴氣，用牠又長又光滑的鼻子往他胸上推。

他走過工寮時摩洛勒斯（Morales）正坐在屋外棚下剝洋蔥皮。他懶散地揮著刀子打招呼。約翰·葛瑞迪對老人喊出謝謝，然後他發現老人並沒有說他很高興見到他，是馬高興看到他。他又再度揮手，用鞭子輕輕抽馬，他們輕捷地走走跳跳，好像直到他騎牠出了門，擺脫掉房子、穀倉和廚師之後，牠才找回牠原有的步法，他拍擊夾在他腿底下牠體側被擦亮的腰肉，他們以平快的步伐奔向沼澤路。

他騎在台地上的馬群中，他把牠們趕出藏身的潮溼窪地和西洋杉林，他讓種馬沿著草地邊緣小跑步，讓牠吹涼風。牠把正在吃死掉小馬的兀鷹趕出窪地，他停下馬來看著那可憐的形體躺在沾著血的草上，沒了眼睛而且赤裸裸的。

中午他坐在突出的岩石上把靴子晃來晃去，吃著她幫他做的冷雞肉和麵包，被定樁的馬在一旁吃草。原野向西延展攤開在斷斷續續的光影下，遠方百英哩外有夏日暴風雨出現在科迪勒拉山朦朧起伏之處，閃著微弱的光。他抽一根菸，用拳頭把帽頂壓進去，裡面還放了顆石頭，然後躺在草地上，把加了重量的帽子蓋在臉上。他在想什麼樣的夢可以爲他帶來好運。他看到她挺直腰桿騎馬，頭上帶著黑帽，頭髮散在後面，她轉過頭來的樣子，她笑起來的樣子還有眼睛的模樣。他想起布雷文斯。他想起他把最後財物交給他時他的臉和眼睛的樣子。有一晚在薩爾提洛他夢見他，布雷文斯過來坐在他旁邊，他們在聊人死後的情形，布雷文斯說那是沒得比的，他相信他的話。他心想也許如果他常常夢到他，他就會永遠消失，成爲死亡的一員，草在他耳邊被風吹得像剪刀一樣一開一合，他睡著了，什麼夢也沒做。

晚上當他騎在稀樹草原上，眼前不斷有牲畜從白天牠們躲的樹蔭下冒出來。他穿越一個野生而長滿荊棘的蘋果樹林，他採了個蘋果咬了一口，又硬又綠又苦。他騎著馬走過草原搜尋地上的蘋果但全被牲畜吃了。他騎過一處舊屋的破墟。門楣已經不見了，他騎馬走進去。房子的橫木有部分倒下，有獵人或牧人在地上生過火。有一張舊的小牛皮被釘在一面牆上，窗子上沒有玻璃而窗框也早就被當成柴燒掉了。整個地方有種奇怪的感覺。彷彿是某個生命沒有延續下來的地方。馬兒不喜歡那地方，他拿韁繩輕輕地敲著牠的脖子，用靴子後跟觸碰牠，他們在室內小心地轉過來走出去，騎過果園出沼澤地朝路上走。鴿子在亮光中鳴叫。他調整馬的方向不讓牠一直踩著自己的影子，因爲牠這樣做似乎會感到不安。

他在獸欄的水龍頭旁清洗，換上另一件襯衫，擦掉靴子上的灰塵，然後走到工寮。天已經黑了。

牧人已經都吃過飯，正坐在外面的棚子下抽菸。

晚安（西班牙語），他說。

是你，約翰？（西班牙語）

當然。（西班牙語）

接下來一陣靜默。然後某人說：歡迎來這裡。（西班牙語）

謝謝（西班牙語），他說。

他坐下跟他們一起抽菸，告訴他們一切發生的事。他們很關心羅林斯，他對他們來說比他更是朋友。他們很難過他不回來了，不過他們說一個人離開自己的國家損失很大。他們說一個人會出生在一個國家而不是另一個國家絕不是意外，他們說造就一個地方的氣候和季節同樣也造就世代居民的內在時運，那是代代相傳的，不會輕易地就被改變。他們談到牲畜、馬匹、發情的年輕野母馬、織女村的一個婚禮、維寶拉（Víbora）的一個死亡。沒人提老闆或是女主人。沒人提到那女孩。最後他向他們道晚安，然後走回穀倉躺在小床上，他沒有辦法知道時間，於是起身走到屋子那裡敲廚房的門。

他等了一會兒又敲。當瑪莉亞開門讓他進去時他知道卡洛斯剛離開房間。她看看掛在水槽上方牆上的時鐘。

吃過沒（西班牙語）？她說。

沒有。

坐下。還有時間。（西班牙語）

他在桌邊坐下，她弄了一盤加了醃肉汁的烤羊肉，在爐上加熱幾分鐘後端來給他，還加上一杯咖啡。她把水槽裡的盤子洗完，在快十點時她在圍裙上擦手然後出去。她回來時站在門口。他站起來。

在廳堂等著（西班牙語），她說。

謝謝。（西班牙語）

他走出去到客廳。她很正式地站著，穿著高雅得讓他不寒而慄。她走過室內坐下，對著對面的椅子點頭。

請坐下。

他緩緩地走過織了圖案的地毯然後坐下。她身後的牆上掛著一大幅掛毯，上面繪著在某個已經消逝的景色當中，兩個騎士在路上相會。在通往藏書室的雙扇門上方掛著一隻被鑲框起來的鬥牛頭，少了隻耳朵。

海克特說你不會來這裡。我跟他保證他一定是錯的。

他何時會回來？

他過一陣子才會回來。反正他見不到你。

我想該有人給我個解釋。

我想事情的結果已經便宜了你。你讓我的姪兒很失望，同時也讓我花了一大筆錢。

我不是有意冒犯，夫人，但是我自己也碰上些麻煩。

警官來過這裡一次，你知道。我的姪兒要他們等他完成一次調查。他滿自信事實是另一回事。滿自信的。

他為何不告訴我。

他答應過指揮官。不然你們早就立刻被帶走。他希望先完成他自己的調查。我想你是知道指揮官不願意在逮捕人之前先給通知的。

我應該被給予機會說明的。

你已經騙他兩次了。他為什麼不能假定你會騙他第三次？

我從沒騙過他。

偷馬事件在你到達之前這裡就已經聽說了。大家知道小偷是美國人。他問你這件事時你全都否認。幾個月後你的朋友回到恩坎塔達鎮並殺了人。被害人是公職人員。這些事實是誰也不能辯解的。

他何時會回來？

他不會見你的。

妳以爲我是罪犯。

我相信一定是有一些狀況逼你犯法。但是做了的事情就是做了。

妳爲何花錢保我出獄？

我以爲你知道爲什麼。

因爲亞莉珊卓。

對。

那她要拿什麼做交換？

我以爲那你也知道。

她以後不再見我。

對。

他向後靠在椅子上，盯著她背後的牆看。盯著掛毯。盯著花紋胡桃木餐具櫥上的藍色裝飾花瓶。

我兩隻手指都數不完這個家族裡面有多少女人跟不名譽的男人鬧出災難愛情。當然時代的變化讓某些男人得以以革命者的姿態出現。我的姊妹瑪蒂德（Matilde）在二十一歲時就做了兩次寡婦，兩個丈夫都遭槍殺。那一類的事情。重婚罪犯。可不要拿流血一事來開玩笑。這是家庭詛咒。但是不行，她就是不會見你。

妳利用她。

我喜歡處在可以談條件的位置。

別想要我感謝妳。

我才不會。

妳沒有權利。妳應該讓我留在那裡。

你會死掉的。

那就讓我死。

他們靜靜地坐著。廳堂的時鐘滴答響。

我們願意給你一匹馬。我會讓安東尼奧帶你去挑。你有錢嗎？

他看著她。我在想也許妳自己生命中的不幸會讓其他人比較同情妳。

那你就想錯了。

我想也是。

在我的經驗裡，生命中的不順是不會讓人更值得同情。

我想那要看是誰。

你以爲你瞭解我的生命。一個老女人也許因爲過往的事而變得憤世嫉俗。嫉妒別人快樂。那是老套了。但那不是我。就算亞莉珊卓的母親再憤怒我也會這樣處理你的事情——幸好你沒見過她。你感到訝異嗎？

是的。

是的。如果她是個比較文明的人或許我就不會那麼堅決。我不是個屬於社會的人。我所暴露的社會在我看來大多是壓迫女性的機器。社會在墨西哥的角色非常重要。這裡的女人連投票都不行。墨西哥人對社會和政治很瘋狂，但是他們兩者都處理得很糟糕。我的家族在這裡被視作是西班牙佬，但是西班牙人的瘋狂跟出生在美洲的歐洲人的瘋狂沒有兩樣。西班牙的政治悲劇會提早二十年在墨西哥的土地上做彩排。對那些有眼睛可以看的人來說。沒有一件事情是一樣的但其實每件事情都一樣。西班牙人的心裡最渴望自由，但只是他自己的自由。熱愛眞理和榮譽的各種形式，卻不愛其本質。深信一切只能透過流血來證明。處女，鬥牛，男人。最後是神祂自己。當我看我的孫姪女時我看見一個孩子。然而我很清楚我在她那個年紀時我是個什麼東西。我本來可以當個女兵。或許她也可以。我永遠也不會知道她的生活會是怎樣。如果說有模式存在的話，它也不會讓肉眼給認出來。因爲對我而言問題向來是，我們在生命中所看到的外表究竟是一開始就在那裡，還是說這些偶然的事件只是事後才被稱爲是一種模式。因爲不然的話我們什麼也不是。你相信命運嗎？

是的，夫人。我想我相信。

我父親對於事情的關連性很有意識。我不確定是不是我也一樣。他說絕不可將一個決定的責任推給一個盲目的媒介，而只能訴諸於之前的其他人爲決定因素。他給的例子是一枚被拋起的硬幣，它原本是鑄幣廠裡的一小塊金屬，鑄幣的人從盤子裡拿出那塊金屬放進兩面中其中一面的印模裡，鑄印之後才引出所有其他的後續動作，正面和反面（西班牙語）。不管硬幣是怎樣的翻轉還是經過多少次的翻轉。直到最後輪到我們來拋硬幣然後有了結果。

她笑了。輕輕地。簡短地。

那是個愚蠢的理論。但是那個鑄幣的小人物卻常在我心頭。我想如果是命運控制我們的家族，也許還可以去討好或是去講理。但是鑄幣人就不行。在灰暗的眼鏡下瞇著眼睛看他眼前看不清楚的金屬片。他做他的選擇。或許還猶豫一下子。而未知世界的到來卻懸而未決。我父親一定在這個寓言裡看到事物源頭的可達性，但是我看不出這種東西。對我來說，世界總是比較像一個玩偶劇。但是當你看到布幕後方，沿著控制線向上看時，你會發現玩偶是被另外一些玩偶操縱著，那些玩偶同樣也有他們自己的線被上面控制著，如此類推。在我自己的生命中，我看見這些無止盡的線讓偉大的人物死於暴力和瘋狂之中。讓一個國家毀滅。我會告訴你墨西哥的過去。它的過去與它將來會如何。最後你會發現那些讓我會對你好的原因跟讓我對你不好的原因是一樣的。

我小時候這個國家窮得不得了。你現在看到的情況根本還差得遠。我深受這件事影響。鎮上有商店會租衣服給來到市場的農民。因爲他們沒有衣服，所以他們會租一天的衣服，晚上再穿著他們的破布回家。他們一無所有。他們掙來的每一分錢都是湊來要辦喪事的。一般家庭裡沒有一樣東西是機器做的，除了廚房的刀子之外。一無所有。沒有針沒有鍋盤也沒有鈕扣。一無所有。永遠都是這樣。在鎮上你會看到他們想要賣一些沒有價值的東西。在路上撿到從卡車上掉下來的螺栓，或是某個損壞的機器零件，沒人知道要怎麼用。那一類的事情。眞是可悲。他們相信一定有人在找這些東西，只要找得到這個人他們就可以知道要怎麼爲這些東西定價。那種信心不是任何失望可以動搖的。不然他們還有什麼？他們會爲了什麼其他東西來放棄？工業社會對他們來說是想像不到的一件事，那些住在其中的人完全置身事外。但是他們也不笨。從來都不笨。你看小孩子就知道。他們的聰明很嚇人。而且他們擁有我們羨慕的自由。他們身上沒有被加諸多少限制。沒有多少期望。然後到了十一、二歲他們就不再是小孩了。一夜之間他們失去了童年，青春不再。他們變得很嚴肅。彷彿曾被某種可怕的眞理造訪過。某種可怕的幻象。在他們生命中的某一個點上他們突然之間變得清醒，我對此感到迷惑，但是我當然無法知道他們到底看到了什麼。他們知道了什麼。

我到了十六歲已經讀過很多書，變成一個自由思考者。不管怎麼樣，我看到一個神竟在自己創造的世界裡容許如此不公不義的事情出現，這種神我拒絕去相信。我非常理想主義。非常直言不諱。我的父母嚇壞了。然後在我十七歲那年夏天我的生命徹底改變了。

在法蘭西斯哥・馬德羅的家庭裡有十三個小孩，裡面有很多是我的朋友。拉菲拉（Rafaela）的生日跟我只差三天，我們非常親近。跟卡蘭沙（Carranza）的女兒們更是如此。與他的家庭是教父母的關係（西班牙語）。你懂嗎？這是不能翻譯的。他們在羅薩里奧幫我辦十五歲生日。同一年艾瓦利斯多先生帶我們一群人去加州。都是來自莊園的年輕女孩。從巴拉斯到托雷翁。他當時已經很老了，我對他的勇氣感到驚訝。但是他是個很棒的人。他做過一屆州長。他很有錢而且他很喜歡我，一點也不會討厭我的哲學推理。我喜歡去羅薩里奧。那年頭莊園之間的社交活動比較多。常常會舉辦有管絃樂團演奏和香檳的大型舞會，還有來自歐洲的訪客，大家狂歡到天亮。發現自己很受歡迎讓我很驚訝，而且我也似乎擺脫了過度的敏感，除了兩件事情之外。第一件事情是兩個最大的男孩回來了，法蘭西斯哥和古斯塔佛。

他們在法國念了五年的書。在那之前他們在美國念過書。在加州和巴爾地摩（Baltimore）。當我再度被介紹跟他們碰面時，那算是老朋友之間，幾乎是家人一般的關係。但是我的記憶是兒時的記憶，我對他們來說一定也是全然陌生的。

身爲長子的法蘭西斯哥在家中享有特殊地位。在大門下有張桌子是讓他接待朋友用的。那年秋天我受邀去他們家裡好幾次，就是在那屋裡我第一次聽到有人以完整的言辭表達了我心中所想的事情。我開始想像如果自己住在那個世界裡會是怎樣的情況。

法蘭西斯哥開始爲當地窮人的孩子辦學校。他分發藥品。後來他還在自己的廚房餵食數百名民眾。現在的人很難去想像當時的盛況。人們深受法蘭西斯哥的吸引。他們非常喜歡有他在場。那時沒有人說他會進入政壇。他只是試著在執行他所發現的理念。在日常生活中施行。墨西哥的人開始跑來看他。每一件事情他都得到古斯塔佛的支持。

我不確定你能否明白我現在所告訴你的事情。我當時十七歲，這個國家對我而言就像一個稀有的花瓶，被一個小孩子捧著。空氣中有雷電。什麼事情似乎都是可能的。我以爲像我們這樣的人有數以千計。像法蘭西斯哥。像古斯塔佛。實際上沒有。最後似乎是一個也沒有。

古斯塔佛小時候因爲一次意外而有一隻眼睛必須戴假眼。但這卻不減他對我的吸引力。我想也許剛好相反。當然我最喜歡有他陪在身邊。他給我書看。我們一聊就聊很久。他非常實際。比法蘭西斯哥更爲實際。他不像法蘭西斯哥喜歡神祕學。他總是講嚴肅的事情。然後那年秋天我與父親和伯叔到聖路易波多西（San Luis Potosí）的一個莊園，在那裡遭遇到我曾經提過的手的意外。

對男生來說這是一件事情的後果。對女生來說就是萬劫不復了。我不能再公開露面。我甚至幻想我父親對我的態度改變。他只能當我是某個被毀容的東西。我想大家都會認爲我談不成一樁好親事，大家也許眞的就這麼想。甚至連根戴戒指的手指頭都沒有。大家小心翼翼地對待我。像一個剛從某機構出來的人一樣。我多麼希望我是生在窮人家裡，這種事情在那裡會比較容易被接受。在這種情況下我只能等老等死。

幾個月過去了。然後在耶誕節的前一天古斯塔佛來看我。我嚇壞了。我叫我的姊妹去求他離開。他不走。我父親那天晚上很晚回家時，看到他一個人帽子放在腿上坐在客廳裡，嚇了一大跳。他到我的房間跟我說話。我用手摀住耳朵。我不記得發生了什麼事。只知道古斯塔佛繼續坐著。他像個傭人一樣在客廳裡過夜。在這裡。就在這房子裡。

第二天我父親非常氣我。接下來的事我不會說出來娛樂你。我相信我憤怒與痛苦的號叫傳到了古斯塔佛的耳朵裡。但是我當然不能違背我父親的意思，最後我還是出現了。我記得沒錯的話我還打扮得相當優雅。我學會用手帕包住我的左手來掩飾我的缺陷。古斯塔佛站起來對我微笑。我們在花園裡談。那時候花園照料得比現在好。他告訴我他的計畫。他的工作。他給我法蘭西斯哥和拉菲拉的消息。我們朋友的消息。他像以前一模一樣地對待我。他告訴我他是怎麼失去一隻眼睛，學校的同學怎樣殘酷地對待他，他還告訴我他從沒向別人提過的事，連法蘭西斯哥都沒提。因爲他說我會瞭解的。

他說了我們在羅薩里奧常常會聊的事情。我們常常會聊到半夜。他說那些遭遇過不幸的人永遠會與眾不同，不過他們的不幸正是他們的賜禮，那是他們的力量，他們必須再回到一般人的世界裡，不然世界就不會往前進，而他們自己也會在苦痛中枯萎。他非常眞切、溫柔地告訴我這些話，從門口的光我可以看到他在流眼淚，我知道他是在爲我的靈魂哭泣。我從未被如此看重過。有一個男人會這樣為你想。我不知道該說什麼。那天晚上我陷入長思，對自己的將來感到絕望。我很希望做一個有價值的人，但是如果一個人的生命中沒有靈魂或精神可以去忍受任何的不幸或殘缺的話，哪談得上什麼價值。如果要做一個有價值的人，那種價值不能屈服在命運的偶然之下。那應該是一種不變的特質。不管發生了什麼事。早在天亮前我就已經知道我想要找的東西是我一直以來都知道的。所有的勇氣都是一種堅毅的表現。懦夫第一個放棄的永遠是他自己。在這之後別人才會跟著也放棄你。

我知道有些人比較不需要經過掙扎就有勇氣，但是我相信任何人只要想要勇氣就會有勇氣。想要本身就是關鍵。是重點本身。我不知道還有什麼其他的事情更有道理。

這一切都是運氣。幾年後我才明白古斯塔佛這樣跟我說話是下了多大的決心才辦到的。這樣子跑到我父親家裡來。完全不怕被拒絕或是取笑。尤其我還很清楚他擅長的根本不是文字。他帶來的消息他說不出口。但是就是從那天起我開始愛上這個帶消息來的人，雖然他已經死了快四十年，那些感覺至今卻沒有改變。

她從袖子裡拿出一條手帕擦擦兩隻眼睛的下眼皮。她抬起頭。

你明白吧。反正你滿有耐心的。既然事實都揭曉了，故事的其他部分也不難想像。接下來的幾個月我的革命精神又重新燃起，而法蘭西斯哥・馬德羅活動的政治層面也越來越明顯。在他越來越受重視的同時敵人也隨之樹立，他的名字很快就傳到獨裁者迪亞茲的耳朵裡。法蘭西斯哥被迫出售他在澳洲獲得的財產以資助他的事業。不久他就被捕了。後來他逃到美國。他的決心從未動搖過，然而當時很少人能想見他竟會當上墨西哥的總統。他和古斯塔佛回來時他們是帶著槍回來的。革命就此開始。

在此同時我被送到歐洲並且一直留在那裡。我父親對地主階級的責任有他自己的看法。但是革命是另外一回事。他不帶我回家，除非我保證不再和馬德羅他們在一起，這我做不到。古斯塔佛和我從未訂婚。他給我的信越來越少。然後就音訊全無。最後人家告訴我他結婚了。我一直都沒怪他。革命時期有好幾個月整個活動都是靠他出錢。每一顆子彈。每一片麵包。當迪亞茲終於被迫流亡，要舉行自由選舉時，法蘭西斯哥變成這個國家第一個被人民用選票選出來的總統。也是最後一個。

我要告訴你墨西哥的事。我要告訴你這些勇敢、善良、可敬的人們最後怎麼了。那時我在倫敦教書。我的姊妹來找我，她和我一直待到夏天。她求我跟她回去但是我不要。我非常驕傲。非常固執。我無法原諒我父親的政治盲點也無法原諒他對待我的方式。

法蘭西斯哥．馬德羅上任的第一天身邊就圍滿了陰謀分子。他對人性本善的信任導致了他的毀滅。有一次古斯塔佛用槍押著韋爾塔將軍到他面前舉發他是叛徒，但是法蘭西斯哥不聽還讓他復職。韋爾塔。一個殺人犯。一個禽獸。那是一九一三年的二月。有武裝暴動發生。韋爾塔當然是祕密共謀。當他覺得自己地位穩固，他向叛軍輸誠，帶領他們反抗政府。古斯塔佛被逮捕。然後是法蘭西斯哥和皮諾・蘇亞瑞茲（Pino Suárez）。古斯塔佛被交給在城樓庭院裡的暴徒。他們以火炬和燈籠包圍他。他們虐待、折磨他，喊他是死人眼（西班牙語）。當他要大家看在他太太和小孩的份上饒了他，他們罵他是懦夫。他，是懦夫。他們推他、打他。他們用火燒他。當他再度央求他們住手時，有一個人拿了撬鎖工具跑出來挖了他好的那隻眼睛，他在眼前一片漆黑中搖晃、呻吟，不再說話。有人拿手槍走出來要對他的頭開槍，但是人群撞到他的手臂，子彈偏向打到他的下巴。他在摩瑞洛斯（Morelos）雕像的腳邊倒下。最後有一排來福槍對他連發。他被宣告死亡。人群中有一個醉漢還是擠到前面來再對他開槍。他們踢他的屍體並在上面吐口水。有個人挖出了他的假眼，然後把它在人群中好奇地傳閱。

他們靜靜地坐著，鐘滴答響。過一會兒她抬頭看他。

所以。這就是他爲之喉舌的一群人。這個好人。他奉獻了他的一切。

法蘭西斯哥後來呢？

他和皮諾・蘇亞瑞茲被載離監獄槍斃。謀殺他們的人說他們是在企圖逃脫時被槍殺也不足爲奇。法蘭西斯哥的母親送了封電報給塔夫特（Taft）總統❶，要求他說情救她兒子一命。莎拉（Sara）親自送電報到美國大使館給大使。換做是別人的可能就到不了。他們一家人流亡海外。他們去了古巴。他們去美國。去法國。一直都有傳言說他們是出身猶太人。說不定是眞的。他們個個都非常聰明。至少他們的命運在我看來跟猶太人一樣。現今的猶太人大流亡。殉道。迫害。放逐。現在莎拉住在科羅尼亞羅馬（Colonia Roma）。她有孫子。我們彼此很少見面但是我們之間有心照不宣的姊妹情誼。那天晚上在我父親家的這個花園裡，古斯塔佛告訴我曾經遭受過重大傷害或損失的人，會因一種特殊的權威而連結在一起，結果證明是如此。我們所知道最緊密的連結是傷痛的連結。最能體會悲痛的一群人。我直到我父親死後才從歐洲回來。我現在後悔我沒有多認識他一些。我想在許多方面他也是不太適合他所選擇的生活。或是說是生活選擇了他。也許我們都是一樣。他以前會讀園藝方面的書。在這片沙漠上。他已經在這裡開始種棉花，他要是看得到成果的話會很高興的。後來幾年我才看出來他和古斯塔佛有多像。古斯塔佛想過要當軍人。我想他們不瞭解墨西哥。他跟我父親一樣痛恨流血和暴力。但也許他恨得不夠深。法蘭西斯哥是幻滅得最嚴重的一個。他從來不適合做墨西哥的總統。他甚至不適合做墨西哥人。最後我們的情感傷口都好了。那些活著時好不了的人死了也就好了。這個世界在夢想和現實的選擇之間是很殘酷的，就算你不選。這世界就等在希望和現實之間。我對我的生命和我的國家做了很多思考。我想眞正能被瞭解的有限。我的家庭一直以來都很幸運。其他人就沒這麼好運。這也是他們很快就發現到的。

我在學校學的是生物。我發現科學家做實驗時會挑選一些族群——細菌、老鼠、人類——讓那個族群受制於某些條件。他們把結果跟另一群未受打擾的族群做比較。第二個族群叫做對照組。科學家是靠對照組才能衡量他的實驗效果。判斷實驗過程的重要性。歷史是沒有對照組的。沒有人可以來告訴我們原本應該是什麼狀況。我們爲原本應該發生的狀況哭泣，但是沒有所謂原本應該發生的狀況。從來就沒有。大家都以爲不知道歷史的人是注定要重複歷史的。我不相信懂歷史就能解救我們。歷史裡面永遠是充滿貪婪、愚蠢和嗜血，這似乎是連神——全知的神——都無力改變的。

我父親被埋的地方離我們現在坐的這裡不到兩百公尺。我常走到那裡去跟他說話。他活著的時候我從來沒有這樣跟他說過話。他讓我在我自己的國家裡被放逐。那不是他故意的。我出生時家裡已經充滿了五種語言的藏書，既然我知道身爲女人，世界肯定是會拒絕我的，於是我抓住另一個世界。我五歲就開始看書，沒有人阻止過我。從來沒有。然後我父親送我去兩個歐洲最好的學校。他雖然嚴格有威嚴，結果卻是個最危險的自由思想者。你說到我的失望。如果那眞叫失望的話，那只是使我更不顧一切。我的孫姪女是我唯一會思考的未來，我願意爲她付出我所有的金錢。我希望她過的生活可能根本已經不復存在，但是我知道她不要什麼。沒有什麼好損失的。等到一月我就七十三歲了。我認識許多那個時代的人，他們很少有人過著他們滿意的生活。我希望我的孫姪女能有機會得到一個不同於她的社會所要求的婚姻。我不會讓她依傳統結婚。同樣的，我知道她什麼做不到。沒有什麼好損失的。我不知道她會活在什麼樣的世界裡，而我也不堅持她應該怎麼活。我只知道如果她不重視眞的東西勝過於有用的東西，那她活不活根本沒什麼差別。我所謂的眞不是指眞理而是眞相。你以爲我拒絕你的追求是因爲你年輕，沒有受教育，或是因爲來自另一個國家，但實際上都不是。我向來勤於讓亞莉珊卓看清追求她的人的花言巧語，我們倆都很喜歡看那些自命不凡者的笑話。不過我也要你知道這家族裡的女性血液裡有荒唐的特質。有某種固執。不知節制。以我對她的瞭解，我想我應該擔心的是你。我應該再多看清楚你才是。現在我看清楚了。

妳不讓我證明我自己。

我已經清楚了。你的情況是你不能控制某些事情發生。

那是眞的。

我相信是的。但那不是理由。我不會同情無力控制狀況的人。也許他們是運氣不好，但那算是優點嗎？

我要見她。

我應該爲此感到驚訝嗎？我甚至可以答應你。不過你好像向來不缺我的允許。她不會違背她答應我的事。你等著瞧。

好。我們等著瞧。

她站起來，撥動裙子讓它往下落，然後她伸出手。他站起來接過她的手，非常短暫地，骨細而冰冷。

很抱歉我不會再見你。我費了一番工夫告訴你我的事，因爲我想我們應該瞭解自己的敵人。我見過有人花一輩子的時間去恨一些幻影，他們不是群快樂的人。

我不恨妳。

你會的。

我們等著瞧。

對。我們等著看命運對我們怎麼安排，不是嗎？

我以爲妳不相信命運。

她揮揮手。我也不是說不相信。我是不理會它的安排。如果命運是法律，那命運本身也受制於法律嗎？有時我們免不了推托責任。那是天性。有時我覺得我們都像那個坐在鑄幣機旁近視的鑄幣人，從托盤裡一個接一個拿出小金屬塊，我們大家都那麼小心地守護著自己的工作，就連混亂的製造也不願假他人之手。

早上他走到工寮，與牧人一起吃早餐道別。然後他走到管理人的屋子，他和安東尼奧去穀倉給馬上鞍，騎過關馬的隔欄，一邊看著剛被馴服的馬。他知道他要哪一匹。牠看見他們時鼻孔在噴氣，轉身並跑起小快步。那是羅林斯的瓜婁馬，他們用繩子把牠牽到獸欄裡，到中午他已經大致控制住這匹馬，他讓牠走一走然後休息涼一下。那匹馬好幾星期沒人騎過，身上沒有綁肚帶的痕跡，而且不太知道怎麼吃穀粒。他走到屋子去向瑪莉亞說再見，她給他她幫他包好的午餐，並遞給他一個玫瑰色的信封，左上角有聖母莊園徽章的浮印。他出去後打開它拿出錢，把錢摺起來沒數就放進口袋，然後把信封摺起來放進襯衫口袋。接著他穿過屋子前面幾棵大胡桃樹，安東尼奧跟馬站在那裡等，他們不發一言地互擁了一會兒，然後他騎上馬鞍，把馬在路上掉頭。

他騎過織女村時都沒有下馬，馬兒對牠所見的一切都會噴氣，睜大眼睛看。當街上有一輛卡車發動，開始朝他們開過來，那隻動物絕望地呻吟，試著要轉身，他把牠扭拉回來，輕拍牠，不斷對牠說話，直到車子開過去，然後他們又繼續往前走。一出城他就離開路面，開始穿越盆地裡廣大古老的湖床。他越過一個乾掉的石膏乾鹽湖，含鹽的地表在馬蹄下碎裂，像是被踩過的雲母片一樣，他騎過上頭長滿生長不良的海棗的石膏丘，騎過一片蒼白的斜坡，上頭充滿了石膏花，彷彿洞穴地底給光照到的模樣。在發亮的遠處，樹和茅屋沿著綠地彎曲的弧度站立，在晴朗的早晨空氣中顯得蒼白、擁擠以及有些難以捉摸。馬兒有種優異的自然步法，他一邊騎一邊對牠說話，告訴牠他親身經歷過的真實世事，告訴牠他未曾見識過但也可能是真實的事情。他告訴馬兒他爲何喜歡牠，爲什麼他選擇牠做他的馬，他說他不會讓牠受到傷害。

到了中午他騎在一條農地路上，灌溉溝渠把水引到田地用腳踩出來的邊緣，他讓馬喝水，在棉白楊樹林的樹蔭下讓馬來回走著好讓牠涼一下。他與走過來坐在他旁邊的小孩子分享他的午餐。他們之中有些人從沒吃過發酵麵包，他們指望他們當中一個比較大的男孩來教他們這件事。他們在路邊排排坐，一共五個人，莊園的燻火腿三明治被他們左右傳遞分著吃，他們極爲嚴肅地吃著，等三明治吃完了，他用他的刀子分剛烤出來的蘋果派和番石榴。

你住在哪裡（西班牙語）？最大的男孩說。

他思索著這個問題。他們在等他回答。我曾經住在一個大莊園裡，他告訴他們，但是現在我沒有地方住。

小孩們的臉帶著非常關懷的神情端詳著他。你可以跟我們一起住（西班牙語），他們說。他謝謝他們，他告訴他們他有一個未婚妻在別的城鎮，他正要騎馬去找她，求她做他的妻子。

你的未婚妻漂亮嗎（西班牙語）？他們問，他告訴他們她非常美麗，有一雙他們不太相信的藍眼睛，不過他還告訴他們她父親是個有錢的莊園主人，而他自己卻很窮，他們靜靜地聽他說，對他的前景感到非常悲觀。最大的那個女孩子說如果他的未婚妻眞的愛他，她無論如何都會和他結婚，但是男孩就沒那麼有信心，他說就算在有錢人的家裡，女兒也不能違背她父親的希望。女孩說應該要去問祖母的意見，因爲她在這種事情上非常重要，他應該帶禮物給她，試圖博取她的好感，因爲如果沒有她的幫忙可能就沒什麼希望了。她說這是全世界的人都知道的事。

約翰・葛瑞迪對這項建言點頭，但是他說他已經得罪了祖母，無法仰賴她的協助，這時有幾個小孩停止吃東西，盯著他們眼前的土地看。

這是個問題（西班牙語），男孩說。

同意。（西班牙語）

一個比較小的女孩子彎向前。哪裡得罪了祖母（西班牙語）？她說。

說來話長（西班牙語），他說。

有的是時間（西班牙語），他們說。

他笑著看他們，既然的確有時間，他就把事情一五一十地告訴他們。他告訴他們，他們是怎麼從另一個國家來到這裡，兩個年輕的騎士騎著他們的馬，他們遇上了第三個人，他沒有錢沒有東西吃甚至沒有衣服穿，他跟他們一起同行，與他們分享他們所有的一切。這位騎士非常年輕，他騎著一匹很棒的馬，但是他最怕神會用雷電打死他，因爲這個恐懼，使得他在沙漠中失去了他的馬。然後他告訴他們馬出了什麼事情，以及他們怎麼從恩坎塔達村把馬討回來，他說這個男孩怎麼回到恩坎塔達村，在那裡殺了一個人，然後警察到莊園裡抓他和他的朋友，祖母付了他們的罰款，然後禁止未婚妻再與他見面。

他說完後他們安靜地坐著，最後女孩說他應該把男孩帶去見祖母，這樣他就可以告訴她一切都要怪他，約翰・葛瑞迪說這是不可能的，因爲男孩死了。孩子聽到這句話時紛紛在胸前劃十字並親吻手指。比較大的男孩說這情況很困難，但是他必須找一個居中人替他說情，因爲如果祖母可以明白錯不在他，那她就會改變心意。年紀比較大的女孩說他忘記了那個家族很有錢而他很窮的事實。男孩說既然他有一匹馬，他應該沒那麼窮，他們看著約翰・葛瑞迪要他來決定這個問題，他告訴他們除了外表上看起來之外，他的確是很窮，而且那匹馬是祖母給他的。此話一出他們有些人吸了口氣並搖頭。女孩說他需要去找個有智慧的人跟他討論他的難處，或者是找個巫醫，比較小的女孩說他應該向神禱告。

他騎進托雷翁時夜已經深了。他把馬綁在一家旅店前面後走進去問馬房的事，但是店員一問三不知。他透過前窗望著馬，然後看約翰・葛瑞迪。

可以留在後面（西班牙語），他說。

後面？（西班牙語）

對。在外面。（西班牙語）他指著後方。

約翰・葛瑞迪望向建築物的後方。

從哪裡？（西班牙語）

店員聳聳肩。他伸出手掌指向走廊。從這裡。（西班牙語）

大廳裡有一個坐在沙發上的老人對窗戶探頭，他轉向約翰・葛瑞迪告訴他沒有關係，比馬糟上幾倍的東西都走過這家旅館大廳，約翰・葛瑞迪看看店員，然後走出去解開馬帶牠進來。店員帶著他走過走廊，他打開後門，站著等約翰・葛瑞迪把馬牽出去到院子裡。他在特拉華利洛（Tlahualilo）買了一小包穀物，他用水槽餵馬喝水，打開穀物袋把穀物倒在一個垃圾桶向上翻開的蓋子裡，接著他卸下馬鞍，把空的穀物袋潤濕，用它來擦馬，然後他提著馬鞍進去，取了他的鑰匙上床睡覺。

他醒來時已經中午。他幾乎睡了十二小時。他起來走到窗邊向外看。窗子看出去是旅店後面的小院子，馬兒耐心地走在圈地裡，背上背著三個跨騎的小孩，另外一個牽著牠，還有一個抓著牠的尾巴。

他白天都花在排隊等四個電話亭其中一個空出來可以讓他打電話，等他終於撥通了卻沒跟她通上話。他又再去櫃台登記，玻璃後方的女孩讀出他的表情，告訴他下午再來運氣會好點，結果的確是。一個女人接了電話並派人去叫她。他等著。她來接電話時她說她知道是他打來的。

我要見妳，他說。

我不行。

妳一定要。我正要去妳那裡。

不。你不行。

我早上就走。我現在在托雷翁。

你跟我姑婆談過沒？

有。

她沒聲音。然後她說：我不能見你。

妳可以的。

我不會在這裡的。我再兩天就要去聖母莊園。

我在火車上見妳。

不行。安東尼奧會來接我。

他閉上眼睛，緊握著電話筒，他告訴她他愛她，就算他們把他殺了她也沒有權利做出她已經做了的承諾，就算是最後一次見面他也要見到她才會離開，她靜默了好一會兒，然後她說她可以早一天走。她會說她姑婆生病了，她明天早上就走，與他在扎卡特卡斯碰面。然後她掛掉電話。

他把馬寄養在鐵道南邊市郊再過去的一個馬房，並告訴老闆要小心照料因爲牠才剛被馴服，那人點點頭並喚小弟過來，不過約翰·葛瑞迪看得出來他對馬有自己的看法，而且有他自己的結論。他把馬鞍拖到鞍房掛起來，小弟跟在他身後鎖上門，他再走回辦公室去。

他想先付錢但是主人的手輕揮一下拒絕了他。他走出去到陽光之下，在街上搭公車回城裡。

他在店裡買了個小袋，他買了兩件新襯衫和一雙新鞋，他走到火車站買票，然後去一家咖啡店吃東西。他四處走走好適應新鞋，然後又回到旅店。他把槍和刀以及他的舊衣服捲在舖蓋裡，讓店職員把舖蓋捲放在儲存室裡，並叫職員早上六點鐘叫他起床，然後就上床睡覺。天都還沒有黑。

他早上離開旅店時天氣涼爽灰暗，等他坐進車廂時開始有雨滴打在窗玻璃上。一個小男孩和他的姊姊坐在對面的位子上，火車開動之後那男孩問他從哪裡來，要去哪裡。他們聽到他從德州來似乎不覺驚訝。當服務生過來叫賣早餐時，他請他們跟他一起吃，但是男孩看起來很不好意思地拒絕。他自己也不好意思。他坐進餐車吃了一大盤炒蛋還喝了咖啡，看著灰色原野在濕的玻璃窗外流逝，他的新鞋和新衣穿起來已經比較舒服了，他心頭上的重量也開始減輕，他重複他父親曾經告訴過他的話，害怕的錢贏不了，擔心的人愛不了。火車經過一片只長著仙人掌的恐怖平原，進入一大片中國棕櫚樹林。他打開他在火車站涼亭買的那包香菸，點燃一根然後把菸盒放在桌巾上，對著玻璃和在雨中通過的土地吐煙。

火車在下午開進扎卡特卡斯。他走出車站到街上，穿越舊石造渠道的高門進入城區。雨從北邊跟他們過來到此，狹窄的石造街道是溼的，店舖也關著。他走到希達哥（Hidalgo）經過教堂到阿馬斯廣場（Plaza de Armas），住進雷娜克里斯汀娜旅館（Reina Cristina Hotel）。那是一家舊的殖民旅館，安靜而涼爽，大廳地板的石頭顏色暗沉而且擦得亮亮的，有一隻金剛鸚鵡關在籠子裡看人來人往。與大廳相連的餐廳裡還有人在用午餐。他拿了他的鑰匙上樓，一個侍者拿著他的小袋子。房間寬敞，天花板很高，床上有一個繩絨床罩，桌上有一個雕花玻璃的細頸水瓶。侍者打開窗簾，進入浴室看看一切是否都安置妥當。約翰・葛瑞迪靠在窗外的欄杆上。窗子下面的庭院有一個老人跪在紅、白天竺葵花盆當中，一邊整理花朵一邊輕唱著一首舊墨西哥傳統歌謠裡的一段詞。

他給侍者小費，把帽子放在桌上，然後關上門。他躺到床上，抬頭看天花板上的雕刻屋樑。然後他起來拿他的帽子，下樓去餐廳買個三明治。

他走過城裡狹窄彎曲的街道，兩旁是古老的建築和小而幽靜的廣場。行人的穿著似乎都帶有一種優雅。雨已經停了，空氣清新。店面開始營業。他坐在廣場上的一張長椅上讓人幫他擦鞋，他看著櫥窗裡，想買點東西給她。他最後買了一個很普通的銀項鍊，付了那女人開的價錢，她用一張紙包起來，外面綁上絲帶，他把它放在襯衫口袋裡，然後回旅館。

從聖路易波多西和墨西哥來的火車八點鐘會到。他七點半就到車站。結果車子到時已經快九點。他跟大家一起在月台上等，看著乘客下車。她出現在階梯上時他幾乎不認得她。她穿著一件裙長幾乎到腳踝的藍色洋裝，戴著一頂寬帽緣的藍帽子，她對他或是月台上的其他男人來說看起來都不像是個女學生。她提著一個小皮箱，下車時侍者從她那裡接過來然後再交還給她，並觸摸帽子致意。當她轉過來看他站的地方，他才知道她從車窗裡就看到他了。她向他走來時她的美對他來說似乎是一件難以置信的事。無法解釋在這種地方或是任何地方會有這樣的美存在。她朝他走來，她悲傷地對他微笑，用她的手指觸摸他臉頰上的疤，湊上前吻它，他吻了她然後接過她的行李箱。

你好瘦，她說。他盯著那雙藍眼睛看，彷彿想預見宇宙既已存在的未來。他幾乎說不出話來，他告訴她她很漂亮，她笑了，眼裡閃著悲傷，他第一次看到那種神情是在她到他房間的那一晚，他知道他是那悲傷的一部分，卻不是全部。

你沒事吧？她說。

沒事。我很好。

那雷西呢？

他沒事。他回家了。

他們走出終點站，她挽著他的手臂。

我來叫計程車，他說。

我們用走的吧。

好。

街上充滿人潮，在阿馬斯廣場有木匠在釘棚架，要在州長官邸前做一個裝飾著彩帶的指揮台，兩天後有演說家要進行獨立紀念日演說。他牽著她的手，他們過街到旅館去。他試圖以她握手的方式來解讀她的心但是他什麼也讀不出來。

他們在旅館餐廳吃晚餐。他從未與她待在公共場合過，他對鄰桌年長男人的眼神沒有心理準備，也沒有想到她會應對得那麼優雅。他先前在櫃台買了一包美國菸，服務生端咖啡來時他點燃一根菸放在菸灰缸裡，然後說他必須告訴她發生了什麼事。

他告訴她布雷文斯與卡斯泰拉監獄的事，他告訴她羅林斯出了什麼事，最後他告訴她心上插著他的刀、死在他臂彎裡的打手。他告訴她一切。然後他們沉默地坐著。等她抬頭時她在哭。

告訴我，他說。

我不行。

告訴我。

我怎麼知道你是誰？我知道你是哪一種人嗎？我父親是哪一種人？你喝威士忌嗎？你嫖妓嗎？他呢？男人是什麼？

我告訴妳我從沒告訴過別人的事。我把該說的都告訴妳了。

那有什麼用？有什麼用？

我不知道。我想我就是相信吧。

他們坐了許久。最後她抬頭看他。我告訴他我們是情人，她說。

他心裡起的寒意是那麼的冷。室內是那麼安靜。她幾乎是低聲地說，然而他仍可感覺到周圍的安靜，害他都不敢看旁邊。他說話時都快沒聲音。

爲什麼？

因爲她威脅要告訴他。我的姑婆。她說我一定不能再見你不然她會去告訴他。

她才不會。

不。我不知道。我受不了讓她享有那種權力。我自己告訴了他。

爲什麼？

我不知道。我不知道。

眞的嗎？妳告訴他了？

是的。是眞的。

他向後靠。他把兩隻手放在臉上。他又再看她。

她怎麼發現的？

我不知道。很多原因吧。也許是愛斯特班。她聽見我離開房子。聽見我回來。

妳沒有否認。

沒有。

妳父親怎麼說？

沒說。他什麼也沒說。

妳爲什麼不告訴我？

你在台地上。我本來要說。但是你回來時被逮捕了。

是他讓我被抓。

是的。

你怎麼能告訴他？

我不知道。我好笨。都是她的傲慢。我告訴她我不接受勒索。她讓我發瘋。

妳恨她嗎？

不。我不恨她。但是她告訴我我必須要做我自己的主人，而她卻時時刻刻都想要我聽她的。我不恨她。她就是克制不了。但是我傷了我父親的心。我傷了他的心。

他什麼也沒說？

沒有。

他怎麼反應？

他從桌上起身。回到他的房間。

妳在桌上告訴他的？

是。

在她面前？

對。他回到房間，第二天早上天還沒亮就離開了。他騎著一匹馬走了。他帶著狗。一個人上山。

我以爲他是要去殺你。

她在哭。別人朝著他們的桌子看過來。她低下頭安靜地坐著哭，只有肩膀在抖動，眼淚從臉上流下。

別哭。亞莉珊卓。別哭。

她搖頭。我毀了一切。我只想死。

別哭。我來想辦法。

你解決不了的，她說。她抬起眼睛看著他。他以前從未見識過絕望。他以爲他看過，但其實他沒有。

他來到台地上。他爲何不殺了我？

我不知道。我想他是怕我會自殺。

妳會嗎？

我不知道。

我來想辦法。妳讓我來解決。

她搖著頭。你不懂。

我不懂什麼？

我不知道他會不再愛我。我不知道他竟然做得到。現在我知道了。

她從皮包裡拿出一條手帕。我很抱歉，她說。大家都在看我們。

晚上下雨，窗簾一直被吹起來，他可以聽到雨打在庭院裡的劈啪聲，他擁著蒼白而赤裸的她，她哭著告訴他她愛他，他要她嫁給他。他告訴她他可以賺錢養家，他們可以到他的國家過生活，沒人可以傷害他們。她沒有睡覺，等他天亮時醒來，她穿著他的襯衫站在窗邊。

天亮了（西班牙語），她說。

是。

她走到床邊坐下。我夢見過你。我夢到你死了。

昨天晚上？

不是。很久以前。在這些事情之前。我許下一個承諾（西班牙語）。

一個承諾。

是的。

爲我的生命。

是的。他們抬著你走在一個我不熟識的城市街道上。當時是黎明。孩子在禱告。你媽媽在哭（西班牙語）。應該說是你的妓女在哭才對（西班牙語）。

他用手搗住她的嘴。別說那些。妳別那樣說。

她握住他的手，撫摸上面的血脈。

他們在黎明中出去，走在城裡的街道上。他們跟掃街的人、開店和洗階梯的婦女說話。他們在一家咖啡店裡吃東西，走在小巷弄裡，賣糖果、乳糖、螺旋糖的老婦人正忙著把她們的商品擺放在圓石上，他跟一個男孩買草莓給她，男孩用小銅秤秤重然後用紙袋給他們裝。他們走在古老的獨立公園（Jardín Independencia）裡，頭上聳立著一個一隻翅膀斷了的白石天使。她的石頭手腕上掛著斷掉的手銬鏈。他心裡數著火車再度從南邊進站的時間，等它停靠在托雷翁時可能會載她走，他告訴她如果她願意把生命交付給他，他永遠不會讓她失望或拋棄她，他會愛她一直到死爲止，而她說她相信他。

他們上午回旅館時她牽著他的手要帶他過街。來，她說。我帶你看樣東西。

她帶著他走過教堂的牆，穿過拱廊到後面的街上。

是什麼？他說。

一個地方。

他們走在狹窄蜿蜒的街上。經過一家皮革工廠。一家錫匠店。他們進入一個小廣場，然後她轉過身來。

我外公死在這裡，她說。我母親的父親。

哪裡？

這裡。在這個地方。瓜達拉佳利塔廣場（Plazuela de Guadalajarita）。

在革命中。

對。在一九一四年。六月二十三號。他是跟著哈武勒・馬德羅（Raúl Madero）底下的薩拉戈薩部隊（Zaragoza Brigade）。他當時二十四歲。他們從城的北邊南下。羅瑞多山（Cerro de Loreto）。厄運地（Tierra Negra）。當時這裡四周是一片草原。他死在這麼一個奇怪的地方。在欲望街與墨西哥思想家巷道的轉角處（西班牙語）。沒有母親的哭泣。像在墨西哥傳統歌謠裡一樣。沒有小鳥在飛翔。只有石頭上的鮮血。我要讓你看看。我們可以走了。

誰是墨西哥思想家？（西班牙語）

一個詩人（西班牙語）。喬亞昆·費南德茲·里查爾帝（Joaquín Fernández de Lizardi）。他生活極爲困苦而且早逝。至於欲望街（Street of Desire）就像悲夜街（Calle de Noche Triste）一樣。只是墨西哥的街道名稱。我們現在可以走了。

當他們回到房間時女侍正在打掃，她離開後他們拉上窗簾做愛，然後睡在彼此的臂彎裡。他們醒來時已是晚上。她淋完浴後裹著毛巾出來，她坐在床上，握著他的手，低頭看他。你要求的事我做不到，她說。我愛你。但是我做不到。

他清清楚楚看見他的生命是怎樣走到這個地步，而且最後也不會有什麼結果。他覺得有某種冰冷、沒有靈魂的東西進入了他的身體，他想像著那東西在惡意地笑著，他沒有理由相信它會離去。她再度從浴室出來時已經穿好衣服，他讓她坐在床上，他握住她的雙手對她說話，但是她只是搖著頭，把流淚的臉轉過去，告訴他該是離開的時候了，她不能錯過火車。

他們走過街道，她握著他的手，他提著她的袋子。他們走過舊石造鬥牛場上面的林蔭步道，走下階梯經過室外的石雕音樂台。南邊吹來一陣乾燥的風，油加利樹林裡的黑羽椋鳥又叫又跳。太陽已經西下，公園裡充滿藍色的微光，沿著溝渠牆與林間走道設的黃煤油燈一一亮起。

他們站在月台上，她把臉靠在他的肩膀，他對她說話但是她沒有回答。火車從南邊噴著氣進站，停在那裡冒蒸汽與顫抖，車廂的車窗在軌道上看似彎曲，彷彿大骨牌在黑暗中悶燒，他忍不住要把這次的火車抵達跟二十四小時前的那一次相比，她摸了一下她喉間的那條銀鍊然後轉過去，彎身去提行李箱，然後湊上前親他最後一次，她的臉都是溼的，然後她就走了。他看著她走，好像他自己是在夢中。整個月台上都是家人和戀人在道別。他看見一個男人抱著一個小女孩，他抱著她轉著玩而她在笑，當她看見他的臉她就不笑了。他不知道他是怎麼能站在那裡直到火車開走，但是他眞的站在那裡，等火車走了，他轉身走回到街上。

他付了旅館的錢，領了他的東西就走。他去一條小街上的酒吧，從一扇敞開的門傳出吵雜的北方啤酒店音樂，他喝得醉醺醺的，還跟人打架，黎明醒來時躺在一間綠色房間裡的一張鐵床上，隔著窗戶的紙簾他可以聽見公雞在啼。

他在一面骯髒的鏡子前端詳自己的臉。他的下巴瘀青而且腫起來。如果他在鏡子裡以某種角度移動他的頭，他可以恢復兩邊臉的平衡，只要他的嘴是閉著的那痛苦就還可以忍受。他的襯衫被撕裂而且沾有血跡，他的袋子不見了。他模模糊糊地記得前一晚的事情。他記得街的盡頭有一個人影，他站的樣子很像他最後一次看到羅林斯的樣子，身體半轉過來道別，一邊肩膀的外套有些鬆開。他不是來破壞別人的家。別人的女兒。他看見一間沒人進出的倉庫，在波紋鐵壁的走道上有個燈。他看見雨中一個城市裡的一塊空地，地上有個木條板箱，他看見箱中有一隻狗在昏黃的燈光下浮現，像一隻被遺棄的園遊會的狗，在滿地廢物中蹣跚前進，不再有鑼鼓喧天的樂聲伴隨，就這麼消失在漆黑的建築物中。

他走出門時並不知道自己人在哪裡。外頭正下著小雨。他試圖以聳立在城市西邊的地標做爲方向辨識，但還是迷失在彎彎曲曲的街道中，他問一個女人到市中心怎麼走，她指出路來，然後看著他走。當他到了希達哥，街上有一群狗以快跑衝上來，當牠們經過他面前時，其中有一隻在溼的石頭上滑了一跤跌倒。其他的狗集體轉過來咆哮狂吠，但是在他快被攻擊之前，跌下去的那隻狗掙扎站起來，一群狗又跟剛才一樣離去。他沿著往北的公路走到城的邊緣，伸出拇指攔車。他身上幾乎一毛都沒有，而他還有好長一段路要走。

他一整天都搭乘一輛舊的拉薩樂（LaSalle）四輪敞篷馬車，由一個穿著白色西裝的人駕駛。他說那種款式的車全墨西哥只剩他那一輛。他說他年輕時曾經環遊世界，他在米蘭和布宜諾斯艾利斯學過歌劇，他們一邊駕車經過鄉間，他一邊唱著詠嘆調，還擺出有氣魄的姿勢。

藉由此項和其他的交通工具，他於第二天中午左右到達托雷翁，到旅館去拿他的舖蓋捲。然後他去拿他的馬。他沒有刮鬍子也沒有洗澡，也沒有其他衣服可以穿，馬夫看到他時同情地對他點點頭，對他的情況似乎不感驚訝。他騎馬進入中午的交通之中，馬兒暴躁不安，在街上亂跑，把一輛公車的側面踢出一個大凹洞，逗得乘客很開心，從車窗探出頭來叫囂。

在戴戈拉多（Degollado）街上有一家武器店，他在店門口下馬，把馬綁在燈柱上，進去買了一盒四五長柯爾特子彈。他在快要出鎮的一家店裡買了一些玉米餅、幾罐豆子和醬汁，以及一些起司，把這些東西捲在他的毯子裡，再度把舖蓋捲綁在馬鞍後頭，重新裝滿水壺，然後上馬掉頭往北走。雨讓整片土地都成長起來，路邊的草被雨水的徑流灌溉得綠油油，遍地開滿花朵。他那天晚上睡在一個距離任何城鎮都很遠的地方。他沒有生火。他躺著聽被綁住的馬兒吃草的聲音，他聽著曠野上的風聲，看著星星沿著半球的弧度走，然後消逝在世界盡頭的黑暗中，他躺在那裡，心中的痛有如樁在刺一樣。他想像世間的痛苦就像某種無形的寄生物，挑選溫暖的人類靈魂來產卵，他以為他知道怎樣的人容易被寄生。他不知道的是寄生物是沒腦子的，無法知道那些靈魂的極限何在，而他怕的是可能根本沒有極限。

第二天下午他已深入盆地之中，一天後他進入牧場區與通往北邊沙漠山的崎嶇土地。馬兒的狀況不適合他要求牠走的路，他被迫要常常讓牠休息。他利用夜間趕路，好讓牠的蹄可以多享受些溼氣，他騎在路上時可以看到遠處草原上的小村落在不協調的黑暗中泛著微弱的黃光，他知道那裡的生活是他無法想像的。五天後他在晚間來到一個不知名的小十字路口村子，他讓馬停在十字路口，在滿月的月光下讀著用熱鐵燒進木條上、釘在柱子上的幾個城鎮名字。聖傑羅尼摩（San Jerónimo）。洛平托（Los Pintos）。拉羅西塔（La Rosita）。在最底下有一個箭頭指著另一個方向寫著恩坎塔達山。他坐在馬上停留許久。他彎身吐口水。他望著西邊的黑暗處。去死吧，他說。我不會把我的馬留在這裡。

他騎了一整晚，第一道曙光出現時馬已經筋疲力盡，他讓牠走上一座小丘，從上面觀察城鎮的形狀，鑲在舊土牆裡、亮起第一盞燈的黃窗，矗立在無風黎明中的細長煙囪，一切都在靜止中，讓村子看似以線懸掛在黑暗之中。他下馬打開他的舖蓋，打開彈藥盒把一半的子彈放進口袋裡，檢查手槍是否六發都塡滿，然後合上旋轉彈膛，把槍插進腰帶，重新捲回他的裝備綁在馬鞍後方，然後再上馬騎進鎮上。

街上沒有半個人。他把馬綁在店前面，走到舊學校，站在門口往裡探。他敲了敲門。他繞到後面打破玻璃，伸手進去拉開門閂，手持手槍走進去。他走過室內，從窗戶探頭出去看街上。然後他轉身走回到隊長的桌子。他打開最上面的抽屜，拿出手銬放在桌上。然後他坐下來，腿翹在桌上。

一小時後女傭回來了，用她的鑰匙開門。她看到他坐在那裡嚇一大跳，不安地站著。

走吧，走吧（西班牙語），他說。沒事（西班牙語）。

謝謝（西班牙語），她說。

她本來要走過室內到後面去，但是他攔住她，讓她坐在一張靠牆的金屬摺椅上。她很安靜地坐著。她什麼也沒問他。他們等著。

他看見隊長過街。他聽見他的靴子在木板上的聲音。他一隻手拿著他的咖啡一隻手拿著鑰匙圈進來，手臂下夾著信件，他站著看約翰·葛瑞迪，以及他手上所握著、槍托撐在桌面上的手槍。

關上門（西班牙語），約翰．葛瑞迪說。

隊長的眼睛朝門看去。約翰．葛瑞迪站起來。他扳起槍機準備射擊。槍機和槍膛的卡喳聲在寧靜的早晨裡聽起來特別尖銳清楚。女傭用手摀住耳朵並閉上眼睛。隊長用手肘緩緩地關上門。

你想怎樣？他說。

我來取我的馬。

你的馬？

對。

我沒有你的馬。

你最好知道牠在哪裡。

隊長看看女傭。她的手還是摀住耳朵但是她已經抬起頭來。

過來這裡把那東西放下，約翰．葛瑞迪說。

他走到桌邊放下他的咖啡和信件，手裡拿著鑰匙站著。

鑰匙放下。

他把鑰匙放在桌上。

轉過去。

你這是給你自己添麻煩。

我遇過的麻煩你根本聽都沒聽過。轉過去。

他轉過去。約翰・葛瑞迪彎向前解開他穿戴的槍套拿出他的手槍，解除扳機後插進他的皮帶裡。

轉過來，他說。

他轉過來。沒人叫他手舉起來但是他還是把手舉起來。約翰・葛瑞迪拿起桌上的手銬，插進他的皮帶裡。

你要把傭人放在哪裡？他說。

你說呢？（西班牙語）

算了。我們走。

他拿起鑰匙，從桌子後面出來推隊長向前。他以下巴向那女人作勢。

我們走（西班牙語），他說。

後門還是開著的，他們走出去經過走廊到監獄。約翰・葛瑞迪打開掛鎖然後開門。坐在蒼白的三角形光線裡眨眼的仍是以前那個老人。

老人，你還在？（西班牙語）

當然了。（西班牙語）

過來。（西班牙語）

他半天才站起來。他一隻手撐在牆上拖著腳步前進，約翰・葛瑞迪告訴他他可以走了。他作勢要清潔婦進來，他爲造成她的不便道歉，她說別那樣想，然後他關上門上鎖。

他轉過來時老人還站在那裡。約翰・葛瑞迪叫他回家。老人看著隊長。

不要看他（西班牙語），約翰・葛瑞迪說。聽我的話。走吧。（西班牙語）

老人抓住他的手正要親時，約翰・葛瑞迪把手抽回來。

快點走，他說。不要看他。走。

老人朝著大門蹣跚而行，打開大門出去到街上，轉身再關上大門然後走了。

當他和隊長走上街道，約翰・葛瑞迪騎著馬，兩把手槍插在腰帶裡，外面罩著他的外套。他的手被手銬銬在前面，由隊長牽著馬。他們走到那位牛仔住的藍色屋子前，隊長敲他的門。一個女人來應門，她看看隊長然後又走進去，過一會兒牛仔來到門口點點頭，站著剔牙。他看著約翰・葛瑞迪然後看隊長。然後他又再看約翰・葛瑞迪。

有一個問題（西班牙語），隊長說。

他吸了吸牙籤。他沒看見約翰・葛瑞迪腰上的手槍，也搞不懂隊長的舉止。

過來（西班牙語），約翰・葛瑞迪說。關上門。（西班牙語）

當牛仔抬頭看到槍管，約翰・葛瑞迪看得出來他這時才恍然大悟。他跑到他身後把門關上。他抬頭看著騎士。太陽射入他的眼睛，他稍稍往旁邊移動，然後再抬起頭來。

我要我的馬（西班牙語），約翰・葛瑞迪說。

他看看隊長。隊長聳肩。他又抬頭看騎士，他的眼睛開始移往右側，然後他低下頭來。約翰・葛瑞迪望向墨西哥刺木籬笆，從馬背上他可以看見幾間泥屋與一棟大建築的生鏽屋頂。他跳下馬，手銬垂掛在一隻手腕上。

我們走（西班牙語），他說。

羅林斯的馬在房子後面空地上的一個泥造穀倉裡。他對牠說話，牠聽到他的聲音時抬起頭來，對著他嘶叫。他叫牛仔去拿一個馬勒，牛仔給馬上馬勒時他站著用槍指著他，然後從他手中取走韁繩。他問他其他的馬在哪裡。牛仔嚥口水然後看看隊長。約翰・葛瑞迪伸手抓起隊長的衣領，用槍抵著隊長的頭，他告訴牛仔如果他再看隊長一眼他就斃了他。他低著頭站著。約翰・葛瑞迪告訴他他沒有耐心也沒有時間，隊長反正是死定了，但是他還可以救他自己。他告訴他們布雷文斯是他的兄弟，他已經發過血誓不取隊長的頭就不回去見他父親，他說如果他失敗了，還有更多的兄弟等著要來。牛仔無法控制他的眼睛又看了隊長，然後他閉上眼睛轉過去，用一隻手抓著頭。但是約翰・葛瑞迪看著隊長，他首次看到他臉上出現疑慮的神情。隊長開始對牛仔說話，但是他拉著他的衣領，用槍指著他的頭，告訴他如果他再說話，他會就地對他開槍。

你（西班牙語），他說。其他的馬在哪裡。（西班牙語）

牛仔站著望向穀倉堆放乾草的地方。他看起來像是個舞台劇臨時演員，正在背誦著他唯一的台詞。

在拉發艾拉先生（Don Rafael）的莊園裡（西班牙語），他說。

他們一起騎上街，隊長和牛仔一起騎在羅林斯沒有上馬鞍的馬背上，約翰．葛瑞迪騎在他們後面，手像以前一樣銬著。他的肩上背掛著一個多出來的馬勒。他們死氣沉沉地騎過城中心。清早出來在街上掃地的老婦們站著看他們經過。

到他們所說的莊園約有十公里左右，他們早上過了一半時抵達，騎過敞開的大門，經過房屋來到屋後有狗看守的馬房，狗兒在馬匹前又吠又跳。

約翰．葛瑞迪停在獸欄前，除下手銬放在口袋裡，從腰間拔出手槍。然後他下馬打開門，揮手要他們進去。他牽著瓜婁馬進去然後關上門，命他們下馬，用手槍指向馬房。

那建築是新的，以土磚製成，有個高馬口鐵屋頂。後面的門是關上的，欄位有百葉窗遮掩，放乾草的地方沒有什麼陽光。他用槍口推著隊長和牛仔前進。他可以聽見馬在獸欄裡噴氣，頭上屋頂的某處則有鴿子的咕咕聲。

瑞波，他喊著。

馬在馬廄後方對他發出嘶叫。

他作勢要他們往前。走（西班牙語），他說。

他轉過去時一個人影在他們身後的入口出現。

是誰（西班牙語）？他說。

約翰·葛瑞迪移到牛仔後面，用槍管抵著他的肋骨。回答（西班牙語），他說。

路易，牛仔說。

路易？

對。（西班牙語）

還有誰？（西班牙語）

哈武勒。隊長。

那人不安地站著。約翰·葛瑞迪站到隊長後面。還有一個囚犯（西班牙語），他說。

還有一個囚犯（西班牙語），隊長喊道。

一個竊賊（西班牙語），約翰·葛瑞迪低聲說。

一個竊賊。（西班牙語）

跟一匹馬有關。（西班牙語）

跟一匹馬有關（西班牙語），隊長說。

哪匹馬？（西班牙語）

那匹美國馬。

那人站著。然後他走出門口的光。沒人說話。

怎麼回事（西班牙語）？那人說。

沒人回答。約翰・葛瑞迪看著馬房門口後方被陽光照亮的地。他可以看見站在門口那人的影子。然後影子退掉。他聆聽著。他推著那兩個人往馬房後面走。走（西班牙語），他說。

他再度呼喚他的馬，找出牠的欄位所在然後打開門，讓馬出來。馬用鼻子和前額在約翰・葛瑞迪的胸口上推，約翰・葛瑞迪對牠說話，牠嘶鳴著，然後轉身往門口的陽光跑去，沒有戴馬勒或轡繩。他們走出分隔欄時其他兩匹馬從欄位裡探出頭來。第二匹是布雷文斯的大紅棕馬。

他停下來看那隻動物。他肩上還扛著多出來的馬勒，他喚牛仔的名字，從肩上拿下馬勒交給他，要他給馬戴上馬勒並牽牠出來。他知道來到馬廄門口的人看到那兩匹馬站在獸欄裡，一匹上了馬鞍和馬勒，另一匹有馬勒沒馬鞍，他想他一定是去屋裡拿來福槍，可能在牛仔給布雷文斯的馬上好馬勒前就回來了，他料得一點也沒錯。那人在馬廄外再度呼喊時，他喊著隊長的名字。隊長看著約翰・葛瑞迪。牛仔一隻手裡拿著馬勒一隻手臂夾著馬的鼻子站著。

走（西班牙語），約翰．葛瑞迪說。

哈武勒，那人叫道。

牛仔把馬籠頭套過馬的耳朵，手握韁繩站在獸欄門口。

我們走（西班牙語），約翰．葛瑞迪說。

馬房裡掛著一些繩索、牲口套和其他的馬具，他拿了一捆繩子交給牛仔，叫他把其中一端綁在布雷文斯馬的喉革部位。他知道他不必檢查那個人做的任何事情，因爲牛仔不可能做錯。他自己的馬站在門口回頭看。然後牠轉過去看那個貼靠著馬房牆站在外面的人。

誰跟你一起（西班牙語）？那人叫道。

約翰．葛瑞迪從口袋裡拿出手銬，叫隊長轉過去把手放在後面。隊長猶豫了一下並朝門口望。約翰．葛瑞迪舉起槍扳起槍機。

好，好（西班牙語），隊長說。約翰．葛瑞迪迅速將手銬銬在他的手腕上，推他向前，並示意要牛仔牽馬過來。羅林斯的馬出現在馬房門口站著嗅瑞波。牠抬起頭，牠和瑞波看著他們牽另一匹馬走出來。

在日光照進馬房的光影邊緣處，約翰．葛瑞迪從牛仔手中接過繩索。

在這裡等（西班牙語），他說。

好。（西班牙語）

他推著隊長往前走。

我要我的馬（西班牙語），他說。沒有別的。（西班牙語）

沒人答話。

他丟下繩索，拍打馬的臀部，牠側著頭跑出馬房以免踩到拖在後頭的繩子。跑到外面後牠轉過頭來，用前額輕推羅林斯的馬，然後站著看那個畏縮在牆邊的人。那人一定對牠做出驅趕動作，因爲牠又甩頭又眨眼，但卻沒有移動。約翰・葛瑞迪拾起馬拖著的繩子末端，穿過隊長上了手銬的手臂中間，然後上前把繩子半纏在馬房門的樑柱上。然後他走出門，用槍管抵住畏縮在那裡的人的兩眼之間。

那人的來福槍拿在腰間，他把槍扔到地上，舉起雙手。這時約翰・葛瑞迪的腳突然被打了一下，害他倒下。他甚至沒聽到來福槍的槍聲，但是布雷文斯的馬聽到了，牠用後腳站立跳了起來，踩到繩子結果絆倒，重重地摔倒在塵土裡。頭頂上一群停在屋頂三角牆上的鴿子嚇得飛起來，衝向早晨的太陽。其他兩匹馬開始小跑步，瓜婁馬開始沿著籬笆跑。他握住手槍試圖站起來。他知道他被射到了，他想看那人躲在哪裡。另一個人想去拿掉在地上的來福槍，但是約翰・葛瑞迪轉過去手拿著槍撲在他身上，他抓住來福槍然後滾過去，蓋住倒在地上掙扎的馬的頭，不讓牠起來。然後他小心翼翼地抬頭看。

不要射馬（西班牙語），他身後的人叫道。他看見開槍射他的人站在一百英呎遠的空地上一輛卡車的貨床上，來福槍的槍管靠在駕駛座的車頂上。他用槍指著他，那人蹲伏下去，透過駕駛座後方的車窗與擋風玻璃看他。他開槍在擋風玻璃上射了個洞，然後再扳起槍機，用槍指著跪在他後面的人。馬在他下面呻吟。他可以感覺得到馬在他的胃部緩慢穩定地呼吸。那人伸出他的手。不要殺我（西班牙語），他說。約翰・葛瑞迪朝卡車看。他可以看見那人的靴子在車軸下，他就站在車子的後方，他以身體覆蓋住馬，然後對他們開火。那人退到車後輪處，他又再射擊，結果打到輪胎。那人從車子後方越過空地往一間小屋跑。輪胎在早晨的靜寂中發出穩定冗長的漏氣聲，卡車的一腳開始下沉。

瑞波和朱尼爾（Junior）站在馬廄牆邊的陰影裡發抖，牠們的腿微微打開，眼睛轉個不停。約翰・葛瑞迪覆在馬身上，拿槍指著他身後的人並呼喊牛仔。牛仔沒回答，他又再叫他，叫他拿來另一匹馬用的馬鞍和馬勒還有繩子，不然他會殺了那老闆。然後他們都等著。幾分鐘後牛仔來到門口。他在他面前叫他自己的名字，彷彿那是種護身符。

過來（西班牙語），約翰・葛瑞迪叫道。沒有人會去煩他。（西班牙語）

牛仔給瑞波上馬鞍和馬勒時他對牠說話。布雷文斯的馬緩慢而規律地呼吸，他的胃部感到溫暖，他的襯衫被馬的呼吸弄溼。他發現自己跟馬以同樣的節奏呼吸，彷彿馬的一部分就在他的體內呼吸，然後他陷入某種更深沉的共謀之中，他甚至無法給它一個名字。他往下看他的腿。他的褲子被血染紅，地上都是血。他覺得麻木而奇怪但不覺痛苦。牛仔帶著上了馬鞍的瑞波過來給他，他緩緩從馬身上起來，低頭看著牠。牠的眼睛往上轉看著他，看著無止盡而永恆的藍天。他用來福槍撐在地上想辦法站起來。當他把重量放在受槍傷的腿上，一陣劇痛從他身體右側竄上來，他猛力地倒吸一口氣。布雷文斯的馬側著身子吃力地站起來，把繩子拉緊，接著從穀倉傳來一聲哀叫，隊長身子向前彎，搖搖欲墜，他的手臂在他身後被晃動的繩子拉起來，好像是被人用煙燻趕出洞裡的一樣。他的帽子掉在地上，長直的黑髮往下垂，他的臉一片鐵灰，他呼喊他們救他。聽到第一聲槍響而拉動繩子的馬已經把他拉起來，害他肩膀脫臼，他痛得半死。約翰・葛瑞迪站著解開綁在紅棕馬喉革部位的繩子，綁上牛仔拿來的繩子，然後把繩子末端給牛仔，要他把它掛在瑞波的鞍頭上，並把另外兩匹馬牽來給他。他看著隊長。他有點歪斜地坐在地上，手銬在後面。第二個人仍然跪在幾英呎外，雙手舉起。當約翰・葛瑞迪低頭看他時他搖著頭。

他瘋了（西班牙語），他說。

有理（西班牙語），約翰・葛瑞迪說。

他叫他把槍手從小屋裡叫出來，他叫了兩次那人還是不出來。他知道那人一定會阻止他騎馬出去，而且他知道他得先處理一下布雷文斯怕閃電的馬。牛仔牽著馬站著，他接過繩子，把韁繩再交給他，叫他把隊長帶過來，讓他騎上瓜婁馬，他則靠在布雷文斯的馬旁邊喘口氣，低頭看他的腿。當他看到牛仔時，他正設法要隊長上他牽在身後的馬，但隊長賴在地上不從。他舉起槍正要對隊長前面的地上開槍時，他想起了布雷文斯的馬。他再看看那個跪著的人，然後用來福槍當拐杖，蹣跚走到馬的脖子處，從地上拿起瑞波的馬勒繩，把手槍塞進腰帶裡，一隻腳踩上馬鐙站了上去，再把流血的腿甩過馬鞍。他甩得有些用力過頭，因爲他知道如果他第一次失敗了，他是無法再來一次的，他痛得幾乎要大叫出來。他解開鞍頭上的繩子，把馬退到隊長坐的地方。他把來福槍夾在手臂下，眼睛看著來福槍手藏匿的小屋。他倒退時幾乎要跨過隊長的頭頂，就算眞是那樣他也不在乎。他叫牛仔解開馬廄門樑柱上的繩子，拿來給他。他已經看出那兩個人之間出現嫌惡。當牛仔把繩子拿來，他叫他把它綁在隊長的手銬上，他照做後退開。

謝謝（西班牙語），約翰·葛瑞迪說。他把繩子盤繞起來掛在鞍頭上，然後讓馬向前。隊長看到他的情況後站了起來。

等一下（西班牙語），他叫道。

約翰·葛瑞迪往前騎，眼睛看著小屋。隊長看到鬆散在地上的繩子快要被拉光時對著他大叫並開始跑，他的手銬在後頭。等一下（西班牙語），他叫道。

他們騎出門口時隊長騎著瑞波，他騎在隊長後面，手抱住隊長的腰。他們用繩子牽著布雷文斯的馬，另外兩匹馬則被趕在他們前頭。他決心要把四匹馬弄出馬房的院子，就算他死在路上，除此之外他沒想那麼多。他的腿麻掉了而且還在流血，感覺重得像一袋穀物，他的靴子裡都是血。他通過門口時牛仔站在那裡手握著他的帽子，他彎下去從他手中接過帽子戴上，然後點頭。

再見（西班牙語），他說。

牛仔點點頭並向後退。他驅馬向前上路時，他抓著隊長，身體略微側偏把來福槍擺在腰際，一邊還回頭看獸欄。牛仔還站在門口，但是另外兩個人都不見蹤影。坐在他前面馬鞍上的隊長聞起來全身汗臭。他稍微打開他上衣前面的釦子，把手放進去調手臂。他們經過屋子時四周沒有人，但是當他們騎到路上時廚房裡有六個女人和年輕女孩全都在屋子的角落凝視。

在路上他讓朱尼爾和瓜婁馬走在他前面，布雷文斯的馬則用繩子牽在後頭走，他們以小快步回恩坎塔達。他不知道瓜婁馬是否會試著脫隊，他希望把多出來的馬鞍改放在朱尼爾身上，但是現在已經來不及了。隊長抱怨他的肩膀並試圖要搶韁繩，然後他一下說他需要看醫生，一下又說要尿尿。約翰・葛瑞迪正在看身後的路。尿吧，他說。你再臭也臭不到哪去。

過了十分鐘才有騎士追上來，四個人疾駛而來，身體向前傾，一隻手拿著來福槍。約翰・葛瑞迪放開韁繩，轉身用來福槍射擊。布雷文斯的馬站著像一隻馬戲團的馬一樣扭轉身體，而隊長一定是拉了瑞波的韁繩，因爲他就直接停在路中間，約翰．葛瑞迪倒在他身上，差點把他往前推下馬鞍。他身後的騎士正快馬衝上來，他又重新裝塡來福槍繼續開火，這時瑞波已經轉過來面對繩子的拉力，而布雷文斯的馬全然失控，他轉過去用來福槍管重擊隊長的手臂讓他放開韁繩，他拿起韁繩將瑞波掉頭，用來福槍打他，然後又回頭看。騎士離開路面，但是他看見最後一匹馬消失在叢林裡，他知道他們走哪一邊。他彎下去抓住繩子把瞪大眼睛的馬拉近他，將繩索纏繞起來把馬匹穩住，然後再擊打瑞波，兩匹馬並肩快跑，追上他們前面的兩匹馬，一起跑進叢林裡，往城鎭西邊起伏的原野前進。隊長又轉過來抱怨，但是他只是更溫柔地擁抱他可惡的控訴，隊長了無生氣地坐在他前面的馬鞍上搖搖欲墜，讓他的痛苦被當成是玩笑。

他們來到一個寬廣平坦的旱谷，他讓馬放慢速度成慢跑，他的腿痛得很厲害，隊長更是喊著要下來。旱谷面朝東方有陽光處，他們一直走到路開始變窄，石頭越來越多，他前面沒有束縛的馬腳步逐漸謹愼，眼睛看著頭上的斜坡。他趕著牠們前進，他們往上爬，走過從原野邊緣落下的暗石岩，他們登上面北的斜坡，在光禿禿的礫石山脊上他又再緊抓住隊長並回頭看。騎士散開在他底下一英哩遠的原野上，他在他們消失於窪地之前數了一下是六個人而不是四個人。他解開隊長前面鞍頭的繩子，以更大的圈幅重新纏繞。

你一定欠那些王八蛋錢，他說。

他再度驅馬前進，追上其他站在百英呎遠山脊上回頭觀望的馬。沒有路可以通到窪地，在曠野上也沒有地方可以躲。他需要十五分鐘但是他沒有時間。他滑下來抓住聖母莊園的馬，用一條腿在牠後面跛行，馬兒緊張地回頭過來看他。他解開掛在鞍頭的馬勒繩，登上馬鐙，痛苦地將自己拉上馬，然後轉過來看隊長。

我要你跟著我，他說。我知道你在想什麼。但如果你以爲我騎不過你那你就慢慢想吧。如果你被我逮著了，我會把你當成一條狗來鞭打。聽到沒有（西班牙語）？

隊長沒有回答。他擠出一個苦笑，約翰・葛瑞迪點頭。你就繼續笑吧。我死你也死。

他把馬掉頭騎回旱谷。隊長跟在後面。在石頭坡上他下來綁馬，拿出一根香菸點燃，拿著來福槍在落下的石頭和卵石間跛行。在斜坡的下風處他停下來，從腰間拿出隊長的手槍放在地上，他拿出他的刀從他的襯衫上割下一條狹長的布條搓成細繩。然後他把細繩切成兩半，把手槍的扳機往後綁。他纏得很緊好壓下保險栓，並且折斷一根枯枝，把另一條細繩綁上，剩下的繩子末端則綁在手槍的撞針上。他把一個大石頭放在枝條上固定，讓手槍上的細線把撞針扳起，然後把手槍放下，用一塊石頭壓住它，等他慢慢放手手槍就這麼被固定了。他吸了好幾口菸好讓菸燒起來，接著小心翼翼地把菸放在細線上，然後退後撿起來福槍，轉身跛行回到馬匹站的地方。

他拿起水壺，取下瓜婁馬頭上的馬勒並抓住牠，撫摸馬的下巴。我討厭丟下你，夥伴，他說。你很乖。

他把水壺遞給隊長，將馬勒甩掛在他的肩上並伸出一隻手，隊長低頭看他，然後伸出他還好好的那隻手，他掙扎地上馬坐在隊長後面，伸過手去拿韁繩，然後把馬掉頭再騎上山脊。

他趕上沒上馬具的馬，把牠們趕下山脊到開展的原野上。地表是火山礫石，不容易追查馬的足跡，但也不是不可能。他用力趕著馬。沖積平原再過去兩英哩處有一個地勢低的岩石台地，他可以看見樹木與可能的崎嶇土地。還沒走到一半他就聽到他所期待的手槍擊發聲。

隊長，他說。你剛剛爲普通人開了一槍。

他遠遠看到的樹是一條乾河道的幾個斷流處，他趕著馬匹穿過林子進入一叢棉白楊樹林，然後把馬掉頭停下來看他們走過的平原。目光所及不見有任何騎士。他看看南邊的太陽，判斷距離天黑還有四小時。馬兒很熱而且嘴角冒泡，他再回頭看一次開闊的原野，然後再跟上其他兩匹馬，牠們在上游柳樹林邊一個河床水坑旁站著喝水。他騎到牠們旁邊然後從馬上溜下來到地面，抓住朱尼爾並取下他肩上的馬勒給牠套上，然後用來福槍示意要隊長下馬。他解開馬的肚帶，把馬鞍和毯子拉到地上，撿起毯子放在朱尼爾身上，然後靠在牠身上喘氣。他的腿開始疼得很厲害。他把來福槍靠在馬上，撿起馬鞍設法給馬披上，他拉好肚帶然後休息一下，他和馬都喘口氣，接著他再拉一次肚帶後就繫緊它。

他拿起來福槍然後轉向隊長。

你想喝水就去喝吧，他說。

隊長捧著他的手臂走過馬匹，他跪下來喝水，用他好的那隻手舀水沖洗他的頸背。他站起來時看起來很嚴肅。

你爲何不把我留在這裡？他說。

我才不留你在這。你是人質。

什麼？（西班牙語）

我們走。

隊長猶豫不決地站著。

你爲什麼要回來？他說。

我是爲我的馬回來的。我們走。

隊長對他腿上的傷點頭，傷口還在流血。整條褲管都是血。

你會死的，他說。

那交給神來決定。我們走。

你不怕神？

我沒有理由怕神。我甚至跟祂還有一、兩個恩怨要解決。

你應該懼怕神，隊長說。你不是執法人員。你沒有權威。

約翰．葛瑞迪用來福槍支撐站立。他側身吐口水並看著隊長。

上馬，他說。你騎在我前面。你敢離開我的視線我就開槍打你。

黃昏時他們來到恩坎塔達山的山麓丘陵。他們在岩石下方沿著一條乾水道走，小心地走過沖積地上傾倒的卵石擋水牆，來到中間的一個石壩，裡頭躺著淺淺的一盆水，又圓又黑，夜晚的星星就靜靜地躺在裡頭。沒戴馬具的馬不安地走在盆地的淺石頭坡上，對水吐氣然後喝水。

他們下馬走到石壩的另一頭，趴在被太陽曬得熱熱的石頭上喝水，水又涼又柔，像絲絨一樣的黑，他們用水洗臉和頸背，看馬喝水，然後自己又喝。

他把隊長留在水池處，用來福槍支撐著走回旱谷，收集被水沖掉的枯柴枝，再蹣跚走回到盆地的高處生火。他用帽子煽火並堆積更多的木柴。火光下站在水邊的馬身上裹著一層乾掉的汗，像鬼魅般移位，眨著牠們紅紅的眼睛。他看著隊長。隊長側躺在盆地光滑的石頭斜坡上，好像爬不到水邊似的。

他跛行到馬匹旁邊拿繩子，坐下來用刀子切成一段段來綁馬的前腳。然後他取出來福槍所有的子彈放在他的口袋裡，拿了一瓶水回到火堆旁。

他煽了煽火，從腰帶上拿出手槍，拉開旋轉彈膛的保險閂，把上膛的彈膛和保險閂放進口袋裡跟來福槍的子彈一起。然後他拿出他的刀，用刀尖轉開槍柄的螺絲，把槍柄和螺絲放進他另一個口袋裡。他用帽子煽火中心的餘燼，用一根木棒攪動，然後他彎腰把手槍的槍管插進火中。

隊長坐起來看他。

他們會找到你的，他說。在這個地方。

我們不會留在這裡。

我騎不了馬了。

你會對自己的能耐感到驚訝的。

他脫下襯衫拿到石壩邊沾溼後回到火邊，他再用帽子煽火，然後他拉下靴子，解開腰帶，褪下長褲。

來福槍的子彈進入他的大腿靠外側處，子彈出口在背面，他腿一翻過來就可以清楚看到兩個傷口。他拿起溼的襯衫非常小心地擦掉血直到傷口明顯地露出來，像面具上的兩個洞一樣。傷口周圍的部位都變色了，在火光下呈現藍色，周圍的皮膚則是黃色的。他彎身插一隻木棒到槍管裡把槍管弄出火堆來放在他的身影中，他看了一眼然後又把它放回去。隊長手捧著手臂坐著看他。

等一下這裡會有點吵，他說。小心別被馬踩到了。

隊長沒有回答。他看著他在煽火。等他再從火中抽出手槍時，槍管末端被燒得火紅，他把它放在岩石上，迅速以溼襯衫包著槍柄拿起來，把火紅的槍管塞進他腿上的洞裡。

隊長不是不知道他要做什麼就是知道但不相信。他想站起來卻往後倒，差點滑進石壩裡面。約翰．葛瑞迪在槍金屬燒進肉裡之前就已經開始大叫。他的叫聲讓夜裡他們四周其他較小的生物閉上了嘴，在黑暗中馬匹全都跳了起來，恐懼地蹲伏著嘶叫，在地上挖著星星，他吸了一口氣後再度哀號，把槍管塞進第二個傷口，一直到金屬開始冷卻，然後他朝側面倒下，讓手槍掉在石頭上，然後滾下盆地，在嘶嘶聲中消失在池裡。

他用牙齒咬住拇指有肉的一端，痛得發抖。他用另一隻手去拿站在石頭上、瓶蓋已經打開的水瓶，把水倒在他的腿上，聽見肉發出像烤肉一樣的嘶嘶聲，他抱住腿，讓水瓶掉下去，他站起來，輕柔地喚著他馬的名字，他在石頭上跌跌撞撞地站不穩，他希望能減輕馬心裡的恐懼。

當他轉回去要撿倒在石頭上、水不斷流出來的水瓶，隊長用他的靴子把瓶子踢開。他抬頭看。他拿著來福槍站在他面前。他用腋窩夾著槍，用槍比了個向上的動作。

起來，他說。

他從岩石上站了起來，越過水槽望著馬匹。他只看見兩匹，他想第三匹一定是跑下了旱谷，他看不出是哪一匹不見了，但是猜想是布雷文斯的馬。他抓住他的腰帶，設法把槍膛再裝上。

鑰匙在哪裡？隊長說。

他從岩石上撐起身體站起來，轉過去拿走隊長手上的來福槍。撞針發出悶悶的金屬彈擊聲。

回去那裡坐下，他說。

隊長猶豫了一下。那人的黑眼睛轉向火堆，他可以看見其中的算計，一陣劇痛湧上，他心想要是槍上了膛他可能把他給殺了。他抓住手銬中間的鏈子把那人甩出去，隊長發出低聲的叫喊，捧著手臂，身體向前跌撞出去。

他拿出子彈坐下來重新裝填來福槍。他一次裝一顆子彈就又流汗又喘，他設法集中注意力。他不知道原來痛苦會讓人變笨，他還以爲應該是相反才對。等他把來福槍上膛後，他拾起溼襯衫，用它從火堆裡拿起一根火把來到水槽邊，他站著把火把伸到水面上。石池裡的水非常清澈，他看得到手槍，他辛苦地彎下去撿起手槍，插進他的腰帶裡。他走進水槽裡直到水深及他的大腿，那已經是最深處，他站在那裡讓長褲上的血褪去，傷口上的火消退，一邊還對他的馬說話。馬兒蹣跚地走到水邊站著，他站在黑漆漆的水池中，來福槍扛在肩上，手裡握著火把直到它熄滅，然後他站在那裡握著火把彎曲的橘色餘燼，一邊還在對馬說話。

他們丟下燃燒的火騎下窪地，找到布雷文斯的馬然後繼續趕路。他們來時的南邊天空多雲變陰，空中飄起雨來。他騎在瑞波沒上馬鞍的背上走在他們小隊伍的前頭，他不時停下來聽，但是什麼聲音也沒有。他們身後水池邊的火已經看不見了，只剩下石頭反射出來的火光，隨著他們越走越遠，火光在沙漠漆黑的夜裡漸漸變弱，最後全然消失。

他們騎出沖積地沿著面南的山坡走，遍地漆黑寂靜一望無盡，山脊上的高蘆薈一個個陰鬱地退到他們身後。他想時間應該是已經過了午夜。他不時回頭看隊長，但是隊長騎在羅林斯馬的馬鞍上搖搖欲墜，看似被這一趟搞得非常衰弱。他們繼續騎著。他把溼襯衫打結打在腰帶上，他上半身赤裸地騎著，他很冷，他告訴馬這會是個漫漫長夜，結果的確是。夜裡他睡著了。來福槍掉下來打在石地上的聲音驚醒了他，他勒住馬掉頭往回騎。他低頭看著來福槍。隊長停下羅林斯的馬看著他。他不確定他能否再爬上馬，他考慮把來福槍留在那裡。最後他滑下馬撿起來福槍，然後牽馬到朱尼爾的旁邊，叫隊長抽出他在馬鐙上的腳，他用那個馬鐙騎上他自己的馬，然後他們又繼續騎。

黎明時他獨自坐在山坡的礫石面上，來福槍靠在他肩上，水壺在他腳邊，看著沙漠大地在灰光中變形。台地和平原，東方山脈的黑影，其後有太陽正在升起。

他拾起水壺，扭開瓶塞喝水，然後拿著水壺坐著。然後他又再喝。陽光的光束越過東方山脈的石丘射出，落在五十英哩遠的平原上。沒有東西移動。對面一英哩遠的山谷斜坡上有七隻鹿站著看他。

他坐了許久。等他爬回山脊上的杉木林他放馬的地方，隊長正坐在地上，看起來筋疲力竭。

我們走，他說。

隊長抬起頭。我走不下去了，他說。

我們走，他說。可以休息一下但要繼續走。我們走（西班牙語）。

他們騎下山脊沿著一條又長又窄的山谷走想找水，但是沒有水。他們出谷往東走，太陽已經升上天，他的背感覺很舒服，他把襯衫綁在腰上好讓它乾。等他們走到山谷頂端時早上已經過了一半，馬匹已經虛弱不已，他想到隊長可能會死。

他們找到的水是在一個石製的儲存槽裡，他們下馬從給水管喝水並餵馬喝水，坐在水槽邊枯死扭曲的橡樹林蔭下觀看他們底下曠野。約一英哩遠有幾隻牲畜站著。牠們看著東方，沒有在吃草。他轉過去看牠們在看什麼但是什麼也沒有。他看看隊長，一個灰色乾縮的身子。一隻靴子的鞋跟不見了。火在他的褲管上留下黑色的條紋和灰燼的痕跡，他扣起來的皮帶繞掛在他的脖子上，被他用來吊他的手臂。

我不會殺你的，他說。我不像你。

隊長沒有回答。

他站起來從他的口袋裡拿出鑰匙，他以來福槍來平衡他自己，跛行過去彎腰抓住隊長的手腕解開手銬。隊長低頭看他的手腕。手腕因爲手銬都變色破皮了，他坐在那裡輕輕地揉。約翰・葛瑞迪站在他之上。

襯衫脫掉，他說。我要把那個肩膀拉一拉。

你管我（西班牙語）？隊長說。

襯衫脫掉。（西班牙語）

隊長搖頭並且像抱著小孩一樣捧著他的手臂。

別對我不爽。我不是要求你。我是告訴你。

什麼？（西班牙語）

沒有其他的辦法。（西班牙語）

他把隊長的襯衫脫下攤開，讓他躺在上面。肩膀嚴重變色，他的整個上臂都是一片深色瘀青。他抬頭看。珠狀的汗珠在他前額發亮。約翰·葛瑞迪坐下來，把穿靴子的腳放在隊長的腋窩處，從手腕和手肘抓住隊長的手臂，輕微地扭轉。隊長看著他，像是一個從懸崖上掉下去的人。

別擔心，他說。我的家人幫墨西哥人治病已經有一百年的歷史。

如果說隊長下定決心不要叫出來，他並沒有成功。馬兒開始亂竄，想躲到別的馬後面。他起來抓住自己的手臂，好像要討回來似的，但是約翰·葛瑞迪聽到接合的聲音，他抓住肩膀繼續扭轉手臂，而隊長則是甩著他的頭喘氣。然後他放開他，拿著來福槍站起來。

弄好了嗎？隊長喘著說。

對。都好了。

他捧著手臂，躺著眨眼。

穿上你的襯衫起來吧，約翰・葛瑞迪說。我們不是要在這裡等你的朋友出現。

他們攀登上矮丘經過一個小牧場，他們下馬走過一處荒廢的玉米田找到一些甜瓜，坐在布滿石頭而且被侵蝕的犁溝上吃瓜。他在田裡收集甜瓜，拿到馬站的地方，在馬腳邊的地上開瓜給馬吃，他用來福槍支撐站立，往房子望去。院子裡有一些火雞走來走去，房子後面有獸棚，裡頭有幾匹馬。他回去找隊長，他們上馬繼續騎。當他從牧場上方的山脊上回頭看時，他看到莊園其實很大。房屋後面還有多棟建築，他可以看見籬笆、土牆和灌溉溝渠圍起來的四合院。幾隻四肢瘦長、身體乾癟的牲畜站在灌木叢裡。他聽見一隻公雞在正午的炎熱中啼叫。遠遠地他聽見有敲擊金屬的聲音，像是某人在鑄鐵廠裡一樣。

他們踩著沉重的腳步上山。他把來福槍的子彈退出免得還要扛槍，把槍綁在隊長騎的那匹馬的馬鞍邊，他把被火烤焦的手槍重新組合上膛，放在他的腰帶裡。他騎著布雷文斯的馬，這隻動物的步伐輕快，他的腿還在痛，但那是唯一可以讓他醒著的辦法。

向晚時他坐在台地的東緣，趁馬休息時觀察一下四周。一隻鷹和鷹的影子像紙鳥一般滑過底下的山坡。他觀察著遠方的土地，過一會兒他看見幾個騎士出現。他們可能在五英哩遠處。他看著他們，他們消失在一條通路或陰影之中。然後他們又出現了。

他上了馬，他們繼續騎。隊長睡在馬鞍上搖搖欲墜，手臂掛在腰帶上晃來晃去。高地上比較涼爽，等太陽下山後一定會變冷。他繼續趕路，天黑前他們在北面山坡找到一個深的溪谷，他們下馬來在石頭間發現不流動的水，馬兒蹣跚地爬過去站著喝水。

他卸下朱尼爾的馬鞍，把隊長的手銬銬在木製的馬鐙上，告訴他他可以隨便走到他可以扛著馬鞍走得到的地方。然後他在石頭上升火，在地上踢出一塊地方好坐下，然後躺下伸展他發疼的腿，手槍插在腰帶上並且閉上眼睛。

在他的睡夢中他可以聽見踩在石頭間的聲音，他可以聽見牠們在暗處的淺池裡喝水的聲音，該處的石頭光滑而成直線平躺，像是歷史古蹟一般，牠們口中滴下的水聲音就像水滴在井裡一樣，他在夢裡夢到馬，他夢中的馬在傾斜的石塊中嚴肅地移動，宛如來到古蹟的馬，目睹昔日世界秩序崩解，如果石頭上留有任何紀錄，也都被天氣給帶走了，馬兒小心翼翼地移動，身上留著謹慎的血液，將此地像其他牠們曾經走過而且會再走過的地方一樣記在心裡。最後他在夢裡看見的是馬心中的秩序比任何不會下雨的地方所留下來的記載都要來得持久。

他醒來時眼前站著三個人。他們肩上披著彩色毛毯披肩，其中一人握著空的來福槍，他們全都佩戴手槍。火堆裡添了他們加的樹枝但是他非常冷，他不知道自己睡了多久。他坐起來。拿來福槍的人抓住他的手指拉著他的手。

鑰匙拿來（西班牙語），他說。

他把手伸進口袋拿出鑰匙交出來。他和其中一人走到離火較遠、隊長被銬在馬鞍上的地方。第三個人站在他旁邊。他們釋放了隊長，拿來福槍的人走回來。

哪些馬是他的（西班牙語）？他說。

都是我的。（西班牙語）

那人在火光中注視他的眼睛。他回到其他人那裡，他們討論了一下。等他們走到隊長那裡，隊長的手被銬在後面。拿來福槍的人打開槍膛，等他看到裡頭是空的，他把槍靠在石頭上。他看著約翰·葛瑞迪。

你的毛毯披肩在哪裡（西班牙語）？他說。

沒有。（西班牙語）

那人解開他自己肩上的毯子，以鬥牛時引牛用的緩慢動作舞動毯子，然後遞給他。然後他轉過去，他們走出火光到暗處裡他們停馬的地方，那裡還有他們的同伴和其他的馬。

你們是誰（西班牙語）？他喊道。

給他毛毯披肩的那人轉向火光的光線邊緣並觸及他的帽緣。這個地方的人（西班牙語），他說。

然後他們全走了。

這個地方的人。他坐在那裡聽著他們騎出溪谷然後消失。他再也沒見過他們。早上他給瑞波上馬鞍，趕著其他兩匹馬在前面，他騎出溪谷沿著台地往北走。

他騎了一整天，他前面的天空陰陰的，從平地吹來一陣涼風。他重新裝填來福槍，把槍靠在馬鞍上拿著，肩上披著毛毯騎在馬上，緩緩地趕著他前面沒人騎的馬。到了傍晚整個北方都是黑鴉鴉的一片，風很冷，他小心地走過草木稀疏的窪地和崎嶇的火山岩，他在又冷又藍的黃昏中坐在一個高地斜坡上，來福槍放在膝上，而被下樁固定的馬則在他身後吃草，在最後一小時的餘光下就來福槍可以瞄準的距離內，五隻鹿來到斜坡上豎起耳朵站立，然後低下頭吃草。

他挑了最小的母鹿開槍。布雷文斯的馬從他綁牠的地方跳起來嚎叫，坡上的鹿都跳走，消失在黃昏中，而那隻小母鹿躺在地上踢腳。

當走過去時牠躺在草地上的血泊中，他拿著來福槍跪下，把手放在牠脖子上，牠看著他，眼睛溫暖而溼潤，眼裡沒有恐懼，然後牠就死了。他坐在那裡注視牠許久。他想起隊長，不知他是否還活著，然後他又想起布雷文斯。他想起亞莉珊卓，他記得第一次看到她於傍晚時騎在沼澤路上，她的馬因為她騎過湖中還溼溼的，他記得站在草地上的鳥和牲畜，以及台地上的馬群。天色漸暗，山坡上吹來一陣冷風，在逐漸消逝的光線中，大地冷青的色澤讓母鹿的眼睛成為黑暗中最明顯的一樣東西。草和血。血和石頭。石頭和一開始幾滴雨打在石頭上所形成的圖案。他想起亞莉珊卓以及他初次從她傾斜的肩上所看到的悲傷，他原以爲他瞭解那悲傷但他其實不解，他感受到他自己自小從未曾有過的寂寞，他覺得他完全自外於這個世界，即使他仍然愛著這世界。他認爲在世界的美麗之中藏著一個祕密。他認爲世界的脈動是有極大代價的，世界的苦痛與美麗之間有一種分歧的平等關係，在這種不顧後果的短缺之中，爲了追求單單一朵花的美最終可能要一大群人付出血的代價。

早上天空晴朗，天氣非常冷，北邊的山出現雪。他醒來時他發現他知道父親死了。他把炭火耙平，把火吹旺起來，烤從鹿後腿上切下來的肉，然後披上毯子坐著吃，一邊看著他騎過的南方土地。他們繼續上路。中午時馬兒踏進雪中，路上都是雪，馬踩破小徑上薄冰，融掉的雪水流向黑如墨汁的黑溼地，他們步步艱辛地走在被陽光照得發亮的雪地裡，騎過陰暗的樅木林，順著時而有陽光時而樹木遮天的北斜坡往下走，空氣中有松香和潮溼石頭的味道，沒有鳥的鳴叫。

傍晚下山時他看見遠方有光，他繼續趕著馬沒有停下腳步，在靜夜中，筋疲力竭的他和馬來到洛比科鎮（Los Picos）。

單一的一條泥土街道因最近下雨而留下凹痕。一條很髒的林蔭道上有一個爛樹枝搭起來的涼亭和幾張舊鐵凳子。林蔭道上的樹才剛剛被刷上石灰水，上半部的樹幹因爲幾盞燈照不到而黑黑的看不到，但是整個樹被照亮的感覺看起來像是剛做好的石灰假樹道具。馬兒腳步沉重地踏在街上土乾掉的痕跡上，他們所經過的柵門和門後方的狗對他們吠叫。

他早上醒來時很冷，天又在下雨。他露宿在鎮的北邊，他醒來時身上又溼又冷又臭，他給馬上鞍，裹著披毯騎回鎮上，前頭趕著兩匹馬。

在林蔭道上有幾張小的錫製折疊桌被打開放著，年輕的女孩在上面串紙絲帶。她們被雨打溼，她們在笑，她們把縐紋紙拋過鐵線再繞回來，紙上的顏色脫落，弄得她們的手有紅有綠有藍。他把馬綁在他前一晚經過的店舖前，進去買一包燕麥給馬吃，他借了一個鍍鋅的水桶來餵馬喝水，他站在林蔭道上倚著來福槍看馬喝水。他以爲他會引起某些人的好奇但是他看到的人只是嚴肅地對他點頭就走過去了。他把水桶提回店裡，走到街上的一家小咖啡店，進去坐在三張小木桌中的其中一張。咖啡店裡的地板沾滿最近下雨的泥巴，他是唯一的顧客。他把來福槍靠牆放，點了炒蛋和一杯巧克力，他坐著等食物送來，然後慢慢地吃著。食物在他吃來感覺很油膩，巧克力裡加了肉桂，他喝完後再叫一杯，包起一片玉米餅來吃，一邊看著站在對街廣場上的馬還有女孩子。她們在涼亭上掛彩帶，看起來像是結了花彩的樹叢。店主人對他十分客氣，給他剛出爐的熱玉米餅，並告訴他即將有一場婚禮，要是下雨就掃興了。他問他從哪裡來的，知道他走那麼遠的路感到很驚訝。他站在空的咖啡店窗口看廣場上的活動，他說幸好神不讓剛起步的年輕人知道生命的眞相，不然他們可能根本無心起步。

十點左右雨停了。林蔭道上的樹滴著水，彩帶也被沾溼了。他跟馬站在一起，看著辦婚禮的一群人從教堂出現。新郎穿著一套對他來說太大的黑色西裝，他看起來不會不安但有點鹵莽，好像不太習慣穿衣服。新娘害羞地貼近他，他們站在階梯上拍照，穿著舊的正式服裝站在教堂前拍照，他們看起來已經像舊照片一樣。在那荒涼村子中的雨天黑白照裡，他們立即變老。

在林蔭道上一個披著黑色大披巾的老婦正在收金屬桌椅好讓水乾掉。她和其他人開始從提桶和籃子裡取出食物來擺放，三個樂手組成的隊伍穿著弄髒了的銀白色西裝拿著他們的樂器站在一旁。新郎牽著新娘的手幫助她跨過教堂階梯前的水窪。水中出現他們在灰色天空下的灰色身影。一個小男孩跑出來踩在水坑裡，把泥水噴在他們身上，然後跟著他的同伴跑開。新娘緊抓著她的丈夫。他繃著臉看著這群男孩離去但也無可奈何，她低頭看她的禮服再看看他，然後她笑了。然後做丈夫的也笑了，其他的人也跟著笑起來，他們笑著走過街道，彼此相視，然後進入林蔭道上入席，樂手則開始演奏。

他用最後剩下的錢買咖啡、玉米餅、罐頭水果和豆子。罐頭在架上放久了，上面都是灰塵，標籤也褪色了。等他走到街上，婚禮的人都已入座用餐，樂手也停止演奏，蹲在一起用錫杯喝東西。一個獨自坐在凳子上，看起來不像是辦婚禮的人聽見路上緩慢的馬蹄聲時抬起頭來，對著帶著毛毯和來福槍經過的蒼白騎士揮手，他也對他揮手，然後繼續騎。

他騎過最後一排低矮的土造房子後往北走，一條泥路通往貧瘠的礫石山，蜿蜒崎嶇，最後終止於一個廢棄礦場，盡是些生鏽的管子、唧筒和舊的木料。他繼續穿越高地，傍晚下北斜坡騎到平原上，雨後生出的橄欖莊嚴地立在一起，彷彿在那塊無人居住的荒野上已經立了有千年之久，比該處的任何生物都要來得老。

他繼續騎，兩匹馬跟在後面，趕起停在水窪裡的鴿子，太陽從西邊陰霾的天空下降，紅色的光輝薄薄的一層浮在天邊的山脈之上，像是血液掉進水裡一般，被雨洗刷過的沙漠在暮色中變得金黃，然後變黑，坡地也慢慢染黑，順著山勢一路一直黑到南邊的墨西哥。他走過的沖積平原四周被落下的暗色岩包圍，在日暮中小沙漠狐狸跑出來坐在石牆邊，像肖像一樣安靜威嚴，看著黑夜到來，鴿子在刺槐上叫著，然後天黑了，一切無聲靜止，黑暗中只有馬的呼吸聲和馬蹄聲。他把馬頭對著極星繼續騎，他們騎過東方的滿月，叢林狼嚎叫聲四起，回應從他們走過的南邊平原傳來的叫聲。

他在細雨中跨越就在藍崔德州西邊的河流。風從北邊來，天氣寒冷。站在河流斷流處的牲畜動也不動。他順著牲畜踩出的小徑走到柳樹林，跨越蘆葦叢來到灰色的水在沙洲上交織成網狀的地方。

他觀察河流裡的冷灰色激流，然後下馬鬆開馬的肚帶，跟許久以前一樣脫下褲子把鞋子塞進褲管裡，然後他再放進他的襯衫、外套和手槍，以腰帶在褲腰處拉緊。然後他把褲子甩在肩上，裸身扛著來福槍上馬，把未上馬具的馬趕在前頭，然後推著瑞波下到河裡。

他騎上德州的領土時又蒼白又顫抖，他讓馬稍稍停下來，觀望北邊的平原，該處的牲畜已經從那片蒼白的原野上蹣跚地步行出現，輕聲地對馬呼號，他想起他死在那塊土地上的父親，他在雨中裸身騎在馬上哭泣。

當他騎進藍崔時已是下午，天還在下雨。他第一樣看到的東西是一輛載貨小貨車，車子的引擎蓋翻起來，有兩個人試著要發動車子。其中一人抬頭看他。他看起來一定是像某個從過去冒出來的鬼，因爲他用手肘推另外一個人，他們倆一起看他。

你好，約翰・葛瑞迪說。不知道你們可不可以告訴我今天是哪一天？

他們倆互相看著對方。

今天是星期四，第一個人說。

我是指日期。

那人看著他。他看看站在他後面的馬。日期？他說。

對。

今天是感恩節，另外一個人說。

他看著他們。然後轉過去看街道。

那邊的咖啡店開著嗎？

對，開著。

他從馬鞍前端抬起手，正要抽馬時停了下來。

你們倆有沒有人想要買來福槍的？他說。

他們倆互相看著對方。

厄爾（Earl）可能會向你買。他常常會幫別人忙。

開咖啡店的人？

對。

他摸了一下帽緣。謝謝，他說。然後他驅馬向前走，讓沒戴馬具的馬跟在他後面。他們看著他走。兩人都沒說話因爲沒什麼好說。拿著扳手的那個人把扳手放在擋泥扳上，他們倆都站著看一直到他轉彎進咖啡店沒得看爲止。

他在邊境騎了好幾星期尋找馬的主人。在耶誕節前在歐桑納（Ozona）有三個人取得拘票，該區警長扣留了那隻動物。調查庭在舊石造法庭的法官辦公室舉行，書記員宣讀罪狀和人名，法官轉過去低頭看約翰·葛瑞迪。

孩子，他說，你有律師嗎？

法官大人，我沒有律師，約翰·葛瑞迪說。我不需要律師。我只需要告訴你關於這匹馬的事。

法官點點頭。好吧，他說。你說吧。

是。如果不介意的話我想從頭說。從我第一次看見這匹馬說起。

你說我們就聽，開始吧。

他說了將近半小時。他說完時問可不可以要一杯水。沒有人說話。法官轉向書記員。

艾米爾（Emil），給這孩子一杯水。

他看他的筆記然後轉向約翰・葛瑞迪。

孩子，我要問你三個問題，如果你能回答那馬就是你的。

是。我會試試看。

你不是知道就是不知道。說謊的人最怕記不得他說過些什麼。

我沒有說謊。

我知道你沒有。這只是爲了文字紀錄而已。我不相信有人能編得出你剛剛告訴我們的故事。

他再戴上眼鏡，然後他問約翰・葛瑞迪聖母莊園有幾公頃。然後他問莊園廚娘的丈夫叫什麼名字。最後他放下筆記問約翰・葛瑞迪有沒有穿乾淨的短襯褲。

法庭裡傳出抑制的笑聲，但是法官並沒有笑，該區首長也沒有。

是的。我有。

現場沒有女人在，如果你不會覺得很不好意思的話，我要你給大家看看你腿上的彈孔。如果你不願意我就問你別的。

是，法官大人，約翰・葛瑞迪說。他解開腰帶脫下褲子到膝蓋，把他的右腿轉成側面對法官。

好了，孩子。謝謝你。去拿你的水。

他拉起褲子扣上鈕釦，繫回腰帶，從桌上拿起書記員放的水來喝。

眞是難看的彈孔，法官說。你沒有看醫生？

沒有。沒有醫生可看。

我想也是。你沒生疽就算走運了。

是，法官大人。我把傷口燒得滿好的。

燒？

對。

你用什麼燒？

一根槍管。我用一隻熱槍管燒。

法庭上一片鴉雀無聲。法官向後靠。

警長依判決把涉案的財產還給柯爾先生。史密斯先生，你監督這孩子取回他的馬。孩子，你可以離去了，法庭感謝你的證詞。我從這一郡是郡開始就當法官，從那時起我就聽過許多讓我懷疑人類的事情，但是這次不一樣。餐後我要在我的辦公室見本案的三個原告。也就是一點鐘。

原告的律師站起來。庭上，這顯然是個弄錯人的案子。

法官蓋上他的筆記本站起來。是的，他說。完全搞錯了。調查庭結束了。

那晚他在屋子門口還有燈火時敲法官的門。一個墨西哥女孩來應門問他要做什麼，他說他想見法官。他用西班牙文說，她以一種冷峻的態度用英文對他重複一次並且叫他等。

法官出現在門口時還穿著衣服但罩了件法蘭絨浴袍。即使他很驚訝在門口看到這個男孩，他也沒有表現出來。他打開紗門。

進來，孩子，他說。進來。

我不想打擾你。

沒關係。

約翰・葛瑞迪握著他的帽子。

我不會出去的，法官說。如果你要見我最好進屋來。

是，法官大人。

他走進一條長廊。一個有欄柱的樓梯出現在他右手邊通往樓上。屋子有煮東西和家具上光劑的味道。法官腳上穿著皮拖鞋，他靜靜地走在鋪了地毯的走道上，進入左邊一扇敞開的門。房間裡都是書，壁爐裡點了火。

我們來這裡，法官說。狄克西（Dixie），這位是約翰・柯爾。

一個白髮婦人在他進門時起身對他微笑。然後她轉向法管。

我要上樓了，查爾斯（Charles），她說。

好的，媽媽。

他轉向約翰‧葛瑞迪。坐下，孩子。

約翰‧葛瑞迪坐下，帽子擺在他腿上。

他們坐著。

說吧，法官說。現在是最好的時刻了。

是的。我想我首先要說的是你在法庭上說的話有些困擾我。好像我什麼事情都對，我不覺得是那樣。

那你覺得怎麼樣？

他低頭看著他的帽子。他坐著很久不發一言。最後他抬起頭來。我不覺得證明了自己是清白的。

法官點點頭。馬的事情你可沒騙我吧？

沒有。不是那件事。

那是什麼？

大人。我想是那個女孩。

好吧。

我幫那個人工作而且我尊敬他，他從沒有抱怨過我幫他做的事情，他對我眞的很好。那人爬上我工作的高地牧場，我相信他是打算要殺我的。是我讓事情發生的。沒有別人正是我。

你不是在家人允許的狀況下得到這女孩子的吧？

不是。我愛她。

法官嚴肅地點頭。可是，法官說。你可以愛她但還是跟她上床。

是的。

法官看著他。孩子，他說，我覺得你是那種傾向對自己有點嚴厲的人。從你所告訴我的，你的確盡了全力保住性命離開那裡。也許最好的做法可能就是拋掉這一切繼續活下去。我爸曾經告訴過我不要去咀嚼正在吞食你的東西。

是，大人。

還有別的事情對不對？

是的。

是什麼事？

我在監獄的時候殺了一個男孩。

法官往後靠在他的椅子上。那麼，他說。聽到此事我很遺憾。

我一直感到不安。

你一定是遭到挑釁。

是的。但是那沒有用。他想用刀子殺我。我只是碰巧打敗了他。

你爲何會不安？

我不知道。我一點也不認識他。我連他的名字都不曉得。他也許是個好男孩。我不知道。我不知道他應該死。

他抬起頭。他的眼睛在火光下溼溼的。法官坐著看他。

你知道他不是個好男孩。不是嗎？

是，大人。我想是的。

你不會是想做法官吧？

不，大人。我一點也不想。

我也不想。

大人？

我不想做法官。我以前是在聖安東尼奧執業的年輕律師，我爸生病時我回到這裡做郡檢察官。我當然沒想要做法官。我想我的感覺跟你一樣。我現在還是。

你是怎麼改變主意的？

我不知道自己改變了主意。我只是在法院系統裡看到很多不公平處，我看到跟我一樣年紀的人不明究理地就站在威權的地位上。我想我是沒有選擇的。就是沒有什麼選擇。一九三二年我把本郡的一個男孩送到杭斯維爾（Huntsville）坐電椅。我想一想。我不認爲他是個好孩子。但是我想一想。我會再這麼做嗎？是的，我會的。

我幾乎又再做一次。

做什麼，殺人嗎？

是的。

那位墨西哥隊長？

是的。隊長。管他是什麼。他是他們所謂的保護人。甚至不是個眞正的治安官。

但是你沒殺人。

沒有。我沒殺人。

他們坐著。火已經生成焦炭。外面正颳著風，他很快就得出去走在風中。

不過我沒有下定決心要那樣做。我告訴我自己我下定了決心。但是我沒有。我不知道如果他們沒有來帶他走的話會發生什麼事。我想他最後還是會死。

他從爐火抬頭看法官。

我甚至沒有生他的氣。或是我不覺得我有生氣。他槍殺的那個男孩，我根本不怎麼認識。我感覺很不好。但是他跟我沒什麼關係。

你爲何會覺得自己想殺他？

我不知道。

那麼，法官說。我想那是你和上帝之間的事。你說是吧？

是的。我的意思不是我想要一個答案。或許根本沒有答案。我只是不想讓你覺得我很特別。我不是的。

有這種煩惱倒也不錯。

他拿起他的帽子用兩隻手捧著。他看起來像是要起身但是他沒有站起來。

我想殺他的理由是因爲我站在那裡讓他帶著那個男孩到樹林裡去殺他，我卻一句話也沒說。

那會有什麼用嗎？

不會。但是那不表示我那樣做是對的。

法官從椅子上彎向前去拿立在爐床上的撥火棒撥炭火，然後把撥火棒放回去，雙手交叉看著男孩。

如果今天我的判決不利於你你會怎麼做？

我不知道。

我想那是個誠實的答案。

那不是他們的馬。我會感到不安的。

是的，法官說。我想也是。

我必須找到馬的主人。那是我的一個重要里程碑。

你沒有錯，孩子。我想你會把事情解決的。

是的。我想我會的。如果我活著的話。

他站起來。

謝謝你撥空給我。還有請我進到你家等等。

法官站起來。你隨時可以再來看我，他說。

好的。非常謝謝。

外頭很冷但是法官穿著袍子和拖鞋站在門廊等他解開馬，牽出另外兩匹馬，然後上馬。他把馬掉頭，看著站在門口燈光下的他，他舉起手，法管也舉手回應，然後他騎上街道經過一池一池的燈光，直到消失在黑暗之中。

接下來的星期天早上他坐在布萊奇維爾德州（Bracketville Texas）的一間咖啡店喝咖啡。店裡除了櫃台人員外沒有別人，他坐在櫃台最後一張凳子上抽菸看報紙。櫃台後方有收音機在播放，過一會兒有個聲音說現在是吉米・布雷文斯的福音時間。

約翰・葛瑞迪抬起頭。那是哪裡的電台播的節目？他說。

那是戴爾里歐，櫃台人員說。

他於下午四點半左右到達戴爾里歐，等他找到布雷文斯的房子時已經快要天黑。牧師住在一間有礫石車道的白色屋子裡，約翰・葛瑞迪在信箱旁下馬，牽著馬經過車道到房子後方敲廚房的門。一個嬌小的金髮女子探出頭來。她打開門。

是的？她說。需要我幫忙嗎？

是的，女士。布雷文斯牧師在家嗎？

你有什麼事情要找他？

我是爲了一匹馬的事情要見他。

一匹馬？

是的。

她望著他身後的動物。哪一匹馬？她說。

紅棕色那匹。最大的那一匹。

他會祝福牠的，但他不會去碰牠的。

什麼？

他不會碰牠的。動物他不碰的。

誰在外面，親愛的？廚房裡有個男人喊道。

一個孩子帶著一匹馬，她喊道。

牧師走到門廊上。我的天啊，他說。看看這些馬。

很抱歉打擾你，先生，但那不是你的馬嗎？

我的馬？我這輩子從沒養過馬。

你到底要不要他賜福給這匹馬？那女人說。

你認識一個年約十四歲的男孩叫吉米・布雷文斯嗎？

我小時候我們養過一隻騾子。大騾子。而且脾氣很壞。叫吉米・布雷文斯的男孩？你是說就叫吉米・布雷文斯嗎？

是的。

沒有。沒有。就我所知沒有。世界上有很多吉米・布雷文斯,但他們是吉米・布雷文斯・史密斯(Jimmy Blevins Smith)和吉米・布雷文斯・瓊斯(Jimmy Blevins Jones)。我們已經有一星期沒有接到信件來通知我們新的吉米・布雷文斯的近況。對吧,親愛的?

沒錯,牧師。

你知道我們會收到海外的信件。吉米・布雷文斯・張(Jimmy Blevins Chang)。那是我們最近收到的一封。一個小黃種人嬰兒。他們寄照片來你知道的。快照。你叫什麼名字?

柯爾。約翰・葛瑞迪・柯爾。

牧師伸出手來,他們握手,牧師若有所思。柯爾,他說。我們可能有一個柯爾。我不想說我們沒有。你吃過飯沒?

沒有。

親愛的,也許柯爾先生想與我們共進晚餐。你喜歡雞肉和餃子嗎,柯爾先生?

喜歡。我向來都很喜歡吃。

那這下你肯定會更喜歡了,因爲我太太的手藝會是你吃過最棒的。

他們在廚房吃。她說:因爲現在只有我們兩個所以我們都在廚房吃。

他沒問少了誰。牧師等她坐下，然後低頭感謝食物並請神祝福同桌的人。他繼續禱告，為一切祈福，一直祈福到國家，然後是一些其他的國家，他提到戰爭和饑荒以及世界上的一些其他問題，特別是俄國、猶太人和食人族，他說了聲阿門後抬起頭來，伸手去拿玉米麵包。

大家總是想知道我是怎麼開始的，他說。那對我來說不是祕密。我第一次聽見收音機就知道那是做什麼用的。我母親的兄弟做了一個晶石接收機。他是用郵購的。東西裝在盒子裡寄來，你自己裝。我們住在喬治亞州南邊，當然聽過收音機這玩意兒。但是我們從來沒有眞正親眼看見一台收音機在面前播放。那可是相差甚多的。反正我知道那是做什麼用的。因為不可能再有什麼藉口，你知道的。一個人可以鐵了心腸不去聽神的話，但是如果把收音機開得很大聲呢？那麼再鐵硬的心也沒有用。除非他是聾子。這世界上什麼東西都有他的用處的，你知道。有時候可能很難看得出來。但是收音機呢？我的老天啊。那是再明白不過的了。收音機一開始就在我的計畫之中。我是因此才做牧師的。

他一邊說話一邊盛菜，然後他停止說話開始吃東西。他不高大但是他吃滿滿的兩大盤，然後是一大塊桃子派，喝了好幾大杯脫脂牛奶。

他吃完後擦擦嘴，把椅子往後推。好了，他說。我先失陪了。我要去做事了。上帝是不放假的。

他起身然後消失在屋內。那女人再幫約翰・葛瑞迪盛第二塊派，他謝謝她，然後她坐下來看他吃。

他是第一個讓人把手放在收音機上的人，你知道，她說。

太太？

是他開始的。把你們的手放在收音機上。他會透過收音機祈禱並治癒每一個把手放在收音機上的人。

是的，太太。

他會讓人寄東西過來讓他為他們禱告，但是這樣做牽涉到很多問題。人們對一個神職人員期待甚高。他治癒了很多人，而且有很多人從收音機上聽到，我不想這麼說但是最後結果不好。我是這麼認為。

他繼續吃。她看著他。

他們送死人過來，她說。

太太？

他們送死人過來。把他們裝箱用特快車運來。事情變得不可收拾。你不能拿死人怎麼辦。只有耶穌可以辦得到。

是的，太太。

你還要脫脂牛奶嗎？

好的，太太。這眞的很可口。

我很高興你喜歡。

她幫他倒牛奶，然後又坐下。

他做牧師做得很辛苦。大家都不知道。你知道他的聲音可以傳送到全世界嗎？

眞的嗎？

我們收過來自中國的信件。很難想像。那邊的人也聽收音機。他們聽著吉米的廣播。

我想他們不知道他在說什麼。

來自法國的信件。來自西班牙的信件。全世界。他的聲音就像是一種工具，你知道。他的聽眾在哪裡？可能在廷巴克圖（Timbuctoo）❷。可能在南極。那沒什麼差別。他的聲音傳到了。你能去的任何地方他都在。在空中。隨時隨地。只要你打開收音機。

他們當然試過要關閉電台，但是在墨西哥已經結束了。那是爲什麼賓克理博士（Dr Brinkley）來到這裡。來創立廣播電台。你知道在火星上也可以聽得到嗎？

不知道。

可以聽得到。當我想到那裡的人是第一次聽到耶穌的話我就想哭，眞的。吉米・布雷文斯做到了。都是他的功勞。

屋內傳來震耳的鼾聲。她笑了。可憐的親愛的，她說。他累壞了。沒有人知道。

他找不到馬的主人。快要二月底時他又往北方漂泊，趕著馬匹走在柏油路旁的溝渠裡，大型拖車常把他們趕到不得不貼著籬笆走。三月的第一個星期他回到聖安東尼奧，他走過他如此熟悉的土地，於該年第一個溫暖的傍晚中抵達羅林斯家的牧場，西德州平原上一片靜止無風而且晴朗。他騎到穀倉後下馬，走向屋子。羅林斯的房裡有燈光，他把兩根手指放進嘴裡吹口哨。

羅林斯來到窗邊探頭。幾分鐘內他從廚房出來到房子的側邊。

兄弟，是你嗎？

對。

好小子，他說。好小子。

他把他拉到光線底下打量他，當他是某種稀有動物。

我想你應該會想討回你的馬，約翰·葛瑞迪說。

我不敢相信。你把朱尼爾帶回來了？

牠就站在穀倉那邊。

好小子，羅林斯說。我不敢相信。好小子。

他們騎到大草原上然後坐在地上，讓馬兒拖著轠繩自由走動，他告訴羅林斯一切事情的經過。他們非常安靜地坐著。蒼白的月亮掛在西邊，晚上又長又扁的雲像一隊鬼魅一樣飄過月亮前方。

你去看過你媽媽沒有？羅林斯說。

沒有。

你知道你爸死了。

對。我知道。

她想送消息到墨西哥給你。

是。

露易莎的母親病得很重。

阿布愛拉？

對。

他們怎麼樣？

我想還好吧。我在鎮上看到阿度若。查契爾．柯爾（Thatcher Cole）給他一份學校裡的工作。打掃清潔之類的。

她會好起來嗎？

不知道。她很老了。

是啊。

你要怎麼辦？

出去。

去哪？

不知道。

你可以去鑽油。好賺得很。

是。我知道。

你可以住在這裡。

我想我還是會走。

這裡還是個好國家。

是。我知道。但不是我的國家。

他站起來轉過去看北方城鎮的燈火懸在沙漠之上。然後他走出去拾起韁繩上馬，追上布雷文斯的馬並抓住牠的韁繩。

抓住你的馬，他說。不然牠會跟著我。

羅林斯走過去抓住他的馬，牽著牠站著。

你的國家在哪裡？他說。

我不知道，約翰・葛瑞迪說。我不知道在哪裡。我不知道我的國家發生了什麼事。

羅林斯沒有回答。

再見了，夥伴，約翰・葛瑞迪說。

好吧。後會有期。

他牽住他的馬站著，而騎士則掉頭騎上路，往天邊行去。他蹲下來看他好看得久一點，但是不一會兒他就消失了。

在尼克波克（Knickerbocker）舉行葬禮的那天天氣冷風又大。他把馬趕到路邊遠遠的牧場上，他久坐著朝往北的路上望去，那裡的天氣正在醞釀，天空灰濛濛一片，過一會兒送葬隊伍出現。一輛舊的帕佳（Packard）靈車後面跟著各種沾滿灰塵的汽車和卡車。他們把車子停在小墨西哥墓園前面的路邊，人們下了車，抬棺的人穿著褪色的黑西裝站在靈車後面，他們抬著阿布愛拉的棺木穿過大門進入墓園。他站在路上手裡拿著帽子。沒有人看他。他們抬著她的棺木，後頭跟著神父和一個穿白袍搖鈴的男孩，他們埋葬她，祈禱，落淚，痛哭，然後再互相扶持地走出墓園，一邊還繼續哭，他們一一上車，一輛一輛開上狹窄的柏油路面，回到他們來的地方。

靈車已經開走了。路上再過去還停著一輛載貨小卡車，他戴上帽子，坐在溝渠的斜坡上，不一會兒有兩個人肩上扛著鏟子從墓園走出來，他們走在路上，把鏟子放進卡車後方，然後開車走了。

他站起來過馬路進入墓園，經過舊的墳墓與刻了字的小墓碑，被太陽曬乾的花，一個瓷器花瓶，一個假象牙雕的破碎聖母像。這些名字他知道或是曾經聽過。維拉瑞爾（Villareal），索沙（Sosa），瑞耶斯（Reyes）。傑薩西塔・霍根（Jesusita Holguín）。納西歐（Nació）。法賴西歐（Falleció）。一隻瓷鶴。一個碎掉的乳白玻璃花瓶。後方起伏的草原，刺柏林中的風。阿曼達瑞斯（Armendares）。歐奈羅斯（Ornelos）。提歐度沙・塔林（Tiodosa Tarín）。沙洛梅・賈奎（Salomer Jáquez）。艾皮塔西歐・維拉瑞爾・庫艾拉（Epitacio Villareal Cuéllar）。

他手拿帽子站在沒有標記的土地上。這個幫他們家做事做了五十年的女人。她是他母親小時候的保母，她在他母親出生之前就在他們家工作，她認識並照顧過葛瑞迪家的兒子，也就是他母親的叔叔，他們都已經過世許久，他拿著帽子站著，他喚她做他的阿布愛拉，他以西班牙文向她道別，然後轉身戴上帽子，把他淚濕的臉轉向風，這時他伸出手彷彿想要平衡他自己的身體，或是想祝福那塊地，又或者是想讓世界的腳步慢下來，世事變化之快，似乎毫不在意你是老是少，是富是貧，是黑是白，是男是女。不管你的掙扎，不管你的姓名。不管你是活者還是逝者。

騎了四天之後他經過艾倫德州（Iraan Texas）的佩可斯（Pecos）來到河流分支處，看見葉慈油田（Yates Field）的抽運機立在地平線上，動起來像機器鳥一般。像用鐵焊接起來的巨大原始鳥，傳說中那種鳥曾經存在這片土地上。那時西邊的平原上還有印第安人紮營，那天稍後他騎馬經過印第安人搭的橢圓形草棚，分散在光禿禿而且會顫抖的荒地上。他們距離北邊的小屋約有四分之一英哩遠，那些小屋只是用木桿與樹枝再披上幾張羊皮蓋成的。印第安人站著看他。他看見他們之間沒有彼此交談或是討論他騎馬經過那裡的事，他們也沒有舉手打招呼或是呼喚他。他們對他完全沒有好奇。好像他們已經知道所有他們需要知道的。他們站著看他走過去，看他獨自一個人消失在景色之中因爲他只是經過。獨自一個人是因爲他終會消失。

他行經的沙漠是紅的，他揚起的塵土也是紅的，細細的塵土沾染到馬的腿上，他所騎的以及他所帶領的馬。傍晚一陣風吹起，他眼前的天空一片紅色。那個國家的牲畜很少，因爲那裡眞的是塊不毛之地，然而他在傍晚都會遇到一隻落單的公牛，於血腥的夕陽下在塵土中翻滾，像是一隻被獻祭的動物。血紅的塵土在太陽下飛舞。他用腳跟踢馬然後繼續往前走。他騎在太陽下，日光照臉，紅色的風從西邊的土地上吹來，小沙漠鳥在乾蕨叢裡吱吱叫，馬、騎士和馬繼續前進，他們的長影一前一後連在一起，彷彿是單一一個生物的影子。他們消失在漸暗的土地上，未知的世界裡。

❶ 塔夫特是美國第二十七任總統，在位期間爲一九〇九至一九一三年。。

❷ 撒哈拉沙漠南邊的歷史古都。

大師名作坊54

所有漂亮的馬（All the Pretty Horses）

著者——戈馬克・麥卡錫
譯者——林說俐
董事長
發行人——孫思照
社長——莊展信
出版者——時報文化出版企業股份有限公司
台北市108和平西路三段二四○號四F
發行專線——（○二）二三○六—六八四二
讀者免費服務專線——（○八○）二三一—七○五
（如果您對本書品質與服務有任何不滿意的地方，請打這支電話）
郵撥——○一○三八五四～○時報出版公司
信箱——台北郵政七九～九九信箱
電子郵件信箱——liter@mail.chinatimes.com.tw
主編——鄭麗娥
編輯——邱淑鈴
校對——陳姍若・林說俐
排版——鴻霖國際事業有限公司
製版——高銘製版有限公司
印刷——富昇印刷股份有限公司
初版一刷——二○○○年二月十四日
定價——新台幣三五○元
⊙行政院新聞局版北市業字第八○號

ISBN 957-13-3071-X
Printed in Taiwan
時報悅讀　時報悅讀網
http://publish.chinatimes.com.tw

國家圖書館出版品預行編目資料

所有漂亮的馬／戈馬克・麥卡錫著；林說俐譯
. --初版. --臺北市：時報文化，2000〔民
89〕
面；　公分. --（大師名作坊；54）
譯自：All the pretty horses
ISBN 957-13-3071-X（平裝）

874.57　　89001004

請沿虛線摺下裝訂，謝謝！

編號：AA54	書名：所有漂亮的馬
姓名：	性別：＿＿＿＿＿ 1.男　2.女
出生日期：　年　月　日	身份證字號：
＿＿＿＿ 學歷：1.小學　2.國中　3.高中　4.大專　5.研究所（含以上）	
＿＿＿＿ 職業：1.學生　2.公務（含軍警）　3.家管　4.服務　5.金融　6.製造　7.資訊　8.大眾專播　9.自由業　10.農漁牧　11.退休　12.其它	
地址：＿＿＿＿ 縣（市）＿＿＿＿ 鄉鎮區 ＿＿＿＿ 村 ＿＿＿＿ 里 ＿＿ 鄰 ＿＿＿＿ 路（街）＿＿ 段 ＿＿ 巷 ＿＿ 弄 ＿＿ 號 ＿＿ 樓　郵遞區號 ＿＿＿＿＿＿	

（下列資料請以數字填在每題前之空格處）

＿＿＿＿ **您從哪裡得知本書／**
1.書店　2.報紙廣告　3.報紙專欄　4.雜誌廣告　5.親友介紹
6.DM廣告傳單　7.其他 ＿＿＿＿

＿＿＿＿ **您希望我們爲您出版哪一類的作品／**
1.長篇小說　2.中、短篇小說　3.詩　4.戲劇　5.其他 ＿＿＿＿

您對本書的意見／

＿＿＿＿ 內　　容／1.滿意　2.尚可　3.應改進
＿＿＿＿ 編　　輯／1.滿意　2.尚可　3.應改進
＿＿＿＿ 封面設計／1.滿意　2.尚可　3.應改進
＿＿＿＿ 校　　對／1.滿意　2.尚可　3.應改進
＿＿＿＿ 翻　　譯／1.滿意　2.尚可　3.應改進
＿＿＿＿ 定　　價／1.偏低　2.適中　3.偏高

您的建議／

＿＿＿＿＿＿＿＿＿＿＿＿＿＿＿＿＿＿＿＿＿＿＿＿＿＿＿＿
＿＿＿＿＿＿＿＿＿＿＿＿＿＿＿＿＿＿＿＿＿＿＿＿＿＿＿＿
＿＿＿＿＿＿＿＿＿＿＿＿＿＿＿＿＿＿＿＿＿＿＿＿＿＿＿＿

請沿虛線撕下後對折裝訂寄回，謝謝！

廣告回郵
北區郵政管理局登
記證北台字1500號
免貼郵票

時報出版
CHINA TIMES PUBLISHING COMPANY
尊重智慧與創意的文化事業

地址：台北市108和平西路三段240號4F
電話：（080）231-705（讀者免費服務專線）
（02）2306-6842。2302-4075（讀者服務中心）
郵撥：0103854-0 時報出版公司

請寄回這張服務卡（免貼郵票），您可以——

●隨時收到最新消息。
●參加專為您設計的各項回饋優惠活動。

MP

大師名作坊

MASTER PIECE

世界一流作家名作精粹

寄回本卡，大師名作將優先與您分享